Mr. Jack Hamlins Mediation

Bret Harte

Writat

Diese Ausgabe erschien im Jahr 2024

ISBN: 9789359943053

Herausgegeben von
Writat
E-Mail: info@writat.com

Inhalt

HERR. JACK HAMLIN'S MEDIATION

Bei Einbruch der Dunkelheit begann es zu regnen. Auch der Wind kam auf und begann, eine kleine, sich abmühende, unscheinbare Gestalt zu zerren, die den Pfad entlang über die felsige Hochlandwiese in Richtung Rylands' Ranch kroch. Manchmal war sein Kopf in Flügeln verborgen, die von seinen Schultern nach oben ragten; zeitweise war der breitkrempige Hut keck zur Seite geneigt, und wieder war die Krempe wie ein Visier über dem Gesicht befestigt. In einem Moment schwebte eine unförmige Masse von Vorhängen dahin, im nächsten Moment enthüllten ihre undeutlichen Gewänder, die hart gegen die Figur geschlagen wurden, Umrisse, die viel zu zart waren, um sie grob einzuhüllen. Denn es war Mrs. Rylands selbst, die mit dem Hut ihres Mannes und dem alten blauen Armeemantel ihres „Angestellten" vom zwei Meilen entfernten Postamt zurückkehrte. Der Wind setzte seine Aggressivität fort, bis sie die Eingangstür ihres frisch verputzten Bauernhauses erreichte, und dann erschütterte ein heftigerer Windstoß die Kiefern über dem niedrigen Schindeldach und schickte einen Schauer pfeilförmiger Tropfen hinter ihr her, der wie ein parthischer Abschied aussah, als sie trat ein. Sie warf Mantel und Hut beiseite und betrat etwas unbeholfen das Wohnzimmer, um zum Fenster zu gehen und auf den Weg zurückzublicken, den sie gerade zurückgelegt hatte. Der Wind und der Regen fegten einen Hang hinunter, halb Wiese, halb Lichtung – eine Meile entfernt – bis zu einem Saum von Bergahornen. Eine Meile weiter verlief die Bühnenstraße, wo ihr Mann drei Stunden später nach seiner Rückkehr aus Sacramento aussteigen würde. Für Joshua Rylands würde es ein langer nasser Spaziergang werden , da ihr einziges Pferd von einem Nachbarn geliehen worden war.

In diesem schwindenden Licht glänzte Mrs. Rylands' ovale Wange noch immer von den Regentropfen, aber in ihrem besorgten Gesichtsausdruck lag etwas, das genauso gut auf Tränen hätte schließen lassen. Sie war auffallend gutaussehend, passte aber genauso wenig zu ihrer Umgebung wie noch vorhin zu ihrer äußeren Hülle. Sogar die Kleidung, die sie jetzt trug, deutete darauf hin, dass sie nicht an das Wetter – das Haus – die Position, die sie darin einnahm, angepasst war. Ein figurbetontes Seidenkleid, das eher verwöhnt als abgenutzt war, entsprach immer noch nicht ihren offensichtlichen Gewohnheiten, und der spitzenbesetzte Unterrock, der darunter hervorlugte, war voller Schmutz und ungewohnter Abnutzung. Ihr glänzendes schwarzes Haar, das auf eine fremde Art und Weise zu Locken geworfen worden war, war nun vom Wind zu einem burlesken Stil verweht. Diese Diskrepanz wurde durch das Aussehen des Raumes, den sie betreten hatte, noch verstärkt. Es war kalt und streng eingerichtet, wodurch die Kälte des noch feuchten weißen Putzes unangenehm deutlich zu spüren war. In einer Ecke stand eine schwarze Harmoniumorgel, darauf lagen schwarze und weiße Gesangbücher; ein bockartiger Tisch enthielt eine große Bibel; ein halbes Dutzend schwarzer, mit Rosshaar gepolsterter Stühle standen in geometrischem Abstand an den Wänden, an denen vier Gravuren von „Paradise Lost" in schwarzen Trauerrahmen hingen; Einige getrocknete Farne und Herbstblätter standen in einer Vase auf dem Kaminsims, als hätte die Kälte des Zimmers sie vorzeitig verdorben. Der kalt glitzernde Rost darunter war ebenfalls mit verwelkten Zweigen geschmückt, als ob versucht worden wäre, sie zu verbrennen, aber durch Feuchtigkeit vereitelt worden wäre. Plötzlich erinnerte sie sich an ihre nassen Stiefel und den neuen Teppich, wandte sich hastig ab, durchquerte den Flur ins Esszimmer und ging von dort in die Küche. Das „angeheuerte Mädchen", eine kräftige Missourianerin, eine Tochter eines benachbarten Holzfällers, schälte am Tisch Kartoffeln. Mrs. Rylands stellte einen Stuhl vor den Küchenherd und legte ihre nassen Füße auf das Kochfeld.

„Ich wette, Mess Rylands, du hast den Vanillar vergessen ", sagte das Mädchen mit einer gewissen häuslichen und vertraulichen Vertrautheit.

Mrs. Rylands zuckte schuldbewusst zusammen. Sie machte eine jämmerliche Finte, indem sie in ihren Schoß und auf den Tisch blickte. „Ich fürchte, das habe ich getan, Jane, wenn ich es nicht HIER reingebracht hätte."

„Das hast du nicht getan", erwiderte Jane. „Und ich schätze, du hast die Pfeffersoße für deinen Mann vergessen."

Mrs. Rylands blickte mit kläglicher Reue auf. „Ich weiß wirklich nicht, was mit mir los ist. Ich bin tatsächlich in den Laden gegangen und hatte es auf meiner Liste – und – wirklich" –

Offensichtlich kannte Jane ihre Herrin und lächelte mit überlegener Nachsicht. „Es ist verwirrender , in die großen Läden zu gehen und sich in den überfüllten Regalen umzusehen. " Der Laden an der Kreuzung und dem Postamt war 14 x 14 groß, aber Jane wuchs in der Ebene auf. „Jedenfalls", fügte sie gut gelaunt hinzu, „der Expressbote schaut bestimmt vorbei, wenn er vorbeikommt, und Sie haben Zeit, ihm den Befehl zu erteilen."

„Aber wird er SICHER kommen?" fragte Frau Rylands besorgt. "Herr. Rylands wird ohne seine Pfeffersauce so verärgert sein."

„Er wird bestimmt kommen, wenn er weiß, dass du hier bist. Darauf kann man immer kalkulieren ."

"Warum?" sagte Mrs. Rylands geistesabwesend.

"Warum? Weil er seine Augen einfach nicht von dir lassen kann ! Deshalb kommt er jeden Tag – „ Das ist kein Scherz für den Handel!"

Das traf durchaus zu, nicht nur auf den Expressmann, sondern auch auf den Metzger und Bäcker und den „Kerzenmacher", wenn es an der Kreuzung einen so fortgeschrittenen Beruf gegeben hätte. Alle waren gleichermaßen und neugierig von ihrer malerischen Neuheit angezogen. Mrs. Rylands wusste das selbst, aber ohne Eitelkeit oder Koketterie. Möglicherweise war das der Grund, warum die andere Frau es ihr erzählte. Sie vertiefte die unzufriedenen Falten auf ihrer Wange nur leicht und sagte geistesabwesend: „Nun, wenn er kommt, fragst DU ihn."

Sie trocknete ihre Schuhe, zog ein Paar Hausschuhe an, die einen verblassten Glanz hatten, und ging hinauf in ihr Schlafzimmer. Hier schwankte sie einige Zeit zwischen der Nähmaschine und ihren Stricknadeln, entschied sich aber schließlich für Letzteres und ein Paar Socken für ihren Mann, womit sie vor einem Jahr begonnen hatte. Doch bald war sie nicht mehr in der Lage, sie fertigzustellen, bevor er in drei Stunden zurückkam, und widmete sich daher der Nähmaschine. Für eine Weile war ihr singendes Summen zwischen den Explosionen, die das Haus erschütterten, zu hören, aber bald riss der Faden, und die Maschine wurde etwas ungeduldig beiseite gelegt, wobei unzufrieden die Linien um ihren schönen Mund gezogen wurden. Dann begann sie, den Raum „aufzuräumen", indem sie viele Dinge wegräumte und noch viel mehr hervorholte, ein Prozess, der zwangsläufig langsam war, da sie in die Haltung verfiel, bestimmte Kleidungsstücke genau zu prüfen und zwischendurch auszuprobieren sie an und beobachtete ihre Wirkung in ihrem Spiegel. Zu einer solchen Unterbrechung kam es auch, als sie einige Bücher wegräumte, die auf Stühlen und Tischen herumlagen, mittendrin stehen blieb, um die Seiten aufzuschlagen, sich interessierte und ein Kapitel ganz zu Ende beendete, während sie das Buch dicht ans Fenster hielt, um das Verblassen zu beobachten Tageslicht. Der weibliche Leser wird daraus schließen, dass Mrs. Rylands zwar charmant, aber bei der Bewältigung häuslicher Pflichten nicht einfach war. Sie hatte gerade einen Blick auf die Uhr geworfen und die Kerze angezündet, um sich wieder an die Arbeit zu machen und so die zwei Stunden des Wartens zu überbrücken, als es an der Tür klopfte. Sie öffnete es Jane.

„Unten ist ein völlig Fremder, z Er hat ein lahmes Pferd und möchte sich ein neues holen ."

„Wir haben keine, wissen Sie", sagte Mrs. Rylands etwas ungeduldig.

„Das habe ich ihm gesagt. Dann wollte er wissen, ob er hier bleiben könne, bis er eines hätte, oder ob er sein eigenes Haus reparieren könne.

"Wie Sie möchten; „Sie wissen, ob Sie es schaffen", sagte Mrs. Rylands etwas unbehaglich. „Wenn Mr. Rylands kommt, können Sie es untereinander vereinbaren. Wo ist er jetzt?"

"In der Küche."

"Die Küche!" wiederholte Frau Rylands.

„Ja, Ma'am, ich habe ihn in den Salon geführt, aber ihm zitterten die Schultern und er überlegte, wie er in die Küche kommen würde. Sehen Sie, Ma'am, er war ganz nass und seine glänzenden großen Stiefel waren schlampig. Aber er gehört nicht zu den hochnäsigen Typen und ist bereit , sich durchzusetzen kuhf'ble vor dem Küchenherd.

„Nun, dann will er MICH nicht ", sagte Mrs. Rylands mit erleichterter Stimme.

„ Ja ", sagte Jane, offenbar ebenso erleichtert. „Nur, ich dachte, ich sage es dir einfach."

Ein paar Minuten später, als Mrs. Rylands den oberen Flur durchquerte, hörte sie Janes Stimme aus der Küche, die zu rustikalem Gelächter aufstieg. Wäre sie satirisch geneigt gewesen, hätte sie vielleicht Janes Bereitschaft verstanden, ihre Geliebte von der Pflicht zu entbinden, den Fremden zu unterhalten; Wäre sie philosophisch gewesen, hätte sie vielleicht über das trostlose, eintönige Leben des Mädchens auf der Ranch nachgedacht und ihre Freude über diese seltene Unterbrechung berücksichtigt. Aber ich fürchte, dass Mrs. Rylands weder satirisch noch philosophisch war, und als Jane mit Farbe in ihrem alkalischen Gesicht und Licht in ihren Heidelbeeraugen wieder eintrat und sagte, sie würde zu den Viehställen auf der „fernen Weide" gehen „Um zu sehen, ob der angeheuerte Mann nicht ein Pferd wüsste, das man für den Fremden besorgen könnte, verspürte Mrs. Rylands ein wenig Bitterkeit bei dem Gedanken, dass das Mädchen sich kaum bereit erklärt hätte, für SIE die ganze Strecke im Regen zu gehen . Doch in wenigen Augenblicken vergaß sie alles und sogar die Anwesenheit ihres Gastes im Haus, und in einer ihrer unruhigen, abgelenkten Beschäftigungen ging sie durch das Esszimmer in die Küche und öffnete die Tür mit einem „Oh , Jane!" bevor sie sich an ihre Abwesenheit erinnerte.

Die von einer einzigen Kerze erleuchtete Küche konnte sie nur teilweise sehen, da sie mit der Hand am Schloss stand, obwohl sie selbst deutlich zu sehen war. Es entstand eine Pause, und dann antwortete eine ruhige, selbstbeherrschte, aber dennoch amüsierte Stimme : –

„Mein Name ist nicht Jane, und wenn Sie die Dame des Hauses sind, schätze ich, dass Ihr Name nicht IMMER Rylands war."

Beim Klang der Stimme riss Mrs. Rylands die Tür weit auf, und als ihr Blick auf den Sprecher – ihren unbekannten Gast – fiel, zuckte sie mit einem kleinen Schrei und einem bleichen, erschrockenen Gesicht zurück. Doch der Fremde war jung und gutaussehend, gekleidet mit einer Gewissenhaftigkeit

und Eleganz, die selbst der Stress des Reisens nicht beeinträchtigt hatte, und
er blickte sie mit einem Lächeln des Erkennens an, gemischt mit der
nachlässigen Kühnheit und Selbstbeherrschung, die das zu sein schien
Charakteristisch für sein Gesicht.

„Jack Hamlin!" sie schnappte nach Luft.

„Das bin immer ich", antwortete er leichthin, „und DU BIST Nell
Montgomery!"

„Woher wussten Sie, dass ich hier bin? Wer hat Ihnen gesagt?" sagte sie
ungestüm.

"Niemand! Ich war noch nie in meinem Leben so überrascht! Als du gerade
die Tür geöffnet hast, hättest du mich vielleicht mit einer Feder
niedergeschlagen." Dennoch sprach er träge, mit amüsiertem Gesicht und
sah sie an, ohne seine Haltung zu ändern.

„Aber du MUSST ETWAS gewusst haben! „Es war kein Zufall", fuhr sie
vehement fort und blickte sich im Raum um.

„Da machst du einen Fehler, Nell", sagte Hamlin unbeirrt. „Es war ein
Unfall, und zwar ein schlimmer. Mein Pferd lahmte, als es die Steigung
herunterkam. Ich sah die nächste Hütte, wo ich dachte, ich könnte vielleicht
ein anderes Pferd bekommen. Es war zufällig das." Zum ersten Mal änderte
er seine Haltung und lehnte sich nachdenklich in seinem Stuhl zurück.

Sie kam schnell auf ihn zu. „Du hast nie gelogen, Jack", sagte sie zögernd.

„Konnte es mir in meinem Geschäft nicht leisten – und kann es auch jetzt
nicht", sagte Jack fröhlich. „Aber", fügte er neugierig hinzu, als würde er
etwas in der Aufregung seiner Begleiterin erkennen, und hob seine braunen
Wimpern zu ihr, dem Fenster und der Decke, „was soll das alles? Was ist
dein kleines Spiel hier?"

„Ich bin verheiratet", sagte sie mit nervöser Anspannung, „verheiratet, und
das ist das Haus meines Mannes!"

„Nicht direkt verheiratet ! – Regelmäßig festgelegt?"

„Ja", sagte sie hastig.

"Einer der Jungen? Ich kann mich an keine Rylands erinnern. SPELTER war
früher sehr nett zu dir – aber Spelter war vielleicht nicht sein richtiger
Name?"

„Keiner von uns! Niemand, den du je gekannt hast; „Ein – ein aufrichtiger,
kantiger Mann", sagte sie schnell.

„Ich sage, Nell, schau her! Sie hätten Ihre Karten ohne einen Anruf vorzeigen sollen. Du hättest ihm sagen sollen, dass du im Casino getanzt hast."

"Ich tat."

„Bevor er dich gebeten hat, ihn zu heiraten?"

"Vor."

Jack stand von seinem Stuhl auf, steckte die Hände in die Taschen und sah sie neugierig an. Diese Nell Montgomery, dieses „Tanz- und Gesangsmädchen" aus der Varieté, dieses Mädchen, über das so viel gesagt und so wenig BEWIESEN worden war! Nun, das wurde interessant.

„Sie verstehen es nicht", sagte sie mit nervösem Fieber; „Erinnerst du dich an den Streit, den ich mit Jim hatte, an jenem Abend, als der Manager uns ein Abendessen gab – als er mich wie einen Hund behandelte?"

„Das hat er getan", unterbrach Jack.

„Ich fühlte mich zu allem fähig", sagte sie mit einem halb hysterischen Lachen, das jedoch so klang, als ob es dazu dienen sollte, eine schlummernde Erinnerung zu unterdrücken. „Ich hätte mir oder ihm die Kehle durchgeschnitten, egal was" –

„Es hat uns etwas bedeutet, Nell", fügte Jack noch einmal in höflicher Klammer hinzu; „Lassen Sie die USA nicht im Regen stehen."

„Ich startete an diesem Abend in Frisco auf dem Boot und war bereit, mich in alles zu stürzen – oder in den Fluss!" sie fuhr hastig fort. „Da war ein Mann in der Hütte, der mich bemerkte und anfing, herumzuhängen. Ich dachte, er wüsste, wer ich war, hätte mich auf den Plakaten gesehen; Und da ich keine Lust hatte, mich zu täuschen , sagte ich es ihm. Aber er war nicht so nett. Er sagte, er habe gesehen, dass ich in Schwierigkeiten sei, und wollte, dass ich ihm alles erzähle."

Mr. Hamlin betrachtete sie fröhlich. „Und du hast ihm erzählt " , sagte er, „wie du einst aus dem glücklichen Zuhause deiner Kindheit weggelaufen bist, um auf die Bühne zu gehen!" Wie hast du es immer bereut und wärest zurückgegangen, wenn dir die Türen für immer verschlossen gewesen wären! Wie du dich danach gesehnt hast zu gehen, aber die bösen Männer und Frauen um dich herum immer" –

„Das habe ich nicht!" sie brach in plötzlicher Leidenschaft aus; „Du weißt, dass ich es nicht getan habe. Ich erzählte ihm alles: wer ich war, was ich getan hatte, was ich erwartete, noch einmal zu tun. Ich zeigte auf die Männer – die dort saßen, flüsterten und grinsten uns an, als wären sie in der ersten Reihe des Theaters – und sagte, ich kenne sie alle, und sie kannten mich. Ich habe mir nie etwas erspart. Ich habe gesagt, was die Leute über mich gesagt haben, und wollte nicht einmal sagen, dass es nicht wahr ist!"

„Ach, komm!" protestierte Jack mit oberflächlicher Höflichkeit.

„Er sagte, er mochte mich dafür, dass ich die Wahrheit sagte und mich dafür nicht schämte! Er sagte, die Sünde liege in der falschen Scham und der Heuchelei; denn das ist die Art von Mann, die er ist, wissen Sie, und das ist er immer! Er fragte mich, ob ich ihn spontan heiraten und mein Bestes tun würde, um seine rechtmäßige Frau zu sein. Er sagte, er wolle, dass ich darüber nachdenke und darüber schlafe, und morgen würde er zu mir kommen, um eine Antwort zu bekommen. Ich stieg in Frisco aus dem Boot und ging alleine zu einem Hotel, in dem ich nicht bekannt war. Am Morgen wusste ich nicht, ob er sein Wort halten würde oder ich meins. Aber er kam! Er sagte, er würde mich noch am selben Tag heiraten und mich auf seine Farm in Santa Clara mitnehmen. Ich stimmte zu. Ich dachte, es würde mich aus dem Blickfeld aller reißen und sie würden mich für tot halten! Wir haben an diesem Tag vor einem gewöhnlichen Geistlichen geheiratet. Ich war unter meinem eigenen Namen verheiratet", sie hielt inne und sah Jack mit einem hysterischen Lachen an, „aber er ließ mich darunter schreiben: ‚bekannt als Nell Montgomery‘; denn er sagte, ER schäme sich dafür nicht, und ich sollte es auch nicht sein."

„Trägt er lange Haare und steckt Strohhalme hinein?" sagte Hamlin ernst. „Hört er ‚Stimmen‘ und hat er ‚Visionen‘?"

„Er ist ein kluger, vernünftiger und fleißiger Mann – nicht verrückter als Sie und auch nicht so verrückt wie ich an dem Tag, als ich ihn geheiratet habe. Er hat alles gehalten, was er gesagt hat." Sie hielt inne, zögerte in ihrer schnellen, nervösen Rede; Ihre Lippe zitterte leicht, aber sie erinnerte sich an sich selbst, und als sie Jack flehend, aber dennoch hoffnungslos ansah, keuchte sie: „Und das ist es, was los ist!"

Jack richtete seinen Blick scharf auf sie. "Und du?" sagte er knapp.

"ICH?" wiederholte sie verwundert.

„Ja, was hast DU getan?" sagte er mit plötzlicher Schärfe.

Das Staunen war in ihren Augen so offensichtlich, dass sein scharfer Blick weicher wurde. „Warum", sagte sie verwirrt, „ich war sein Hund, sein Sklave – soweit er es zuließ. Ich habe alles getan; Ich war nicht aus dem Haus, bis er mich fast vertrieben hätte. Ich wollte nie irgendwohin gehen oder jemanden sehen; aber er hat immer darauf bestanden. Ich wäre bereit gewesen, hier Tag und Nacht zu schuften und wäre glücklich gewesen. Aber er sagte, ich dürfe nicht so wirken, als ob ich mich meiner Vergangenheit schäme, wenn er es nicht ist. Ich hätte gewöhnliche selbstgesponnene

Kleidung und Kattunkleider getragen und wäre darüber froh gewesen, aber er besteht darauf, dass ich meine besten Sachen trage, sogar meine Theatersachen; Und da er es sich nicht leisten kann, mehr zu kaufen, trage ich diese Sachen, die ich hatte. Ich weiß, dass sie hier schrecklich aussehen und dass ich zum Gespött werde, und wenn ich ausgehe, trage ich fast alles, um sie zu verbergen; aber", ihre Lippe bebte wieder gefährlich, „er will, dass ich es tue, und es gefällt ihm."

Jack blickte nach unten. Nach einer Pause hob er seine Wimpern in Richtung ihres zerschlissenen Rocks und sagte in einem leichteren, gesprächigen Ton: „Ja! Ich dachte, ich kenne dieses Kleid. Ich habe es dir doch für die Walking-Szene in „High Life" geschenkt, nicht wahr?"

„Nein", sagte sie schnell, „es war das Blaue mit Silberbesatz – erinnerst du dich nicht? Ich habe im ersten Jahr meiner Ehe versucht, es umzudrehen, aber es sah nie mehr so aus."

„Es war wirklich hübsch", sagte Jack aufmunternd, „und mit dem blauen, mit Silber gefütterten Hut war es einfach bezaubernd!" Irgendwie kann ich mich daran nicht mehr ganz erinnern", und er betrachtete es kritisch.

„Ich hatte es bei den Rennen im Jahr 1958 und bei dem Abendessen, das uns Richter Boompointer in Frisco gab, wo Colonel Fish den Tisch umwarf, um an Jim heranzukommen. „Wissen Sie", sagte sie mit einem kleinen Lachen, „dass noch die Champagnerflecken darauf sind; es würde sich nie lösen. Sehen!" und sie hielt die Kerze mit großer Lebhaftigkeit bis zur Breite der Seide vor sich.

„Und auf dem Ärmel ist noch mehr davon", sagte Jack; „Gibt es das nicht?"

Mrs. Rylands sah Jack vorwurfsvoll an.

„Das ist kein Champagner; Weißt du nicht, was es ist?"

"NEIN!"

„Es ist Blut", sagte sie ernst; „Als dieser Mexikaner den armen Ned so sehr verletzte – erinnerst du dich nicht? Ich habe seinen Kopf auf meinem Arm gehalten, während du ihn verbunden hast." Sie seufzte leicht und fügte dann mit einem schwachen Lachen hinzu: „Das ist das Schlimmste an der Kleidung eines Mädchens in diesem Beruf, sie wird beschädigt oder befleckt, bevor sie abgenutzt ist."

Diese große Wahrheit schien Herrn Hamlin nicht zu beeindrucken. „Warum hast du Santa Clara verlassen?" sagte er plötzlich in seinem vorherigen kritischen Ton.

„Wegen der Leute dort. Sie waren distanziert und hässlich. Siehst du, Josh" –

"WHO?"

„Josh Rylands! – ER! Er erzählte allen, wer ich war, auch denen, die mich noch nie auf den Rechnungen gesehen hatten – wie gut es für mich war, ihn zu heiraten, wie er an mich glaubte und sich nicht schämte – bis sie nicht mehr glaubten, dass wir verheiratet waren alle. Als sie uns trafen, schauten sie also in eine andere Richtung und riefen nicht an. Und die ganze Zeit war ich froh , dass sie es nicht taten, aber er wollte es nicht glauben und gab zu, dass ich mich deswegen sehnte."

„Und warst du?"

„Ich schwöre bei Gott, Jack, ich wäre zufrieden gewesen , und noch mehr, ich wäre einfach bei ihm gewesen, hätte niemanden gesehen und alle glauben lassen, ich sei tot und weg, aber er sagte, es sei falsch und schwach! Vielleicht war es das", fügte sie mit einem schüchternen, fragenden Blick zu Jack hinzu, von dem er jedoch keine Notiz nahm. „Als er dann feststellte, dass sie nicht anrufen würden, was hat er Ihrer Meinung nach getan?"

„Vielleicht dich schlagen", schlug Jack fröhlich vor.

„Er hat mir nie etwas angetan, das nicht direkt, ehrlich und freundlich war", sagte sie halb empört, halb hoffnungslos. „Er dachte, wenn SEINE Leute mich nicht sehen würden, würde ich vielleicht gerne meinesgleichen sehen. Also hat er, ohne mir etwas zu sagen, ausgerechnet gestürzt! Tinkie Clifford, die früher in den billigen Varietés von Frisco tanzte, und ihr besonderer Freund, Captain Sykes. „Es hätte dich einfach umgebracht, Jack", sagte sie mit einem plötzlichen hysterischen Lachen, „wenn du gesehen hättest, wie Josh auf seine ehrliche, direkte Art versucht, höflich zu sein und die Dinge voranzubringen." Aber", fuhr sie fort und fiel plötzlich in ihre frühere Haltung besorgter Anziehungskraft zurück, „ich konnte es nicht ertragen, und als sie vor Josh frei und locker reden konnte und Captain Sykes Champagner schlürfte, hatten sie und ich eine …" Reihe. Sie ließ zu, dass ich mich aufführte, und ich ließ sie laufen, trotz Josh."

„Und Josh schien es zu mögen", sagte Hamlin nachlässig. „Hat er sie seitdem gesehen?"

"NEIN; Ich schätze, er ist davon geheilt, so eine Gesellschaft für mich zu verlangen. Und dann kamen wir hierher. Aber ich überredete ihn, nicht zunächst herumzulaufen und den Leuten zu erzählen, wer ich war, wie er es letztes Mal getan hatte, sondern es den Leuten zu überlassen, herauszufinden, ob sie es wollten, und er gab nach. Dann ließ er mich das reparieren dieses Haus und richtete es auf meine Weise ein, und das tat ich!"

„Willst du damit sagen, dass DU das Familiengewölbe von einem Wohnzimmer hergerichtet hast?" sagte Jack entsetzt.

„Ja, ich wollte keine schicken Möbel oder Spiegel und dergleichen, um Leute anzulocken, und auch nichts, was wie in alten Zeiten aussieht. Ich glaube nicht, dass einer der Jungs Lust hätte, hierher zu kommen. Und auf diese Weise habe ich viele sportliche Reisende, „wilde" Manager und solche Landstreicher losgeworden. Aber" – Sie zögerte und ihr Gesichtsausdruck verfinsterte sich erneut.

"Aber was?" sagte Jack.

„Ich glaube auch nicht, dass es Josh gefällt. Neulich brachte er „My Johnny is a Shoemakiyure " mit nach Hause und wollte, dass ich es auf der Orgel probiere. Aber es erinnerte mich daran, wie wir es immer satt hatten, es auf und neben den Brettern zu singen, und ich konnte es nicht anfassen. Er wollte, dass ich zu dem Zirkus gehe, der drüben an der Kreuzung tourte, aber es war der alte Flanigin- Zirkus, wissen Sie, der, in dem Gussie Riggs immer ritt, mit seinem alten Clown und seinem alten Zirkusdirektor und den alten Keuchern ‚ und ich habe es weggeschmissen."

„Sehen Sie hier", sagte Jack, erhob sich und musterte Mrs. Rylands kritisch. „Wenn du so weitermachst, sage ich dir, was dein Mann tun wird. Er wird mit einigen deiner alten Freunde durchbrennen!"

Sie warf ihm für einen Moment ein schnelles, verängstigtes Gesicht zu. Aber nur für einen Augenblick. Ihr hysterisches kleines Lachen kehrte sofort zurück, gefolgt von ihrem müden, besorgten Blick. „Nein, Jack, du kennst ihn nicht! Wenn es nur das wäre! Er kümmert sich nur auf seine Weise um mich – und", stammelte sie, als sie fortfuhr, „ich habe kein Glück, ihn glücklich zu machen."

Sie stoppte. Der Wind erschütterte das Haus und schleuderte eine Regenwolke gegen die Fenster. Sie nutzte die Gelegenheit, um ein zerrissenes Taschentuch mit Spitzensaum aus ihrer Tasche zu ziehen, richtete den Blick ängstlich auf Jack und legte das Taschentuch verstohlen zuerst an ihre Nase und dann an ihre Augen.

„Tu das nicht", sagte Jack wählerisch, „es ist nass genug draußen." Dennoch stand er auf und blickte sie an.

„Nun", begann er.

Sie näherte sich ihm schüchtern, setzte sich auf den Küchentisch und sah ihm wehmütig in die Augen.

„Nun", fuhr Jack argumentativ fort, „wenn er Sie nicht ‚schmeißen' will, warum ‚schmeißen' Sie IHN dann nicht?"

Sie wurde ganz weiß und schlug plötzlich die Augen nieder. „Ja", sagte sie fast unhörbar, „das würden viele Mädchen tun."

„Ich meine nicht, dass du in dein altes Leben zurückkehrst", fuhr Jack fort. „Ich schätze, davon hast du genug. Aber gehen Sie in irgendein Geschäft, wissen Sie, wie andere Frauen auch. Ein Motorhaubenladen oder ein Süßwarenladen für Kinder, verstehen Sie? Ich helfe Ihnen beim Start. Ich habe ein paar Hundert, wenn nicht in meiner eigenen Tasche, in der von jemand anderem, die nur darauf brennen, verwendet zu werden! Und dann können Sie sich umschauen; Und vielleicht taucht ein anständiger Geschäftsmann auf, und Sie können ihn heiraten. Du weißt, dass du so nicht leben kannst, auf keinen Fall . Es bringt dich um; Es ist weder dir gegenüber noch fair gegenüber Rylands."

„Nein", sagte sie schnell, „es ist IHM gegenüber nicht fair. Ich weiß es, ich weiß, dass es nicht so ist, ich weiß, dass es nicht so ist", wiederholte sie, „nur" – Sie hielt inne.

"Nur was?" sagte Jack ungeduldig.

Sie sprach nicht. Nach einer Pause nahm sie das Nudelholz vom Tisch und begann, es geistesabwesend über ihren Schoß bis zu ihrem Knie zu rollen, als würde sie den fleckigen Seidenrock ausdrücken. „Nur", stammelte sie und rollte langsam die Nadelgriffe in ihren offenen Handflächen, „ich – ich kann Josh nicht verlassen."

„Warum kannst du nicht?" sagte Jack schnell.

„Weil – weil – ich", fuhr sie mit zitternden Lippen fort und ließ das Nudelholz schwer über ihr Knie gleiten, als wollte sie ihre Antwort herauspressen , „weil – ich – ihn liebe!"

Es entstand eine Pause, ein Tropfen Regen prasselte gegen das Fenster und ein weiterer Tropfen fiel von ihren Augen auf ihre Hände, das Nudelholz und die Röcke, die sie hastig zusammengerafft hatte, während sie rief: „O Jack! Jack! Ich habe noch nie jemanden wie ihn geliebt! Ich wusste nie, was Liebe ist! Ich habe noch nie einen Mann wie ihn gekannt! Es gab noch nie einen!"

Auf diese umfangreiche, umfassende und leidenschaftliche Aussage gab Herr Jack Hamlin keine Antwort. Eine so überragende Kühnheit hatte ihn überwältigt. Er ging zum Fenster, blickte auf die dunkle, vom Regen überzogene Scheibe hinaus, die jedoch in seinen eigenen dunklen Augen keine gleiche Veränderung widerspiegelte, kehrte dann zurück und ging um den Küchentisch herum. Als er hinter ihr war, ohne sie anzusehen, streckte er seine Hand aus, nahm ihre passive Hand, die auf dem Tisch lag, in seine, ergriff sie einen Moment lang herzlich, legte sie sanft nieder und kehrte um den Tisch herum zurück, wo er konfrontierte sie erneut fröhlich von Angesicht zu Angesicht.

„Du schaffst das Gewehr noch", sagte er leise. „Im Moment weiß ich nicht, was ich tun könnte oder wo ich mich an Ihrem kleinen Spiel beteiligen könnte; Aber wenn ich es tue oder Sie es tun, zählen Sie mich mit und lassen Sie es mich wissen. Sie wissen , wohin Sie schreiben müssen – meine alte Adresse in Sacramento." Er ging zur Ecke, nahm sein noch nasses Serape, warf es sich über die Schultern und nahm seinen breitkrempigen Reithut.

„Du gehst nicht, Jack?" sagte sie zögernd, während sie ihre nassen Augen rieb, um sich seiner Bewegungen bewusst zu werden. „Willst du abwarten, IHN zu sehen? Er wird in einer Stunde hier sein."

„Ich bin schon zu lange hier", sagte Jack. „Und je weniger Sie über meine Berufung sagen, auch wenn es nur aus Versehen ist, desto besser. Niemand wird es glauben – DU hast es selbst nicht getan. Wenn Sie nicht sehen, wie ich Ihnen helfen kann, wird sich Ihr Glück umso eher ändern, je früher Sie uns alle für tot und begraben halten. Sagen Sie Ihrer Freundin, dass ich mein eigenes Pferd so viel besser gefunden habe, dass ich mit ihm weitergemacht habe, und geben Sie ihr das."

Er warf eine Goldmünze auf den Tisch.

„Aber dein Pferd lahmt immer noch", sagte sie verwundert. „Was wirst du in diesem Sturm tun?"

„Geh in die Deckung des nächsten Waldes und lagere dort. Ich habe es schon einmal gemacht."

„Aber, Jack!"

Plötzlich machte er eine leichte warnende Geste. Sein scharfes Ohr hatte Schritte auf dem nassen Kies draußen bemerkt. Ein schelmisches Licht glitt in seine dunklen Augen, als er kühl zur Tür zurückging und sie offen hielt und mit bemerkenswert klarer und deutlicher Stimme sagte:

„Ja, wie Sie sagen, die Gesellschaft wird überall sehr gemischt und frivol, und Sie kennen San Francisco jetzt kaum noch. Ich freue mich jedoch sehr, Ihre Bekanntschaft gemacht zu haben, und mein Bedauern hindert mich daran, auf Ihr Wiedersehen mit Ihrem guten Mann zu warten. So seltsam, dass ich deine Tante Jemima kennen sollte! Aber wie Sie sagen, die Welt ist schließlich sehr klein. Ich werde dem Diakon sagen, wie gut Sie aussehen – trotz des Küchenrauchs in Ihren Augen. Auf Wiedersehen! Tausend Dank für Ihre Gastfreundschaft."

Und Jack verneigte sich tief zu Boden und machte einen Rückzieher auf Jane, den Lohnarbeiter und den Expressmann, wobei er, wie ich leider sagen muss, mit einiger Bedacht auf die Zehen der beiden Letzteren trat, um möglicherweise das in ihrem momentanen Schmerz zu verhindern und aus

Unruhe konnten sie das Gesicht dieses genialen Herrn nicht genau betrachten, während er in der Nacht und dem Sturm verschmolz.

Jane trat mit einer leichten Kopfbewegung ein.

„Hier ist Ihr Expressbote – falls Sie ihn JETZT brauchen ."

Mrs. Rylands war zu beschäftigt, um die bedeutungsvolle Betonung ihrer Dienerin zu bemerken, als sie auf einen frisch aussehenden, schüchternen jungen Burschen deutete, dessen Verwirrung offensichtlich durch das unerwartete Verschwinden von Mr. Hamlin und die direkte Anwesenheit der hübschen Mrs. Rylands noch verstärkt wurde. Rylands.

„Oh, sicherlich", sagte Mrs. Rylands schnell. „ Es war so nett von ihm, uns zu verpflichten. Geben Sie ihm bitte den Befehl, Jane."

Sie drehte sich um, um der Küche und diesen neuen Eindringlingen zu entkommen, als ihr Blick auf die Münze fiel, die Mr. Hamlin hinterlassen hatte. „Der Herr wollte, dass Sie das für Ihre Mühe in Kauf nehmen, Jane", sagte sie hastig, zeigte darauf und wurde ohnmächtig.

Jane warf einen vernichtenden Blick auf ihre sich zurückziehenden Röcke, nahm die Münze vom Tisch und wandte sich an den angeheuerten Mann. „Laufen Sie zum Stall hinter diesem schicken jungen Kerl, Dick, her und geben Sie ihm das zurück. Ihr könnt sagen, dass Jane Mackinnon weder Arrants für Geld verwaltet, noch anderen Leuten Stachelbeere vorspielt , um Spaß zu haben."

TEIL II

Herr Joshua Rylands hatte nach dem Vokabular seiner Klasse im Alter von sechzehn Jahren „Gnade gefunden", als er sich noch im geistigen Zustand der „Erbsünde" und im politischen Zustand von Missouri befand. Er hatte es zwar nicht durch beharrliches jugendliches Suchen oder spirituelle Einsicht gefunden, sondern etwas heftig und turbulent bei einer Lagerversammlung. Als Dorfjunge, von Natur aus sanftmütig und beeindruckend, mit einem originellen Charakter, allerdings begrenzt in Bildung und Erfahrung, war er nach seiner ersten ländlichen Ausschweifung mit einigen vulgären Gefährten in rücksichtsloser Kühnheit über die Lagerversammlung hereingefallen; und anstatt dem Bezirkspolizisten übergeben zu werden, wurde er aufgenommen und auf die „ängstliche Bank" gesetzt, von einem starken Erweckungsprediger „ ausgepeitscht " und ermahnt, „der Sünde überführt" und – bekehrt! Es ist zweifelhaft, ob die Schande einer öffentlichen Verhaftung und rechtlichen Bestrafung seinen jugendlichen Geist ebenso beeindruckt hätte wie diese geistliche Prüfung und Verhandlung, bei der er selbst zum Ankläger wurde. Allerdings war seine Wirkung zwar strafend, aber auch vorbildlich. Er verwarf sofort seine bösen Gefährten; blieben seiner Bekehrung treu, trotz ihrer späteren „Rückfälle". Als nach westlicher Art die Zeit für ihn gekommen war, die Farm seines Vaters zu verlassen und an einer entlegeneren Grenze einen neuen „Viertelabschnitt" zu suchen, führte er das abgeschiedene, einsame, halbmönchische Zölibat des Pionierlebens fort – das bis dahin so war die Grundlage für so viel starken westlichen Charakter – mehr als das übliche religiöse Gefühl. Er war gleichzeitig fleißig und abenteuerlustig und lebte nach „dem Wort", wie er es nannte, und der Natur, wie er sie kannte – ohne Versuchung durch die Laster oder Gefühle der Zivilisation. Als er sich schließlich der kalifornischen Emigration anschloss, geschah dies nicht als Goldsucher, sondern als Entdecker neuer landwirtschaftlicher Felder; Auch wenn die Strapazen ebenso groß und die Belohnungen geringer waren, wusste er dennoch, dass er seine sicherere Isolation und geistige Unabhängigkeit bewahrte. Laster und Zivilisation waren für ihn synonyme Begriffe; es war der natürliche Zustand der Weltlichen und Unwiedergeborenen. So war der Mann, der „Nell Montgomery, die Perle der Varieté-Bühne" auf dem Sacramento-Boot bei einem seiner erzwungenen Besuche in der Zivilisation zufällig traf. Ohne sie in ihrem Beruf zu kennen, erschreckte ihn ihre offene Darstellung ihrer selbst nicht; er erkannte es, akzeptierte es und bemühte sich, es umzuwandeln. Und solange diese Tochter der Torheit ihre bösen Taten für ihn aufgab, war es ein Triumph, für den es keine Schande gab und der vom Dach aus verkündet werden konnte. Als seine Nachbarn anders dachten und sie mieden, sah er keinen Widerspruch darin, die alten Freunde seiner Frau mitzubringen, um sie abzulenken: Sie könnte sie mit der Zeit bekehren. Er hatte ebenso wenig Angst davor, dass sie auf ihre eigenen Wege zurückkehrte, als dass er selbst „rückfällig" werden könnte. So eng sein Glaubensbekenntnis auch war, er hatte weder die Härte noch den Pessimismus des Fanatikers. Bei aller schärfsten Selbstbeobachtung war seine Leichtgläubigkeit anderen gegenüber rührend.

Der Sturm tobte immer noch, als er an diesem Abend am Weg, der seinem Haus am nächsten lag, aus der Kutsche stieg. Obwohl er mit einer schweren Reisetasche beladen war, machte er sich resigniert auf den zwei Meilen langen Marsch, ohne sich über die nachbarschaftliche Tat seiner Frau zu ärgern, die ihn seines Pferdes beraubt hatte. Es war ihr „ähnlich", diese Dinge in ihrer gut gelaunten Geistesabwesenheit zu tun, eine Geistesabwesenheit, die ihn jedoch manchmal beunruhigte, weil er befürchtete, dass dies auf eine gewisse Unzufriedenheit mit ihrem jetzigen Los hindeutete. Nach seiner dreitägigen Abwesenheit, der längsten Trennung seit ihrer Heirat, sehnte er sich danach, zu ihr zurückzukehren, und er eilte mit einer gewissen verliebten Erregung weiter, die für sein normalerweise ruhiges und gemäßigtes Blut völlig neu war.

Er kämpfte mit dem Sturm und der Dunkelheit, aber immer mit dem glücklichen Bewusstsein, in diesem Kampf näher zu ihr zu kommen, arbeitete er weiter und fand seinen gefährlichen Weg über den ununterscheidbaren Pfad an bestimmten Orientierungspunkten in der Ferne, die nur für sein Pionierauge sichtbar waren. Der stärkere Schatten auf der rechten Seite war nicht der Hang, sondern der Hang zum fernen Hügel; Die niedrige, regelmäßige Linie direkt vor ihm war kein Zaun oder eine Mauer, sondern die Linie entfernter riesiger Wälder, eine Meile von seinem Zuhause entfernt. Doch als er begann, den Hang zum Wald hinabzusteigen, blieb er stehen und rieb sich die Augen. Da war deutlich ein Licht darin. Sein erster Gedanke war, dass er die Spur verloren hatte und sich der Hütte des Holzfällers Mackinnon näherte. Bei genauerem Hinsehen entdeckte er jedoch, dass es sich tatsächlich um das Holz und das Licht um ein Lagerfeuer handelte. Es war eine harte Nacht zum Zelten, aber es handelte sich wahrscheinlich um verspätete Goldsucher.

Als er den Waldrand erreicht hatte, konnte er ganz deutlich erkennen, dass das Feuer neben einer der großen Kiefern entzündet war und dass das kleine Lager, das recht komfortabel und abseits des sturmgepeitschten Pfades wirkte, offenbar von einem bewohnt war einzelne Figur. Im angenehmen Schein des lodernden Feuers wirkte die aufrecht davor stehende Figur, elegant geformt, in den anmutigen Falten eines Serapes, einzigartig romantisch und malerisch und erinnerte Joshua Rylands – dessen Kunstvorstellungen lediglich an jungenhafte Lektüre erinnerten – an … ein Bild in einem Roman. Die schweren schwarzen Säulen der Kiefern, die aus dem konkaven Schatten hervorlugten, schienen auch ein passender Hintergrund für eine Szene aus einem Theaterstück zu sein. Der Eindruck war so stark auf ihn, dass er ohne seine Sorge, sein noch eine Meile entferntes Zuhause zu erreichen, und die Tatsache, dass er bereits zu spät kam, in den Wald und in die Abgeschiedenheit des Fremden eingedrungen wäre, um ihm Gastfreundschaft anzubieten Nacht. Der Mann war jedoch offenbar in der Lage, auf sich selbst aufzupassen, und unter einem anderen Baum waren schwach die Umrisse eines angebundenen Pferdes zu erkennen. Es könnte ein Landvermesser oder ein Ingenieur sein – die einzigen Männer einer besseren Klasse, die umherwanderten.

Doch eine weitere, noch größere Überraschung erwartete ihn, als er sich den felsigen Hang hinauf zu seinem Bauernhaus hinaufarbeitete. Die Fenster des Wohnzimmers, die nachts normalerweise leer und schwarz waren, glitzerten in ungewohntem Licht. Wie die meisten Bauern benutzte er das Zimmer nur für formelle Gesellschaft, seine Frau mied es normalerweise, und selbst er selbst bevorzugte jetzt das Esszimmer oder die Küche. Seine erste Andeutung, dass seine Frau Besuch hätte, löste in ihm ein Gefühl der Freude aus, vermischte sich jedoch mit einem leichten Unbehagen, das er sich nicht erklären konnte. Darüber hinaus konnte er, als er näher kam , das Anschwellen der Orgel über dem Rauschen der sich wiegenden Kiefern hören, und die Kadenzen hatten keinen Andachtscharakter. Er zögerte einen Moment, wie er am Feuer im Wald gezögert hatte; doch es war sicherlich sein eigenes Haus! Er eilte zur Tür und öffnete sie; Nicht nur das Licht des Wohnzimmers strömte in die Halle, sondern auch der rötliche Schein eines echten Feuers im stillgelegten Kamin! Die vertrauten dunklen Möbel waren neu angeordnet worden, um etwas von dem Glanz einzufangen und seine Düsterkeit zu mildern . Und seine Frau, die vom Musikhocker aufstand, war die einzige Bewohnerin des Raumes!

Mrs. Rylands blickte ängstlich und schüchtern auf das erstaunte Gesicht ihres Mannes, als er seine Regenjacke abstreifte und seine Reisetasche ablegte. Ihr eigenes Gesicht war ein wenig aufgeregt, und sein Gesicht drückte, halb verborgen in seinem gelbbraunen Bart und möglicherweise aufgrund seiner introspektiven Natur, nie spontanes Mitgefühl, immer noch nur Verwunderung aus! Mrs. Rylands hatte ein wenig Angst. Es ist manchmal gefährlich, sich in die Gewohnheiten eines Mannes einzumischen, selbst wenn er ihrer überdrüssig geworden ist.

„Ich dachte“, begann sie zögernd, „dass es hier an diesem stürmischen Abend fröhlicher für dich wäre.“ Ich dachte, du würdest deine nassen Sachen vielleicht gerne in der Küche trocknen lassen, und wir könnten hier nach dem Abendessen allein zusammensitzen.“

Ich fürchte, dass Frau Rylands nicht alle ihre Gedanken geäußert hat. Seit Mr. Hamlins Weggang war sie unruhig und aufgeregt gewesen, manchmal in Anfälle von Niedergeschlagenheit geraten und wieder in hysterische Leichtfertigkeit übergegangen; ein anderes Mal untersuchte sie sorgfältig ihre Garderobe und stürmte dann mit einem plötzlichen Impuls wieder die Treppe hinunter, um das Abendessen für ihren Mann zu bestellen und die bereits erwähnten außergewöhnlichen Veränderungen im Wohnzimmer vorzunehmen. Nur wenige Augenblicke bevor er ankam, hatte sie heimlich ein Musikstück heruntergeholt, die Gesangbücher beiseite gelegt und mit einem kleinen Lachen ein Kartenspiel aus ihrer Tasche gezogen, das sie hinter die bereits abgebaute Vase steckte am Schornstein.

„Ich dachte, du hättest Gesellschaft, Ellen", sagte er ernst und küsste sie.

„Nein", sagte sie schnell. „Das heißt", sie brach ab, als ihr Gesicht plötzlich rot wurde, was sie erschreckte, „da war – hier in der Küche – ein Mann, der ein lahmes Pferd hatte und sich ein neues holen wollte. Aber er ist vor einer Stunde weggegangen. Und er war nicht in diesem Raum – zumindest nicht, nachdem er repariert worden war. Ich hatte also keine Gesellschaft."

Sie spürte, wie sie erneut errötete, weil sie errötet war, und ein wenig verängstigt. Es gab keinen Grund dafür. Ohne Jacks Warnung wäre sie bereit gewesen, ihrem Mann alles zu erzählen. Sie war in ihrem vergangenen Leben vor ihm nie errötet; Warum sollte sie jetzt erröten, weil sie ausgerechnet Jack gesehen hat? brachte sie dazu, ein wenig hysterisch zu lachen. Ich fürchte, diese erfahrene kleine Frau ging davon aus, dass ihr Mann wusste, dass sie überhaupt nicht rot geworden wäre, wenn Jack oder ein anderer Mann als heimlicher Liebhaber dort gewesen wäre. Trotz all ihrer Erfahrung wusste sie nicht, dass sie nur deshalb rot geworden war, weil sie Jack gestanden hatte, dass sie den Mann vor ihr liebte. Ihr Mann bemerkte, dass das Erröten Teil ihrer allgemeinen Aufregung war. Er erlaubte ihr, ihn ins Zimmer zu zerren und vor den Kamin zu setzen, wo sie sich auf ein Knie niederließ, um ihm die schweren Gummistiefel auszuziehen. Aber er winkte sie ab, zog sie mit seinen eigenen Händen aus und ließ sie sie in die Küche tragen und seine Hausschuhe zurückbringen. Zu diesem Zeitpunkt hatte ein Lächeln sein hartes Gesicht erhellt. Das Zimmer war auf jeden Fall komfortabler und freundlicher. Dennoch war er ein wenig besorgt; Gab es in diesen Veränderungen nicht einen Abfall von der Gnade der Selbstverleugnung, die sie so eifrig geübt hatte?

Als Jane im trüben Speisesaal das Abendessen servierte, wäre Mr. Rylands, wenn er sich nicht mehr mit diesen späten häuslichen Veränderungen beschäftigt hätte, aufgefallen, dass das Mädchen aus Missouri ihn mit einer gewissen mitleidigen Miene bediente, die an dieser Stelle bemerkenswert war Im Gegensatz zu der kalten, zeremoniellen Höflichkeit, mit der sie ihrer

Geliebten begegnete. Es war jedoch Mrs. Rylands nicht entgangen, die diese Veränderung im Verhalten des Mädchens sich selbst gegenüber seit Jacks plötzlichem Weggang bemerkt und sie mit der intuitiven Einsicht einer Frau gegenüber einer anderen Frau ergründet hatte. Das gemütliche Tête-à-Tête mit Jack, auf das Jane sich gefreut hatte, hatte Mrs. Rylands vorhergesehen und ihn dann weggeschickt! Als Joshua sich bei seiner Frau dafür bedankte, dass sie sich an die Pfeffersauce erinnerte, und Mrs. Rylands erbärmlich ihre Vergesslichkeit zugab, war die Kopfbewegung, die Jane machte, als sie den Raum verließ, zu deutlich, als dass er sie hätte übersehen können. Mrs. Rylands lachte hysterisch. „Ich fürchte, Jane gefällt es nicht, dass ich den Expressboten wegschicke, nachdem ich auch den Fremden, an dem sie Gefallen gefunden hatte, entlassen und sie ohne Gesellschaft zurückgelassen hatte", sagte sie unklug.

Mr. Rylands lachte nicht. „Ich schätze", erwiderte er langsam, „dass Jane sich einsamer fühlen muss; Sie trägt die ganze Bürde unseres Seins außerhalb der Welt, ohne dass unser Ruhm dafür gebührt."

Doch als das Abendessen vorüber war und die beiden im Wohnzimmer vor dem Feuer saßen, war diese Episode vergessen. Mrs. Rylands holte die Pfeife und den Tabakbeutel ihres Mannes hervor. Er blickte sich an den formellen Wänden um und zögerte. Er hatte die Angewohnheit, in der Küche zu rauchen.

"Warum nicht hier?" sagte Mrs. Rylands mit einem plötzlichen kleinen Anflug von Entscheidung. „Warum sollten wir diesen Raum nur für Gäste behalten, die nicht kommen? Ich nenne es albern."

Das erschien Herrn Rylands logisch. Außerdem hatte das Feuer den Raum zweifellos angenehmer gemacht. Nach ein oder zwei Zügen blickte er seine Frau nachdenklich an. „Könntest du dir nicht eine von diesen Zigaretten machen, wie sie sie nennen ? Hier ist der Tabak, und ich besorge dir die Zeitung."

„ICH KÖNNTE", sagte sie zögernd. Dann plötzlich: „Wie bist du darauf gekommen?" Du hast MICH nie rauchen sehen!"

„Nein", sagte Rylands, „aber diese Dame, Ihre alte Freundin, Miss Clifford, tut es, und ich dachte, Sie sehnen sich vielleicht danach."

„Woher weißt du, dass Tinkie Clifford raucht?" sagte Frau Rylands schnell.

„Sie hat sich an dem Tag, als sie anrief, eine Zigarette angezündet ."

„Ich hasse es", sagte Mrs. Rylands knapp.

Mr. Rylands nickte zustimmend und schnaufte nachdenklich.

„Josh, hast du das Mädchen seitdem gesehen?"

„Nein“, sagte Joshua.

„Noch irgendein anderes Mädchen wie sie?“

„Nein“, sagte Joshua verwundert. „Du siehst, ich habe sie nur deinetwegen kennengelernt, Ellen, damit sie dich sehen kann.“

„Nun, mach das nicht mehr ! Keiner von ihnen ! Versprich mir!" Sie beugte sich eifrig in ihrem Stuhl vor.

„Aber Ellen“, begann ihr Mann ernst.

„Ich weiß, was du sagen wirst, aber sie können mir nichts Gutes tun, und du kannst ihnen nichts Gutes tun, so wie du es MIR getan hast, also da!“

Mr. Rylands schwieg und lächelte nachdenklich.

„Josh!“

"Ja."

„Als du mich an jenem Abend auf dem Sacramento-Boot trafst und mich ansahst, hast du – habe ich“, sie zögerte – „hast du mich angeschaut, weil ich geweint hatte?“

„Ich dachte, du wärst geistig beunruhigt und sahst so aus.“

„Ich glaube, ich sah natürlich besorgt aus; Ich hatte keine Zeit, meine Haare zu wechseln oder gar zu reparieren; Ich hatte dieses grüne Kleid an und es stand mir NIEMALS. Und du hast nur wegen meines schrecklichen Aussehens mit mir gesprochen?“

„Ich habe nur deine ringende Seele gesehen, Ellen, und ich dachte, du brauchst Trost und Hilfe.“

Sie schwieg einen Moment, dann beugte sie sich vor, hob den Schürhaken auf und begann, ihn geistesabwesend zwischen den Gitterstäben hindurchzustoßen.

„Und wenn es ein anderes Mädchen gewesen wäre, das geweint und schrecklich ausgesehen hätte, hätten Sie trotzdem mit ihr gesprochen?“

Für Mr. Rylands war das eine neue Idee, aber für die meisten Männer ist die Logik oberstes Gebot. „Das würde ich wohl tun“, sagte er langsam.

„Und sie geheiratet?“ Sie rüttelte mit dem Schürhaken an den Gitterstäben des Gitters, als wollte sie die unvermeidliche Antwort übertönen.

Mr. Rylands liebte die Frau vor ihm, aber es gefiel ihm, zu glauben, dass er die Wahrheit mehr liebte. „Wenn es für ihre Rettung notwendig gewesen wäre, ja“, sagte er.

„Nicht Tinkie ?" sagte sie plötzlich.

„Sie wäre nie in deinem zerknirschten Zustand gewesen."

„Vieles weißt du! Solche Mädchen können sowohl weinen als auch lachen, ganz wie sie wollen. Also! Ich schätze, ich sah schrecklich aus." Dennoch schien sie eine gewisse Befriedigung aus der Antwort ihres Mannes zu empfinden und wechselte das Thema, als fürchtete sie, diese Befriedigung durch weitere Fragen zu verlieren.

„Ich habe einige der Lieder ausprobiert, die Sie mitgebracht haben, aber ich glaube nicht, dass sie gut zum Harmonium passen", sagte sie und zeigte auf einige Noten auf dem Ständer, „außer einem." Einfach zuhören." Sie stand auf und ging mit der gleichen nervösen Schnelligkeit, die sie zuvor gezeigt hatte, zum Instrument und begann zu singen und zu spielen. Es bestand ein hoffnungsloser Widerspruch zwischen dem Charakter des Instruments und dem Geist des Liedes. Mrs. Rylands' Stimme klang ziemlich gezwungen und grob trainiert, aber Joshua Rylands, der dort bequem in Hausschuhen am Feuer saß und sich der Regentropfen gegen das Fenster bewusst war, spürte es gut. Plötzlich stand er auf, beugte sich schwerfällig zu der schönen Darstellerin hinüber, beugte sich hinunter und drückte einen Kuss auf die labyrinthartigen Fransen ihrer Haare. Daraufhin ergriff Mrs. Rylands blind seine Hand, die ihr am nächsten war, und ohne ihre andere Hand von den Tasten oder ihren Blick von der Musik zu nehmen, sagte sie zögernd:

„Du weißt, dass es hier gerade einen Refrain gibt! Warum kannst du es nicht mit mir versuchen?"

Mr. Rylands zögerte einen Moment, dann erhob er mit einem einleitenden Husten eine Stimme, die ebenso grob war wie ihre, aber kraftvoll durch viele Übungen auf der Lagerversammlung, und brüllte einen Refrain, der vor allem dadurch bemerkenswert war, dass er die Schlichtheit und Verspieltheit in der Ausführung erforderte, die ihm fehlte . Als sich das ganze Haus durch das Geräusch zu weiten schien und der Wind draußen seine Wut zurückzuhalten schien, verspürte Mr. Rylands die körperliche Freude, die Kinder im persönlichen Aufschrei empfinden, und war seiner Frau für die Gelegenheit dankbar. Als er ihr liebevoll die Hand auf die Schulter legte , bemerkte er zum ersten Mal, dass sie eine Art Abendkleid trug und dass ihre zarte weiße Schulter durch die schwarze Spitze, die sie umhüllte, durchschimmerte.

Einen Moment lang war Mr. Rylands schockiert über diese ungewöhnliche Enthüllung. Er hatte seine Frau noch nie zuvor im Abendkleid gesehen. Zwar waren sie allein und in ihrem eigenen Wohnzimmer, aber das Zimmer war immer noch mit jener Förmlichkeit und Publizität erfüllt, die diese Indiskretion zu betonen schien. Die Gedanken des einfältigen Grenzgängers wanderten zurück zu Jane, dem Lohnarbeiter, dem Expressfahrer, dem Fremden, die es alle vielleicht auch bemerkt hätten.

„Du hast ein neues Kleid", sagte er langsam, „hast du es den ganzen Tag getragen?"

„Nein", sagte sie mit einem schüchternen Lächeln. „Ich habe es erst angezogen, kurz bevor du gekommen bist. Es ist das, das ich in der Ballsaalszene in „Gay Times in „Frisco" getragen habe. Du weißt es nicht, ich weiß es. Ich dachte, ich würde es heute Abend tragen, und dann", sie ergriff plötzlich seine Hand, „lässt du mich all diese Dinge für immer wegräumen!" Nicht wahr, Josh? Ich habe heute im Laden so schöne, hübsche Kaliko-Kleider gesehen, und ich kann ein oder zwei Kleider für zu Hause anfertigen, wie das von Jane, nur natürlich besser sitzend. Tatsächlich habe ich sie gebeten, die Rolle morgen hierher zu schicken, damit Sie sie sehen können.

Herr Rylands war erleichtert. Vielleicht hatte er seine Ansichten über die moralische Wirkung, die es mit sich brachte, wenn sie diese Symbole ihrer Vergangenheit beibehielt, geändert, denn er stimmte den Kattunkleidern zu, allerdings nicht ohne einen inneren Verdacht, dass sie darin nicht so gut aussehen würde, und das, was sie hatte Es wurde immer schicker.

In der Zwischenzeit probierte sie ein anderes Musikstück aus. Es war ebenso unpassend und leicht bacchantisch.

„Früher gab es einen gewaltigen, hübschen Tanz dazu", sagte sie, nickte im Takt der Musik mit dem Kopf und unterstützte die stark krampfhaften Versuche des Instruments mit der angenehmen Leichtigkeit ihrer Stimme. "Früher habe ich es gemacht."

„Vielleicht versuchst du es jetzt, Ellen", schlug ihr Mann mit einer halb ängstlichen, halb amüsierten Toleranz vor.

„Dann spielen Sie", sagte Mrs. Rylands schnell und bot ihm ihren Platz an.

Mr. Rylands setzte sich ans Harmonium, während Mrs. Rylands zügig den Tisch und die Stühle an die Wand schob. Mr. Rylands spielte langsam und energisch, wie aus gewissenhafter Auseinandersetzung mit dem Instrument. Mrs. Rylands stand in der Mitte des Saals und gab ein ziemlich hübsches, lebhaftes Bild ab, als sie den schweren Harmoniumschwung nicht nur mit ihrer Stimme, sondern auch mit Händen und Füßen erneut anregte. Plötzlich begann sie zu hüpfen.

Ich sollte den Leser hier warnen, dass dies geschah, bevor der „Schal-" oder „Rock"-Tanz in Mode kam, und ich befürchte, dass die Auftritte der hübschen Mrs. Rylands jetzt als langsam eingestuft würden. Ihr Seidenrock und ihr gerüschter Unterrock waren bis knapp über ihre schmalen Knöchel und winzigen bronzefarbenen Kinderschuhe hochgezogen. Im Verlauf einer oder zweier Pirouetten kamen ein wenig weitere blaue Seidenstrümpfe und einige zarte Stickereien zum Vorschein, aber eigentlich nichts weiter, als man im Schwung eines modernen Walzers sehen könnte. Plötzlich verstummte die Musik. Mr. Rylands hatte das Harmonium verlassen und ging zum Kamin. Mrs. Rylands blieb stehen und kam mit gerötetem, besorgtem Gesicht auf ihn zu.

„Es scheint nicht richtig zu laufen, oder?" sagte sie mit ihrem nervösen Lachen. „Ich glaube, ich werde jetzt zu alt, und ich kann mich nicht mehr genau daran erinnern."

„Vergiss es besser ganz", antwortete er ernst. Als er eine seltsame Veränderung in ihrem Gesicht sah, hielt er inne und fügte verlegen hinzu: „Als ich dir sagte, dass ich nicht wollte, dass du dich für deine Vergangenheit schämst oder versuchst zu vergessen, was du warst, meinte ich nicht so etwas wie …" Das!"

"Was hast du gemeint?" sagte sie schüchtern.

Die Wahrheit war, dass Mr. Rylands es nicht wusste. Er hatte so etwas nur abstrakt gewusst. Er hatte die Klasse, der seine Frau angehörte, nie im Geringsten gekannt und auch nichts von deren Methoden gewusst. Es war für ihn jetzt eine Offenbarung, in der Frau, die er liebte, und wer seine Frau war. Er war nicht so sehr schockiert, sondern eher verängstigt.

„Morgen bekommst du das Kleid, Ellen", sagte er sanft, „und du kannst diesen Schnickschnack wegräumen. Du musst nicht wie Tinkie Clifford aussehen ."

Er sah nicht den triumphierenden Ausdruck, der in ihren Augen aufleuchtete, sondern fügte hinzu: „Mach weiter und spiel."

Sie setzte sich gehorsam dem Instrument gegenüber. Er beobachtete sie einige Augenblicke lang, von der Spitze ihres Kinderschuhs auf den Pedalen bis zur Schwellung ihrer Schultern über der Tastatur, mit einem seltsamen, abwesenden Gesichtsausdruck. Dann blieb sie stehen und kam auf ihn zu.

„Und wenn ich diese schönen Kaliko-Kleider habe und du es nicht von Jane unterscheiden kannst und ich eine gute Haushälterin bin und mich als Bäuerin niederlasse, habe ich vielleicht ein Geheimnis, das ich dir verraten kann. "

"Ein Geheimnis?" wiederholte er ernst. "Wieso nicht jetzt?"

Ihr Gesicht strahlte vor Aufregung und einem gewissen schüchternen Schalk, als sie lachte: „Nicht, solange du so ernst bist. Es kann warten."

Er schaute auf seine Uhr. „Ich muss Jim ein paar Anweisungen bezüglich der Aktie geben, bevor er abgibt", sagte er.

„Er ist bereits in den Stall gegangen", sagte Mrs. Rylands.

"Egal; Ich kann dorthin gehen und ihn finden."

„Soll ich deine Stiefel mitbringen?" sagte sie schnell.

„Ich werde sie anziehen, wenn ich durch die Küche gehe. Ich werde nicht mehr lange weg sein. Jetzt geh ins Bett. „Du siehst müde aus", sagte er sanft, während er die gezogenen Linien um ihre Augen und ihren Mund betrachtete. Ihre frühere hübsche Farbe kam ihm auch so vor, als hätte sie sich in letzter Zeit verändert und sei unregelmäßig und unharmonisch.

Als Mrs. Rylands gehorsam die Treppe hinaufstieg, stieß sie einen leisen Seufzer aus, ihr einziges Erkennen der Kritik ihres Mannes. Er drehte sich um und ging schnell in die Küche. Er wollte allein sein, um seine Gedanken zu sammeln. Aber er war überrascht, Jane immer noch da zu finden, kerzengerade auf einem Stuhl in der Ecke sitzend. Anscheinend hatte sie ihn erwartet, denn als er eintrat, stand sie auf und wischte sich mit einer Hand über Wange und Mund, als wollte sie ihre Lippen noch fester zusammenpressen.

„Ich rechnete damit", begann sie, „dass du, wenn du nicht darum kämpfst, bei all dem, was du tust, alles zu vergessen , hier durchkommen würdest, um dich um deinen Bestand zu kümmern. " Ich muss Ihnen etwas sagen, Mr. Rylands. Als ich zum ersten Mal hierher kam , um zu helfen, erfuhr ich von den Leuten in der Umgebung, dass Ihre Frau, bevor Sie sie geheiratet haben, nur eine dieser Balltänzerinnen war . Nun, das war DEIN Ausguck, nicht meiner! Jane Mackinnon ist nicht der Typ, der das, was jeder sagt , als Evangelium betrachtet , aber sie kalkuliert, die Leute so zu behandeln , wie sie sie findet . Wenn sie sie findet lügen und betrügen ; wenn sie sie findet eine Sache tun und eine andere tun ; wenn sie sie findet Machen Sie Narren zu ihnen ; Sie macht sich über ihre eigenen Ehemänner lustig und verwandelt ein ehrliches Haus in einen Musiksaal und einen Fandango-Laden, sie ist der Hammer! Du hörst mich! Jane Mackinnon tritt!"

"Wie meinst du das?" sagte Mr. Rylands streng.

„Ich meine", sagte Miss Mackinnon, schlug sich mit dem Handrücken geschickt auf die Hüften und betonte jedes Wort, das wie eine Kugel aus ihrem Mund fiel, mit einem zusätzlichen Schlag, „ich – meine – das – Ihre – Frau – hatte einer ihrer alten Mitläufer aus Frisco, der den ganzen Nachmittag hier in dieser Küche war ; Dort! Ich meine, während sie hier auf dich wartete , hat sie mit ihm geknutscht und über alte Zeiten geweint ! Ich habe sie selbst durch den Wickler gesehen. Das meine ich, Herr Joshua Rylands."

"Es ist falsch! Sie hatte hier einen armen Fremden mit einem lahmen Pferd. Sie hat es mir selbst gesagt."

Jane Mackinnon lachte schrill.

„Hat sie dir erzählt, dass der arme Fremde jung und hübsch im Gesicht war und einen schwarzen Schnurrbart hatte ? dass seine Ladenkleidung einen Fortin gekostet haben muss , ganz zu schweigen von seinem goldgefütterten, aus Wollstoff gefertigten Sarrapper ? Hat sie gesagt, dass sein Pferd so lahm sei, dass er nicht darauf WARTEN wollte, als ich ein anderes holte ? Hat sie dir gesagt, WER er war?"

„Nein, sie wusste es nicht", sagte Rylands streng, aber mit strahlendem Gesicht.

„Nun, ich werde es dir sagen! Der Spieler, der Schütze! – der Mann, dessen Name schwarz genug ist, um jede Frau, die er kennt, zu beflecken. Jim erkannte ihn wie ein Blitz; In dem Moment, als er ihn an der Tür ansah, sagte er: , Verdammter Dod , wenn das nicht Jack Hamlin ist!'"

Obwohl Mr. Rylands nichts von der Welt wusste, hatte er diesen Namen schon einmal gehört. Aber es war nicht DAS, woran er dachte. Er dachte an das Lagerfeuer im Wald, die hübsche Gestalt davor, das angebundene Pferd. Er dachte an das erleuchtete Wohnzimmer, das Feuer, die nackten Schultern seiner Frau, ihre Hausschuhe, Strümpfe und den Tanz. Er sah alles – ein Blitz in seiner stumpfen Vorstellungskraft. Der Raum schien sich auszudehnen und dann wieder kleiner zu werden, die Gestalt von Jane schien vor ihm hin und her zu schwanken. Er murmelte den Namen Gottes mit stimmlosen Lippen, klammerte sich an den Küchentisch, um sich zu beruhigen, hielt ihn fest, bis er spürte, wie seine Arme steif wurden, und erholte sich dann – weiß, kalt und gesund.

„Sag ihr ein Wort davon", sagte er mit Bedacht, „betritt ihr Zimmer, während ich weg bin, verlasse sogar die Küche, bevor ich zurückkomme, und ich werde dich auf die Straße werfen." Sagen Sie diesem Söldner, wenn er es wagt, es einer Seele einzuhauchen, werde ich ihn erwürgen."

Die unerwartete Wut dieses ruhigen, gottesfürchtigen Mannes und Betrügers, wie sie glaubte, war schrecklich, aber überzeugend. Sie wich in die Ecke zurück, während er kühl seine Stiefel und seine Regenjacke anzog und ohne ein weiteres Wort das Haus verließ.

Er wusste so gut, was er tun würde, als wäre es für ihn bestimmt gewesen. Er wusste, dass er den jungen Mann im Wald finden würde; denn was auch immer die Wahrheit der anderen Geschichten sein mochte, er und der

Besucher waren identisch; er hatte ihn mit eigenen Augen gesehen. Er würde ihn von Angesicht zu Angesicht konfrontieren und alles wissen; und bis dahin konnte er seine Frau nicht wiedersehen. Er ging schnell weiter, aber ohne Fieber oder geistige Verwirrung. Er sah seine Pflicht deutlich: Wenn Ellen „rückgefallen" war, musste er ihr eine weitere Prüfung geben. Dies waren seine Glaubensartikel. Er sollte sie nicht wegbringen; aber sie sollte nie mehr seine Frau sein. Es war wahr, ER hatte sie in Versuchung geführt; Vielleicht würde Gott ihr aus diesem Grund vergeben, aber ER könnte sie nie wieder lieben.

Die Heftigkeit des Sturms hatte etwas nachgelassen, als er den Wald erreichte. Das Feuer war immer noch da, aber keine lodernde Flamme mehr. Ein trübes Leuchten in der Dunkelheit der Waldschneisen war alles, was seine Position anzeigte. Rylands stürzte sich sofort in diese Richtung; Er war nahe genug, um die rote Glut zu sehen, als er ein scharfes Klicken hörte und eine Stimme rief:

"Halten!"

Herr Hamlin hatte einen leichten Schlaf. Das Knistern des Unterholzes hatte ausgereicht, um ihn zu stören. Die Stimme war seine; Das Klicken war das Spannen seines Revolvers.

Rylands war kein Feigling, sondern hielt diplomatisch inne.

„Also dann", sagte Mr. Hamlins Stimme, „ein bisschen mehr in diese Richtung, IM LICHT, bitte!"

Rylands bewegte sich wie angewiesen und sah Mr. Hamlin vor dem Feuer liegen, bequem auf einer Hand ruhend, mit seinem Revolver in der anderen.

"Danke schön!" sagte Jack. „Entschuldigen Sie meine Vorsichtsmaßnahmen, aber es ist Nacht und dies ist vorerst mein Schlafzimmer."

„Mein Name ist Rylands; Sie haben heute Nachmittag bei mir zu Hause angerufen und meine Frau gesehen", sagte Rylands langsam.

„Das habe ich", sagte Hamlin. „Es war sehr nett von Ihnen, so schnell zurückzurufen, aber damit habe ich nicht gerechnet."

„Ich glaube nicht. Aber ich weiß, wer Sie sind und dass Sie in den Tagen ihrer Sünde und Unerneuerung ein alter Verbündeter von ihr sind . Ich möchte, dass Sie mir vor Gott und den Menschen antworten: Was war Ihr Grund, heute dorthin zu kommen?"

"Schau hier! „Ich glaube nicht, dass es nötig ist, Fremde hinzuzuziehen, um meine Antwort zu hören", sagte Jack und legte sich wieder hin, „aber ich bin gekommen, um mir ein Pferd zu leihen."

„Ist das die Wahrheit?“

Jack stand sehr feierlich auf, setzte seinen Hut auf, zog seine Weste herunter und näherte sich Mr. Rylands, die Hände in den Taschen.

"Herr. „Herr Rylands“, sagte er mit großer Höflichkeit, „das ist heute das zweite Mal, dass ich die Ehre habe, dass meine Aussage von Ihrer Familie angezweifelt wird. Ihre Frau war so freundlich, meine Behauptung in Frage zu stellen, dass ich nicht wusste, dass sie hier lebte, aber das war die Eitelkeit einer Frau. Sie haben keine solche Entschuldigung. Da ist mein Pferd, lahm, wie Sie vielleicht sehen. Ich habe ihn nicht gelähmt , nur um deine Frau oder dich zu sehen.“

Da war etwas in Mr. Hamlins Kühnheit und vollkommener Selbstbeherrschung, das, auch wenn es irritierte, niemals auf Täuschung hindeutete. Er war zu rücksichtslos, um zu lügen. Mr. Rylands war verblüfft und halb überzeugt. Dennoch zögerte er.

„Wagst du es, mir alles zu erzählen, was zwischen meiner Frau und dir passiert ist?“

„Wagst du es zuzuhören?“ sagte Herr Hamlin leise.

Mr. Rylands wurde ein wenig blass. Nach einem Moment sagte er: –

"Ja."

"Gut!" sagte Herr Hamlin. „Ich mag deinen Mut, obwohl es mir nichts ausmacht, dir zu sagen, dass es das EINZIGE ist, was ich an dir mag. Hinsetzen. Nun, ich habe Nell Montgomery drei Jahre lang nicht gesehen, bis ich sie als Ihre Frau in Ihrem Haus kennengelernt habe. Sie war genauso überrascht wie ich, aber genauso verängstigt wie ich. Sie hat das ganze Interview damit verbracht, mir die Geschichte ihrer Ehe und ihres Lebens mit Ihnen zu erzählen, mehr nicht. Ich kann nicht sagen, dass es außergewöhnlich unterhaltsam war oder dass sie genauso amüsant war wie Ihre Frau wie Nell Montgomery, die Varieté-Schauspielerin. Als sie fertig war, ging ich weg.“

Mr. Rylands, der sich gesetzt hatte, machte eine Bewegung, als wollte er aufstehen. Aber Mr. Hamlin legte seine Hand auf sein Knie.

„Ich habe dich gefragt, ob du es wagst, zuzuhören. Ich selbst habe etwas zu diesem Interview zu sagen. Ich fand Ihre Frau in den alten Kleidern, die ihr andere Männer geschenkt hatten, und sie sagte, sie trage sie, weil sie dachte, dass es Ihnen gefiel. Ich habe herausgefunden, dass Sie, die Sie meine Berufung zu ihr in Frage stellen, bereits die schlimmsten ihrer alten Freunde dazu gebracht hatten, sie zu besuchen, ohne sie um ihre Zustimmung zu bitten; Ich habe herausgefunden, dass Sie nicht der Erste waren, der für sie gelogen und sie versteckt hat, sondern dass Sie der Erste waren, der irgendjemandem ihre Geschichte erzählt hat, nur weil Sie dachten, es sei zur Ehre Gottes im Allgemeinen und von Joshua Rylands im Besonderen."

„Die Motive eines Mannes sind seine eigenen", stammelte Rylands.

„Tut mir leid, dass du es nicht gesehen hast, als du mich gerade befragt hast", sagte Jack kühl.

„Dann hat sie sich bei dir beschwert?" sagte Rylands zögernd.

„Das habe ich nicht gesagt", sagte Jack knapp.

„Aber Sie fanden sie unglücklich?"

„Verdammt."

„Und Sie haben sie beraten", sagte Rylands zögernd.

„Ich habe ihr geraten, dich rauszuschmeißen und zu versuchen, einen besseren Ehemann zu finden." Er machte eine Pause und fügte dann mit einem angewiderten Lachen hinzu: „Aber sie hat sich nicht darauf eingelassen, aus einem ziemlich dummen Grund."

"Welcher Grund?" sagte Rylands hastig.

„Sagte, sie hat dich LIEBEN", erwiderte Jack und warf ein Feuer zurück ins Feuer. Mr. Rylands' weiße Wangen flammten plötzlich auf wie das Brandmal. Als Jack das sah, drehte er sich absichtlich zu ihm um.

"Herr. Joshua Rylands, ich habe in meiner Zeit viele Narren gesehen. Ich habe Männer gesehen, die vier Asse zurückhielten, weil sie dachten, sie WUSTEN, dass der andere Mann einen Royal Flush hatte! Ich habe gesehen, wie ein Mann seinen Anspruch für einen wilden Anteil verkaufte, während das Gold einen Fuß unter ihm im Boden lag, über den er ging. Ich habe gesehen, wie ein Toter wild um sich schoss, weil er dachte, er hätte etwas in den Augen des anderen Mannes gesehen. Ich habe eine Menge gottverlassener Narren gesehen, aber ich habe noch nie einen gesehen, der behauptete, Gott sei sein Freund. Du hast eine Frau, die dir für das, was du ihre „Sünde" nennst, treuer erscheint, als du ihr gegenüber jemals gewesen bist, trotz all deiner verdammten Erlösung! Und da man sie sonst nicht dazu bringen konnte, obwohl man sich genug Mühe gegeben hat, scheint es mir, dass man für echtes Schmunzeln den Kuchen nehmen kann! Gute Nacht! Jetzt lauf weg und spiel! Du machst mich müde."

„Einen Moment", sagte Mr. Rylands unbeholfen und hastig. „Vielleicht habe ich dir Unrecht getan; Ich lag falsch. Willst du nicht mit mir zurückkommen und meine – unsere – Gastfreundschaft annehmen?"

„Nicht viel“, sagte Jack. „Ich habe Ihr Haus verlassen, weil ich es für besser für Sie und sie hielt, wenn niemand von meiner Anwesenheit erfährt.“

„Aber Sie wurden bereits erkannt“, sagte Mr. Rylands. „Es war Jane, die über dich gelogen hat, und deine Rückkehr mit mir wird ihre Verleumdungen widerlegen.“

"WHO?" fragte Jack.

„Jane, unser angeheuertes Mädchen.“

Mr. Hamlin stieß ein unbeschreibliches Lachen aus.

„Das ist auch gut so! Du sagst Jane einfach, dass du mich gesehen hast; dass ich über das, was sie sagte, sehr schockiert war, ihr aber verzeihe. Ich glaube nicht, dass sie mehr sagen wird.“

Seltsamerweise war Mr. Hamlins Vermutung richtig. Mr. Rylands fand Jane immer noch allein in der Küche, verängstigt, reuig, aber immer noch schweigsam zu diesem Thema. Noch seltsamer war, dass der angeheuerte Mann ebenso zurückhaltend wurde. Mrs. Rylands, die die Abwesenheit ihres Mannes nur auf die Pflege des Viehbestands zurückführte, war in fieberhaftem Zustand zu Bett gegangen, und Mr. Rylands hielt es nicht für klug, ihr von seinem Gespräch zu erzählen. Am nächsten Tag ließ sie den Arzt rufen, und es wurde für notwendig erachtet, dass sie einige Tage lang das Bett behalten musste. Ihr Mann war in dieser Zeit außerordentlich aufmerksam und rücksichtsvoll, und es war wahrscheinlich, dass Mrs. Rylands diese Gelegenheit nutzte, um ihm das Geheimnis zu verraten, von dem sie am Abend zuvor gesprochen hatte. Was auch immer es war – denn es wurde erst einige Monate später allgemein bekannt –, es schien sie näher zusammenzubringen, verlieh Joshua Rylands eine schützende Würde, die an die Stelle seiner früheren selbstsüchtigen Sparmaßnahmen trat, und gab ihnen eine Zukunft zum Reden von vertraulich, hoffnungsvoll und manchmal töricht, was den Platz ihrer törichteren Vergangenheit einnahm, und als die Kattunrolle von der Kreuzung kam, enthielt sie auch eine Menge feines Leinen, Spitzen, kleine Mützen und andere Kleinigkeiten, einigermaßen im Gegensatz zu den eher wohnlichen Materialien bestellt.

Und wenn drei Monate vergangen waren, wurde das Wohnzimmer oft erleuchtet und fröhlich gemacht, besonders bei diesem besonderen Anlass, als alle Frauen vom Land mit großer Begeisterung zusammenströmten, um Mrs. Rylands und ihr erstes Baby zu sehen. Und ein rücksichtsvolleres und hingebungsvolleres Paar als der Vater und die Mutter, die sie nie gekannt hatten.

DER MANN AM SEMAPHORE

In den frühen Tagen der kalifornischen Einwanderung stand am äußersten Punkt der sandigen Halbinsel, wo die Bucht von San Francisco in den Pazifik mündet, ein Formtelegraf. Indem es seine schwarzen Arme gegen den Himmel warf – mit dem Rücken zum Goldenen Tor und zu der riesigen Meeresfläche, deren nächste Küste Japan war –, zeigte es einem anderen Semaphor weiter im Landesinneren die „Riggs" der ankommenden Schiffe durch gewisse grobe Zeichen an, die wurden erneut nach Telegraph Hill in San Francisco weitergeleitet, wo sie auf einem dritten Semaphor wieder auftauchten und dem eingeweihten „Schoner", „Brigg", „Schiff" oder „Dampfer" vorlasen. Aber ganz San Francisco hatte Heimweh und hatte das letzte Zeichen gelernt, und an bestimmten Tagen im Monat waren alle Augen darauf gerichtet, diese hageren Arme zu begrüßen, die weit im rechten Winkel ausgestreckt waren, was „Seitenraddampfer" (der einzige Dampfer, der die Post beförderte) und „Seitenraddampfer" bedeutete. Briefe von zu Hause." Bei dem freudigen Empfang, der diesem Verkünder der frohen Botschaft zuteil wurde, dachten nur sehr wenige an den einsamen Wächter auf den Sanddünen, der sie schickte, oder wussten überhaupt von dieser verlassenen Station.

Denn es war unbeschreiblich trostlos. Das Presidio mit seinen stummen, abmontierten Kanonen und leeren Schießscharten, die in einer Mulde versteckt waren, und die Mission Dolores mit ihren zerfallenden Mauern und dem Glockenturm, der in einem anderen verloren ging, stellten die Ultima Thule aller San Francisco-Wanderer dar. Das Cliff House und Fort Point existierten damals noch nicht; Von Black Point aus zeigte die geschwungene Küstenlinie von „Yerba Buena" – oder San Francisco – nur einen Streifen glitzernder, windgepeitschter Sanddünen, durchsetzt mit vereinzelten Schluchten aus halb vergrabenen schwarzen „Straucheichen". Die sechsmonatige Sommersonne brannte heftig vom wolkenlosen Himmel darüber; Die sechsmonatigen Passatwinde wehten heftig aus dem Westen; Der eintönige Appell der langen pazifischen Wellen schallte regelmäßig vom Meer herüber. Tagsüber ist es aufgrund des treibenden Sandes und der stürmischen Winde kaum zu bewältigen, nachts ist es jedoch aufgrund des dichten Seenebels, der sich bei Sonnenuntergang sanft durch das Golden Gate schleicht, undurchführbar. Von da an waren Meer und Küste bis zum Morgen eine spurlose Einöde, nur begrenzt durch die warnenden Donner des unsichtbaren Meeres. Die Station selbst, eine grob gebaute Hütte mit zwei Fenstern, von denen eines mit einem Teleskop ausgestattet war, sah aus wie ein Haufen Treibholz oder ein gestrandetes Wrack, das das sich zurückziehende Meer zurückgelassen hatte; Das über die wogenden Dünen emporgehobene Semaphor – das einzige Objekt für Meilen – nahm verschiedene Formen an, mehr oder weniger düster, je nach Stunde oder Wetter: ein gesprengter Baum, die Masten und umklammernden Spieren eines gestrandeten Schiffes, ein zerlegtes Galgen; oder mit dem Hintergrund eines goldenen Sonnenuntergangs über dem Tor und seinen im rechten Winkel ausgestreckten Armen hätte es einer hoffnungsvolleren Vorstellung wie das Missionskreuz erscheinen können, das der Enthusiast Portala vor hundert Jahren an diesem heidnischen Ufer hochgehoben hatte.

Nicht, dass Dick Jarman – der einsame Bahnhofswärter – dieser Fantasie jemals nachgegeben hätte. Als entflohener Sträfling aus einer der Strafkolonien Ihrer britischen Majestät, als „blinder Passagier" im Laderaum eines australischen Schiffes, war er mittellos in San Francisco gelandet, aus Angst vor dem Kontakt mit seinen ehrlicheren Landsleuten, die sich bereits dort befanden, und jederzeit der Gefahr ausgesetzt, entdeckt zu werden . Zu seinem Glück bestand die englische Einwanderung hauptsächlich aus Goldsuchern auf dem Weg nach Sacramento und zu den südlichen Minen. Er war klug genug, der Versuchung zu widerstehen, ihnen zu folgen, und nahm den Posten eines Signalwächters an – die erste ihm angebotene Stelle –, die der gemeinste Einwanderer, erfüllt von Goldträumen, verachtet hätte. Seine Arbeitgeber stellten ihm keine Fragen und verlangten keine Referenzen; sein Posten konnte kaum als ein Posten des Vertrauens angesehen werden – es gab keinen Besitz, mit dem er fliehen konnte, außer dem Teleskop; er wurde von der Versuchung und der bösen Gesellschaft in seiner einsamen Einöde befreit; Seine Aufgaben waren ebenso mechanisch wie das Instrument, an dem er arbeitete, und eine Unterbrechung dieser Aufgaben würde in San Francisco sofort bekannt werden. Dafür erhielt er Kost und Logis sowie fünfundsiebzig Dollar im Monat – eine Summe, die in jenen „Blütentagen" lächerlich gemacht werden konnte, für den gebrochenen und halbverhungerten blinden Passagier jedoch wie eine fürstliche Unabhängigkeit erschien.

Und dann war da noch Ruhe und Geborgenheit! Er war frei von der quälenden Angst und Angst vor Entdeckung, die ihn drei Monate lang Tag und Nacht geplagt hatte. Die unaufhörliche Wachsamkeit und wachsame Angst, die er seit seiner Flucht gekannt hatte, konnte er jetzt beiseite legen. Die einfache Hütte auf der Sanddüne war für ihn wie die lang gesuchte Höhle für ein gejagtes Tier. Es schien unmöglich, dass ihn jemand dort suchen würde. Der Kontakt mit seinen Feinden blieb ihm ebenso erspart wie die Schande, auch nur ein freundliches Gesicht zu erkennen, bis er von jedem vergessen wurde. Von seinem Aussichtspunkt auf dieser trostlosen Wüste aus und mit Hilfe seines Teleskops konnte sich kein Fremder bis auf zwei oder drei Meilen seiner Hütte nähern, ohne seiner genauen Prüfung unterzogen zu werden. Und im schlimmsten Fall, wenn er hier verfolgt würde, lag vor ihm das weglose Ufer und das grenzenlose Meer!

Und manchmal war es eine gewisse Befriedigung, die Decks vorbeifahrender Schiffe unsichtbar und in vollkommener Sicherheit zu beobachten. Mit Hilfe seines Glases konnte er sich wieder mit der Welt vermischen, die ihm verwehrt blieb, und sich düster fragen, wer von diesen Passagieren ihren einsamen Wächter kannte oder von seinen Taten gehört hatte; es hätte ihn vielleicht noch düsterer machen können, wenn er gewusst hätte, dass in diesen eifrigen Gesichtern, die sich dem goldenen Hafen zuwandten, kaum etwas anderes als sich selbst im Sinn war. Mit seltsamem Neid versuchte er, in den Gesichtern an Bord der wenigen auslaufenden Schiffe die Bilanz ihres Erfolgs zu lesen. Sie kehrten nach Hause zurück! HEIM! Denn manchmal – aber selten – dachte er an sein eigenes Zuhause und seine Vergangenheit. Es war eine elende Vergangenheit voller Fälschungen und Unterschlagungen, die eine Karriere voller jugendlicher Verschwendung und Zügellosigkeit gipfelte und ihn für immer aus der biederen alten englischen Kathedralenstadt, in der er geboren wurde, verbannte. Er wusste, dass seine Verwandten glaubten und ihm den Tod wünschten. Er dachte mit wenig Vergnügen, aber auch mit wenig Reue an diese Vergangenheit zurück. Wie die meisten seinesgleichen glaubte er, dass es Unglück, Zufall oder die Schuld eines anderen war, aber niemals sein eigenes verantwortungsvolles Handeln. Er würde nicht bereuen; er wäre nur klüger. Und er würde nicht zurückerobert werden – lebend!

In dieser eintönigen Pflicht vergingen zwei bis drei Monate, in denen er teilweise seine Kräfte und seine Nerven wiedererlangte. Er verlor seinen verstohlenen, unruhigen, wachsamen Blick; Die erfrischende Seeluft und die brennende Sonne verliehen seinem Gesicht die gesunde Bräune und die erhobene Offenheit eines Seemanns. Seine Augen wurden schärfer, als er den Horizont lange absuchte; Er wusste, wo er nach Segeln suchen musste, vom kriechenden Küstenschoner bis zum weitläufigen Handelsschiff vom Kap Hoorn. Er kannte die schwache Dunstlinie, die den Dampfer anzeigte, lange bevor seine Masten und Schornsteine sichtbar wurden. Er sah niemanden außer dem einsamen Bootsmann des kleinen „Plungers", der seine wöchentlichen Vorräte in einer kleinen Bucht in der Nähe anlandete. Der Bootsmann hielt seine Geheimniskrämerei und Zurückhaltung nur für die Verdrossenheit seiner Nation und kümmerte sich wenig um einen Mann, der nie nach Neuigkeiten fragte und dem er keine Briefe brachte. Die langen Nächte, die die Hütte in Seenebel hüllten und zunächst das Sicherheitsgefühl des Verbannten zu verstärken schienen, wurden jedoch nach und nach eintönig und lösten eine seltsame Unruhe aus, der er mit Whisky entgegenzuwirken pflegte, – wenn man so will ein Teil seiner Vorräte, was zwar seine Sensibilität trübte, ihm jedoch nie gestattete, sich in seine mechanischen Pflichten einzumischen.

Er war seit fünf Monaten dort, und die Hügel am gegenüberliegenden Ufer zwischen Tamalpais zeigten bereits ihre rostroten Seiten. Eines hellen Morgens beobachtete er die kleine Flotte italienischer Fischerboote, die in der Bucht schwebte. Dies war immer ein malerisches Schauspiel, vielleicht das einzige, das die allgemeine Monotonie seiner Ansichten milderte. Die malerischen lateinamerikanischen Segel in mattem Rot oder Gelb, die sich vom glitzernden Wasser abhoben, und die roten Mützen oder Taschentücher der Fischer hätten selbst einen geistesabwesenden Menschen anziehen können. Plötzlich kreuzte eines der größeren Boote und steuerte direkt auf die kleine Bucht zu, wo sein wöchentlicher Taucher anlegte. Im Nu war er wachsam und misstrauisch. Aber eine genaue Untersuchung des Bootes durch sein Glas stellte ihm fest, dass sich außer der Besatzung nur zwei oder drei Frauen darin befanden, offenbar die Familie der Fischer. Als es auf den Strand zulief und die gesamte Gruppe von Bord ging , konnte er erkennen, dass es sich lediglich um eine unvorsichtige, friedliche Invasion handelte, und er dachte nicht mehr darüber nach. Die Fremden wanderten gestikulierend und lachend im Sand umher; Sie brachten einen Topf an Land, machten ein Feuer und bereiteten eine einfache Mahlzeit zu. Er konnte sehen, dass das Semaphor – offensichtlich eine Neuheit für sie – von Zeit zu Zeit ihre Aufmerksamkeit erregt hatte; und als sie Gelegenheit hatten, die Ankunft eines Bellens anzukündigen, zogen die Betätigung der groben Arme des Instruments die Kinder in halb verängstigter Neugier an, während die anderen sich zurückhielten, als fürchteten sie, sich in irgendeine Arbeit der Regierung einzumischen, nein Zweifel heimlich von der Polizei bewacht. Ein paar Morgen später war er überrascht, am Strand in der Nähe derselben Stelle einen kleinen Holzhaufen zu sehen, der offensichtlich im Frühnebel gelandet war. Am nächsten Tag erschien an Ort und Stelle ein altes Zelt, und die Männer, offenbar Fischer, begannen daneben mit dem Bau einer einfachen Hütte. Jarman war schon lange genug dort, um zu wissen, dass es sich um Regierungsland handelte und dass diese offensichtlich bescheidenen „Hausbesetzer" noch einige Zeit lang nicht gestört werden würden. Er begann sich wieder unruhig zu fühlen; es stimmte, sie waren eine halbe Meile von ihm entfernt und Ausländer; Aber könnte ihr rücksichtsloser Verstoß gegen das Gesetz nicht andere in diesem gesetzlosen Land dazu verleiten, dasselbe zu tun? Es sollte gestoppt werden. Ausnahmsweise stellte sich Richard Jarman auf die Seite der juristischen Autorität.

Aber als die Hütte fertiggestellt war, wurde aus dem, was er von der rohen Struktur sah, klar, dass sie nur ein vorübergehender Unterschlupf für die Familie des Fischers und die Vorräte war und dass die Umrüstung des Fischerboots für sie bequemer war als die Kais von San Francisco . Der Strand wurde zum Flicken von Netzen und Segeln genutzt und wirkte dadurch halb malerisch. Trotz des lebhaften Handels mit dem Nordwesten lockten die wolkenlosen, sonnigen Morgen diese Südstaatler zurück zu ihrem heimischen Leben im Freien; Sie sonnten sich nicht nur in der Sonne, sondern verrichteten auch viele ihrer Hausarbeiten und sogar die Geheimnisse ihrer Toilette im Freien. Sie schienen kein Interesse daran zu haben, in die trostlose Gegend hinter ihnen vorzudringen; Ihre halbamphibische Gewohnheit hielt sie in der Nähe des Wassers, und nachdem Richard Jarman die ersten paar Morgen seine begrenzten Spaziergänge in eine andere Richtung unternommen hatte, hielt er es nicht länger für nötig, den Ort zu meiden, und vergaß sogar ihre Nähe.

Aber eines Morgens, als sich der Nebel lichtete und das Glitzern des fernen Meeres an seinem Fenster zu sehen begann, stand er von seinem verspäteten Frühstück auf, um Wasser aus dem „Brecher" draußen zu holen, das wöchentlich von Sancelito aufgefüllt werden musste . da es in seiner Nähe keine Quelle gab. Als er die Tür öffnete, erschrak er unaussprechlich über die Gestalt einer jungen Frau, die davor stand, die sich jedoch halb ängstlich, halb lachend vor ihm zurückzog. Aber seine eigene offensichtliche Störung machte ihr offenbar Mut.

„Ich, Jess, habe mir das Ding angeschaut", sagte sie schüchtern und zeigte auf das Semaphor.

Er war noch erstaunt, denn angesichts ihrer dunklen Augen und ihres olivfarbenen Teints hatte er erwartet, dass sie Italienisch oder gebrochenes Englisch sprechen würde. Und, möglicherweise weil er lange Zeit kaum Frauen gesehen und von ihnen gewusst hatte, war er von ihrem guten Aussehen ziemlich beeindruckt. Er zögerte, stammelte und sagte dann:

„Willst du nicht reinkommen?"

Sie zog sich noch weiter zurück und machte mit ihrem Kopf, ihrer Hand und sogar ihrer ganzen geschmeidigen Figur eine schnelle Verneinungsgeste. Dann sagte sie mit entschieden amerikanischem Tonfall:

"Nein Sir."

"Warum nicht?" sagte Jarman mechanisch.

Das Mädchen schlich sich an die Hütte heran und hielt den Blick mit einer gewissen jugendlichen Schlauheit auf Jarman gerichtet.

"Oh du weißt!" Sie sagte.

"Ich tue wirklich nicht. Sag mir warum."

Sie lehnte sich ein wenig stolz, wenn auch noch jugendlich, an die Wand und legte die Hände auf den Rücken.

„Ich bin nicht so ein Mädchen", sagte sie schlicht.

Das Blut floss in Jarmans Schecks. So ausschweifend und verlassen sein Leben auch gewesen war, so wenig Respekt vor Frauen er auch hatte, er war schockiert und beschämt. Da er wusste, wie sehr er in andere Dinge vertieft war, war er empört, weil er nicht schuldig war.

„Dann tun Sie, was Sie wollen", sagte er knapp und betrat die Kabine erneut. Aber im nächsten Moment erkannte er seinen Fehler darin, eine Verärgerung zu verraten, die zu Fehldeutungen führen konnte. Er kam wieder heraus, ohne das Mädchen anzusehen, das herumlungerte.

„Soll ich dir erklären, wie das Ding funktioniert?" sagte er gleichgültig. „Ich kann es dir nicht zeigen, es sei denn, ein Schiff kommt herein."

Die Augen des Mädchens leuchteten sanft auf, als sie sich zu ihm umdrehte.

„Erzähl es mir " , sagte sie mit einem erwartungsvollen Lächeln und blitzenden weißen Zähnen. „Willst du nicht?"

Sie war auf jeden Fall sehr hübsch und einfach, trotz ihrer späten Redeweise. Jarman erklärte ihr kurz die Bewegungen der Signalarme und ihre unterschiedliche Bedeutung. Sie lauschte mit leicht zur Seite geneigtem Kopf wie ein aufmerksamer Vogel, während ihre Arme unbewusst die Zeichen nachahmten. Obwohl sie wie eine Amerikanerin sprach, gestikulierte sie gewiss italienisch.

„Und dann", sagte sie triumphierend, als er innehielt, „wenn die Matrosen das Schild sehen, wissen sie, dass sie in den Hafen kommen."

Jarman lächelte, wie er seit seinem Besuch nicht mehr gelächelt hatte. Er korrigierte diesen Fehler ihrer eifrigen Eile, ihre Intelligenz zu zeigen, und zeigte mit dem Teleskop auf das andere Semaphor – einen dünnen schwarzen Umriss auf einem fernen Hügel im Landesinneren. Dann erklärte er, wie SEINE Zeichen von diesem Instrument nach San Francisco wiederholt wurden.

"Mein! Ich habe immer zugegeben, dass es sich nur um das Kreuz auf dem Lone Mountain Cemetery handelte", sagte sie.

„Sie sind Katholik?"

"Ich rechne damit."

„Und du bist Italiener?"

„Vater schon, aber Mutter war eine ‚Merikan', genau wie ich. Mutter ist tot."

„Und dein Vater ist der Fischer dort?"

„ Ja, – aber“, mit einem stolzen Gesichtsausdruck, „hat er das größte Boot von allen.“

„Und nur Sie und Ihre Familie sind hier an Land?“

„Ja, und manchmal Mark.“ Sie lachte ein seltsames kleines Lachen.

"Markieren? Wer ist er?" fragte er schnell.

Er hatte die plötzliche kokette Haltung und die halbgekünstelte Schüchternheit des Mädchens nicht bemerkt; er dachte nur an die Möglichkeit, von Fremden entdeckt zu werden.

„Oh, er ist Marco Franti, aber ich nenne ihn ‚Mark‘.“ Es ist derselbe Name, wissen Sie, und es macht ihn wütend“, sagte das Mädchen mit dem gleichen Anflug von Schelmen und Koketterie.

Aber all das ging Jarman verloren.

„Oh, noch ein Italiener“, sagte er erleichtert. Sie wandte sich etwas unbeholfen ab, als er hinzufügte: „Aber du hast mir DEINEN Namen nicht gesagt, weißt du.“

„Cara.“

„ Cara, das ist ‚lieb‘ auf Italienisch, nicht wahr?“ sagte er mit einer Erinnerung an die Oper und einem halben Lächeln.

„Ja“, sagte sie ein wenig verächtlich, „aber es bedeutet Carlotta, – Charlotte, wissen Sie.“ „Manche Mädchen nennen mich Charley“, sagte sie hastig.

„Ich verstehe – Cara – oder Carlotta Franti.“

Zu seiner Überraschung brach sie in schallendes Gelächter aus.

„Ich glaube NOCH nicht. Franti ist Marks Name, nicht meiner. Meins ist Murano, – Carlotta Murano. Auf Wiedersehen." Sie entfernte sich, blieb dann plötzlich stehen und sagte: „Ich komme irgendwann wieder, wenn das Ding funktioniert“, und rannte mit einem Kopfnicken davon. Er kümmerte sich um sie; konnte die Umrisse ihrer jugendlichen Figur in ihrem schmalen Baumwollkleid erkennen – schlaff und anschmiegsam in der feuchten Seeluft , und das plötzliche Offenbarwerden ihrer nackten Knöchel, die ohne Strümpfe in Segeltuchschuhen steckten.

Er ging zurück in seine Kabine, als seine Aufmerksamkeit bald von einem ankommenden Schiff gefesselt wurde. Er gab die Signale, halb in der Erwartung, fast in der Hoffnung, dass das Mädchen zurückkommen würde, um auf ihn aufzupassen. Aber ihre Figur war bereits in den Sanddünen verloren. Dennoch glaubte er, in dieser Kabine, die so lange stumm und stimmlos gewesen war, immer noch das Echo ihrer und seiner eigenen

Stimme zu hören, und jetzt zuckte er bei jedem Geräusch zusammen. Zum ersten Mal wurde er sich der schrecklichen Unordnung und Unordnung seiner ungestörten Privatsphäre bewusst. Er konnte kaum glauben, dass er mit seinem Herd, seinem Bett und seinen Kochutensilien alle in einer Ecke des scheunenähnlichen Raums gelebt hatte, und begann, sie in einer rauen, harten Formalität „in Ordnung zu bringen", die stark an seine Sträflingserfahrung erinnerte . Er rollte seine Decken zu einem harten Zylinder am Kopfende seines Bettes zusammen. Er kratzte seine Kessel und Kochtöpfe aus und „wusch" sogar den Boden ab, um anschließend saubereren, trockenen Sand, heiß von der Mittagssonne, auf die halbtrockenen Dielen zu streuen. Beim Ordnen dieser häuslichen Details musste er die Position eines kleinen Spiegels ändern; Als er zum ersten Mal seit vielen Tagen einen Blick darauf warf, war er unzufrieden mit seinem schütteren Bart, der ihm während seiner Reise von Australien gewachsen war, und obwohl er ihn als Tarnung behalten hatte, rasierte er ihn sofort ab, sodass nur noch ein Schnurrbart übrig blieb , und enthüllte ein Gesicht, aus dem ein gesünderes Leben und ein Leben im Freien die letzten Spuren von Laster und Zerstreuung entfernt hatten. Aber er wusste es nicht.

Den ganzen nächsten Tag dachte er an seine schöne Besucherin und wiederholte oft ihre seltsame Bemerkung, dass sie „nicht so ein Mädchen" sei, mit einem Lächeln, das abwechselnd bedeutungsvoll oder ausdruckslos war. Offensichtlich konnte sie auf sich selbst aufpassen, dachte er, obwohl ihr sehr gutes Aussehen sie zweifellos den unhöflichen Aufmerksamkeiten der Fischer oder dem alltäglichen Treiben an den Kais von San Francisco ausgesetzt hatte. Vielleicht brachte ihr Vater sie deshalb hierher. Als der Tag verging und sie nicht kam, begann er sich vage zu fragen, ob er unhöflich zu ihr gewesen war. Vielleicht hatte er ihre einfache Bemerkung zu ernst genommen; Vielleicht hatte sie erwartet, dass er nur lachen würde, und fand ihn langweilig und dumm. Vielleicht hatte er eine Gelegenheit vertan. Eine Gelegenheit wofür? Um sein altes Leben und seine alten Gewohnheiten zu erneuern? Nein, nein! Die Schrecken seiner jüngsten Gefangenschaft und Flucht waren ihm noch zu frisch in Erinnerung; er war noch nicht sicher. Dann fragte er sich, ob er in seiner Einsamkeit und Einsamkeit nicht geistlos und taubenleber geworden war. Am nächsten Tag suchte er mit seinem Glas nach ihr und sah sie mit einem der Kinder am Strand spielen – ein Bild kindlicher oder nymphenhafter Unschuld. Vielleicht lag es daran, dass sie nicht „diese Art von Mädchen" war, weshalb sie ihn angezogen hatte. Er lachte bitter. Ja; das war sehr lustig; er, ein entflohener Sträfling, der sich zu ehrlicher, einfacher Unschuld hingezogen fühlt! Doch er wusste – er war sich sicher –, dass er nicht an etwas Schlimmes gedacht hatte, als er mit ihr sprach. Dafür empfand er einen einzigartigen, lächerlichen Stolz und Anerkennung. Er wiederholte es unaufhörlich vor sich hin. Was machte sie dann wütend? Sich selbst! Der Teufel! Trug er also die Aufzeichnungen seines vergangenen

Lebens für immer in seinem Gesicht – in seiner Rede – in seinen Manieren? Der Gedanke machte ihn mürrisch. Am nächsten Tag wollte er nicht zum Ufer blicken; es war wunderbar, welche Aufregung und Befriedigung er aus diesem seltsamen Akt der Selbstverleugnung empfand; es ließ den Tag voll erscheinen, der zuvor so leer gewesen war; dennoch konnte er nicht sagen, warum oder weshalb. Er fühlte sich verletzt, aber es gefiel ihm sehr. Doch in der Nacht kam ihm der Gedanke, dass sie nach San Francisco zurückgekehrt sein könnte, und er lag wach und sehnte sich nach dem Morgenlicht, das ihn befriedigen würde. Doch als sich der Nebel lichtete und er von einem näheren Punkt hinter einer Sanddüne mit Hilfe seines Fernglases entdeckte, dass sie auf dem sonnengewärmten Sand saß und ihr langes Haar wie eine Meerjungfrau kämmte, kehrte er sofort zu ihr zurück die Hütte, und an diesem Morgen sah es nicht mehr so aus. Am Nachmittag, als keine Segel in Sicht waren, wandte er sich von der Bucht ab und ging nach Westen in Richtung des Ozeans, wobei er nur an der kilometerlangen Schaumlinie anhielt, die die brechenden Wellen des Pazifiks markierte. Hier sah er zu seiner Überraschung ein kleines Kind, halbnackt, barfuß der kriechenden Schaumlinie folgend oder den abgelösten und zitternden Schaumfetzen hinterherlaufend, die einander über den nassen Sand jagten, und nur ein kleines Stück weiter, um zu kommen auf Cara selbst, die mit den Ellbogen auf den Knien und dem runden Kinn in den Händen saß und offenbar über die Wasserwüste vor ihr blickte. Eine plötzliche und unerklärliche Schüchternheit überkam ihn. Er zögerte und versteckte sich halb in einer Schlucht zwischen den Sanddünen.

Noch war er nicht beobachtet worden; rief das junge Mädchen dem Kind zu, erhob sich plötzlich, warf ihre rote Mütze und ihren Schal ab und begann leise, sich auszuziehen. Ein paar grobe Handtücher lagen zu ihren Füßen. Jarman verstand sofort, dass sie mit dem Kind baden würde. Sie wusste zweifellos genauso gut wie er, dass sie in dieser Einsamkeit sicher war; dass niemand ohne ihr Wissen in ihre Privatsphäre eindringen konnte, weder vom Ufer der Bucht noch vom einsamen Weg ins Landesinnere zum Meer. Offensichtlich hatte sie sich keine Gedanken über seine eigene Nachbarschaft gemacht und geglaubt, er sei sicher in seiner Kabine neben dem Semaphor untergebracht. Sie hob ihre Hände, schüttelte mit einer plötzlichen Bewegung ihr langes Haar aus und ließ es über ihren Rücken fallen, im selben Moment, als ihre offene Bluse begann, von ihren Schultern zu rutschen. Richard Jarman drehte sich schnell um und ging geräuschlos und schnell davon, bis der kleine Hügel den Strand versperrte.

Sein Rückzug war ebenso plötzlich, unvernünftig und unvorhergesehen wie sein Eindringen. Es war nicht wie er selbst, das wusste er, und doch war es so vollkommen instinktiv und natürlich, als hätte er sich in eine Schwester eingedrungen. In der Südsee hatte er einheimische Mädchen gesehen, die neben den Gefäßen nach Münzen tauchten, aber sie hatten keinen solchen Instinkt geweckt, wie ihn jetzt beherrschte. Darüber hinaus warf er einen schnellen, zornigen Blick über den Horizont auf beiden Seiten, und dann stieg er auf einen abgelegenen Hügel, der ihn noch immer vom Strand aus verbarg, saß dort und hielt Wache und Schutz. Von Zeit zu Zeit ließ ihn die starke Meeresbrise vom unsichtbaren Ufer her Kinderschreie und Mädchenlachen ertönen; er blickte nur umso schärfer und misstrauischer nach jedem umherstreifenden Eindringling und wandte nicht den Kopf. Er lag fast eine halbe Stunde dort, und als die Geräusche verstummt waren, stand er auf und ging langsam zurück zur Hütte. Er hatte noch nicht viele Meter zurückgelegt, als er Stimmengezwitscher und unterdrücktes Gelächter hinter sich hörte. Er hat sich gedreht; es waren Cara und das Kind – ein Mädchen von sechs oder sieben Jahren. Caras Gesicht war rosig – möglicherweise von ihrem Bad und möglicherweise von einem beschämten Bewusstsein. Er verlangsamte seinen Schritt, und als sie sich neben ihn stellten, sagte er: „Guten Morgen!"

"Herr!" sagte Cara und unterdrückte ein weiteres Lachen. „Wir wussten nicht, dass du in der Nähe bist. Wir dachten, du würdest dich immer um deinen Telegrafen kümmern, nicht wahr, Lucy?" (zu dem Kind, das vor Heiterkeit und Verlegenheit zuckte). „Na ja, wir haben uns im Meer gewaschen." Sie versuchte, ihr langes Haar zusammenzufassen, das ihr über die Schultern gehangen und im Sonnenlicht getrocknet hatte, und tat sogar so, als ob sie die nassen Handtücher, die sie trugen, verstecken wollte.

Jarman lachte nicht. „Wenn du es mir gesagt hättest ", sagte er ernst, „hätte ich mit meinem Glas auf dich aufpassen können, während du dort warst. Ich konnte weiter sehen als du."

„ Hast du US gesehen?" fragte das kleine Mädchen mit hoffnungsvoller Lebhaftigkeit.

"NEIN!" sagte Jarman mit meisterhaftem Ausweichen. „Zwischen diesem und dem Strand liegen kleine Sandhügel."

„Wie sollten uns dann andere Leute sehen?" beharrte das Kind.

Jarman konnte sehen, dass das ältere Mädchen sichtlich verlegen war und wechselte das Thema. „Ich gehe manchmal raus", sagte er, „wenn ich sehe, dass keine Gefäße in Sicht sind, und ich nehme Rochenglas mit." Ich kann jederzeit rechtzeitig zurückkommen, um Signale zu geben. Ich dachte tatsächlich", sagte er und warf einen Blick auf Caras strahlendes Gesicht, „dass ich vielleicht eines Tages bis zu deinem Haus am Ufer komme ." Zu seiner Überraschung schien ihre Verlegenheit plötzlich zuzunehmen, obwohl sie zuvor erleichtert gewirkt hatte, und sie antwortete nicht. Nach einem Moment sagte sie plötzlich: –

„Hast du jemals die Seelöwen gesehen?"

„Nein", sagte Jarman.

„Nicht die Großen auf Seal Rock, jenseits der Klippen?" fuhr das Mädchen wirklich erstaunt fort.

„Nein", wiederholte Jarman. „Ich bin nie in diese Richtung gegangen." Er erinnerte sich vage daran, dass sie eine Kuriosität waren, die manchmal Leute dorthin lockte, und aus diesem Grund hatte er diesen Ort gemieden.

„Ich bin mit Vaters Boot um den Felsen herumgesegelt", fuhr Cara mit Wichtigkeit fort. „Das ist der beste Weg, sie zu sehen , und Leute aus Frisco fahren manchmal absichtlich mit einem Segel dorthin – es ist zu sandig, um dorthin zu laufen oder zu fahren. Aber von hier aus ist es nur noch ein Schritt. Schau hier!" sagte sie plötzlich und öffnete offen ihre schönen Augen zu ihm. „Ich werde Lucy morgen dorthin bringen und es dir zeigen." Jarman spürte, wie seine Wangen vor Vergnügen schnell rot wurden, was ihn in Verlegenheit brachte. „Es wird nicht lange dauern", fügte Cara hinzu und verkennte sein momentanes Zögern, „und Sie können Ihren Telegrafen in Ruhe lassen." Niemand wird da sein, also wird dich niemand sehen und niemand wird es wissen."

Dann wäre er sowieso gegangen, das wusste er, doch in seinem absurden Selbstbewusstsein war er froh, dass ihr letzter Vorschlag ihn von dem Gefühl rücksichtsloser Nachgiebigkeit befreit hatte. Er stimmte eifrig zu, als sie mit einer Handbewegung, dem Aufblitzen ihrer weißen Zähne und der gleichen Schroffheit, die sie beim letzten Abschied an den Tag gelegt hatte, Lucy am Arm packte und in tobendem Rennen zu ihrer Behausung davonstürmte. Jarman folgte ihr. Er hatte nicht unbedingt zum Haus ihres Vaters gehen wollen, aber warum war SIE offensichtlich so abgeneigt? Mit der subtilen Freude, die ihm dieses Eingeständnis bereitete, keimte ein leises Misstrauen auf.

Es war verschwunden, als er sie und Lucy am nächsten Morgen strahlend im Sonnenschein vor seiner Tür fand. Die Zurückhaltung bei ihren früheren Treffen war auf mysteriöse Weise aufgehoben worden, und sie unterhielten sich fröhlich, während sie auf die Klippen zugingen. Sie stellte ihm offen viele Fragen über sich selbst, warum er dorthin gekommen war und ob er „nicht einsam" sei; Sie beantwortete die vielen Fragen, die er ihr über sich und ihre Freunde stellte, offenherzig – ich fürchte, viel offener, als er ihr antwortete. Als sie die Klippen erreichten, stiegen sie zum Strand hinab, den sie verlassen vorfanden. Vor ihnen – es schien kaum ein Pistolenschuss vom Ufer zu sein – erhob sich ein hoher, breiter Felsen, an dessen Fuß die lange Pazifikbrandung zerschmettert war und auf dem sich eine Anzahl formloser Tiere unhöflich tummelten. Dies war Seal Rock, das Ziel ihrer Reise.

Doch nach ein paar Augenblicken sahen sie es nicht mehr an, sondern setzten ihr Gespräch fort, während sie im Sand saßen, während Lucy am Ufer Muscheln sammelte. Bald wurde das Gespräch zu eifrigen Vertraulichkeiten, und dann gab es lange und gefährliche Pausen des Schweigens, in denen beide am Strand gern ein oberflächliches Gespräch mit Lucy führten. Nach einer dieser Pausen sagte Jarman:

„Weißt du, dass ich gestern eher dachte, du wolltest nicht, dass ich zum Haus deines Vaters komme? Warum war das?"

„Weil Marco da war", sagte das Mädchen offenherzig.

„Was hatte ER damit zu tun?" sagte Jarman plötzlich.

„Er will mich heiraten."

„Und willst du IHN heiraten?" sagte Jarman schnell.

„Nein", sagte das Mädchen leidenschaftlich.

„Warum wirst du ihn dann nicht los?"

„Ich kann nicht, er versteckt sich hier – er ist der Freund seines Vaters."

„Verstecken? Was hat er gemacht?"

„Stehlen. Goldstaub von Bergleuten stehlen. Ich habe mich sowieso nie um ihn gekümmert. Und ich hasse einen Dieb!"

Sie blickte schnell auf. Jarman war aufgestanden, sein Gesicht dem Meer zugewandt.

"Wo schaust du hin?" sagte sie verwundert.

„Ein Schiff", sagte Jarman mit seltsamer, heiserer Stimme. „Ich muss zurückeilen und ein Zeichen geben. Ich fürchte, ich habe nicht einmal Zeit, mit dir zu gehen – ich muss rennen. Auf Wiedersehen!"

Er drehte sich um, ohne ihm die Hand anzubieten, und rannte eilig in Richtung des Semaphors.

Verunsichert richtete Cara ihre schwarzen Augen auf das Meer. Aber es schien leer wie zuvor, kein Segel, kein Schiff am Horizont, nur ein kleiner Schoner, der langsam aus dem Tor rauschte. Ah, gut! Es war zweifellos da – dieses Segel – obwohl sie es nicht sehen konnte; wie scharf und weitsichtig seine schönen, ehrlichen Augen waren! Sie seufzte leicht, rief Lucy an ihre Seite und machte sich auf den Heimweg. Aber sie behielt das Semaphor im Auge; Es schien ihr das Nächste zu sein, ihn zu sehen – diesen Mann, den sie zu lieben begann. Sie wartete darauf, dass sich die hageren Arme auf das Signal des Schiffes hin bewegten, das er gesehen hatte. Aber seltsamerweise war es bewegungslos. Er muss sich geirrt haben.

All dies wurde jedoch durch die Aufregung, die sie bei ihrer Rückkehr für ihre eigene Familie empfand, aus ihrem Kopf verdrängt. Sie waren gewarnt worden, dass ein Polizeiboot mit Detektiven an Bord von San Francisco zur Bucht geschickt worden sei. Glücklicherweise war es ihnen gelungen, den flüchtigen Franti an Bord eines Küstenschoners zu befördern ", fuhr Cara zusammen, als ihr derjenige einfiel, den sie gesehen hatte, wie er aus dem Tor schlug, und er war nun vor einer Verfolgung sicher. Cara war erleichtert; gleichzeitig empfand sie eine seltsame Freude in ihrem Herzen, die ihr das bewusste Blut in die Wange trieb . Sie dachte nicht an den entflohenen Marco, sondern an Jarman. Später, als das Polizeiboot ankam, begnügten sie sich mit einer formellen Durchsuchung der kleinen Fischerhütte und machten sich auf den Weg – ob die Ermittler nun vor Marcos Flucht gewarnt worden waren oder nicht. Doch ihr Boot blieb vor der Küste liegen.

In dieser Nacht wälzte sich Cara schlaflos auf ihrem Bett hin und her; Es tat ihr leid, jemals mit Jarman über Marco gesprochen zu haben. Es war jetzt unnötig; vielleicht glaubte er ihr nicht und dachte, sie liebte Marco; Vielleicht war das der Grund für seinen seltsamen und abrupten Abschied an diesem Nachmittag. Sie sehnte sich nach dem nächsten Tag, sie konnte ihm jetzt alles erzählen.

Gegen Morgen schlief sie unruhig, wurde aber durch den Klang von Stimmen im Sand vor der Hütte geweckt. Seine dünne Struktur, die bereits von der grellen Tagessonne verformt war, ermöglichte es ihr, durch Ritzen und Spalten nicht nur die Stimmen der Detectives zu erkennen, sondern auch deutlich zu hören, was sie sagten. Plötzlich drang ihr der Name Jarman ins Ohr. Sie saß aufrecht im Bett, atemlos.

„Sind Sie sicher, dass es derselbe Mann ist?" fragte eine zweite Stimme.

„Perfekt", antwortete der Erste. „Er wurde bis nach Frisco verfolgt, verschwand aber am Tag seiner Landung. Von unseren Agenten wussten wir, dass er die Bucht nie verlassen hat. Und als wir herausfanden, dass jemand, der seiner Beschreibung entsprach, hier draußen den Posten eines Telegrafisten bekam, wussten wir, dass wir unseren Mann und die angebotenen 250 Pfund Sterling für seine Gefangennahme entdeckt hatten."

„Aber das war vor fünf Monaten. Warum hast du ihn dann nicht mitgenommen?"

„Konnte nicht! Denn ohne die Auslieferungspapiere aus Australien könnten wir ihn nicht festhalten. Wir haben nach ihnen geschickt ; Sie werden heute oder morgen mit dem Postdampfer erwartet.

„Aber er hätte jederzeit entkommen können?"

„Er konnte es nicht, ohne dass wir es wussten. Verstehst du nicht? Jedes Mal, wenn die Signale hochgingen, wussten wir in San Francisco, dass er auf seinem Posten war. Wir hatten ihn hier draußen auf diesen Sandhügeln in Sicherheit, als ob er in Frisco unter Verschluss gewesen wäre. Er war sein eigener Hüter und hat uns Bericht erstattet."

„Aber da Sie hier sind und morgen mit den Papieren rechnen, warum machen Sie ihn dann nicht gleich fertig?"

„Weil es in San Francisco keinen Richter gibt, der ihn auch nur einen Moment festhalten würde, wenn er nicht die Auslieferungspapiere vor sich hätte. Er würde entlassen werden und fliehen."

„Was wirst du dann tun?"

„Sobald der Dampfer in Frisco signalisiert wird, gehen wir in der Bucht an Bord, holen uns die Papiere und stürzen uns auf ihn."

"Ich verstehe; und da ER der Signalmann ist, der verdammte Narr" –

„Wird selbst das Signal geben."

Das darauf folgende Lachen war so grausam, dass das junge Mädchen schauderte. Doch im nächsten Moment glitt sie aus dem Bett, aufrecht, blass und entschlossen.

Die Stimmen schienen sich allmählich zurückzuziehen. Sie zog sich hastig an, ging lautlos durch das Zimmer ihres noch schlafenden Elternteils und wurde ohnmächtig. Langsam lichtete sich ein grauer Nebel über dem Sand und dem Meer, und das Polizeiboot war verschwunden. Sie zögerte nicht länger, sondern rannte schnell in Richtung Jarmans Hütte. Während sie rannte, schien ihr Geist von allen Illusionen und Einbildungen befreit zu sein; sie sah deutlich alles, was geschehen war; Sie kannte das Geheimnis von Jarmans Anwesenheit hier, das Geheimnis seines Lebens, die schreckliche Grausamkeit ihrer Bemerkung ihm gegenüber, den Mann, von dem sie wusste, dass er ihn jetzt liebte. Die Sonne malte die schwarzen Arme des Semaphors, als sie sich über den letzten Sandstreifen quälte und laut an die Tür klopfte. Da war keine Antwort. Sie klopfte erneut; In der Kabine herrschte Stille. War er schon geflohen? – und ohne sie zu sehen und alles zu wissen! Sie versuchte es mit der Türklinke; es gab nach; Sie trat kühn ins Zimmer, seinen Namen auf ihren Lippen. Er lag vollständig bekleidet auf seiner Couch. Sie rannte eifrig an seine Seite und blieb stehen. Es brauchte nur einen einzigen Blick auf sein verstopftes Gesicht und die von seinem schweren Atem geöffneten Lippen, um zu erkennen, dass der Mann hoffnungslos, hilflos betrunken war!

Doch selbst dann, ohne zu wissen, dass es ihre gedankenlose Rede war, die ihn dazu getrieben hatte, dieses törichte Vergessen von Reue und Kummer zu suchen, sah sie nur seine Hilflosigkeit. Sie versuchte vergeblich, ihn zu wecken; er murmelte nur ein paar zusammenhangslose Worte und sank wieder zurück. Sie sah sich verzweifelt um. Etwas muss getan werden; Der Dampfer könnte jeden Moment sichtbar sein. Ach ja, das Teleskop! Sie ergriff es und fegte über den Horizont. Auf der Meeres- und Himmelslinie neben dem Golden Gate war ein schwacher Dunststreifen zu erkennen. Er hatte ihr einmal erklärt, was es bedeutete. Es WAR der Dampfer! Ein plötzlicher Gedanke sprang in ihr klares und aktives Gehirn. Wenn das Polizeiboot zufällig auch diesen Dunst sehen würde und kein Warnsignal vom Semaphor sehen würde, würden sie etwas vermuten. Dieses Signal muss gegeben werden, ABER NICHT DAS RICHTIGE! Sie erinnerte sich schnell daran, wie er ihr den Unterschied zwischen den Signalen eines fahrenden Dampfers und denen, die die Post brachten, erklärt hatte. In dieser Entfernung konnte das Polizeiboot nicht erkennen, ob die Arme des Semaphors für den Postdampfer im perfekten rechten Winkel ausgestreckt waren oder ob der linke Arm für einen rollenden Dampfer leicht abgelenkt war. Sie rannte zur Ankerwinde und ergriff die Kurbel. Für einen Moment widersetzte es sich ihrer Kraft; Sie verdoppelte ihre Anstrengungen: Es begann zu knarren und zu stöhnen, die großen Arme wurden langsam erhoben und das Signal gegeben.

Aber die vertrauten Geräusche der sich bewegenden Maschinerie drangen wie kein anderes Geräusch im Himmel oder auf der Erde durch Jarmans träges Bewusstsein und weckten ihn zu dem einzigen vorherrschenden Gefühl, das ihm noch geblieben war : der Gewohnheit der Pflicht. Sie hörte, wie er sich fluchend aus dem Bett wälzte, zur Tür stolperte und sah, wie er mit verängstigtem Gesicht nach vorne stürmte und seinen Kopf in einen Eimer Wasser tauchte. Er kam bleich und tropfend daraus hervor, aber mit dem vollen Licht der Vernunft und des Bewusstseins in seinen Augen. Er zuckte zusammen, als er sie sah; selbst dann wäre sie geflohen, aber er packte sie fest am Handgelenk.

Dann erzählte sie ihm mit hastiger, zitternder Stimme alles und jedes. Er hörte schweigend zu und hob erst am Ende ernst ihre Hand an seine Lippen.

„Und jetzt", fügte sie zitternd hinzu, „müssen Sie sofort fliegen – schnell; sonst ist es zu spät!"

Aber Richard Jarman ging langsam zur Tür seiner Kabine, hielt immer noch ihre Hand und sagte leise und zeigte auf seinen einzigen Stuhl: –

"Hinsetzen; Wir müssen zuerst reden."

Was sie sagten, wurde nie bekannt, aber ein paar Augenblicke später verließen sie die Hütte, Jarman trug alle seine Besitztümer in einer kleinen Tasche und Cara stützte sich auf seinen Arm. Eine Stunde später wurde der

Priester der Mission Dolores aufgefordert, einen offenen, ehrlich aussehenden Seemann und ein italienisches Zigeunermädchen zu heiraten. Damals gab es viele voreilige Vereinigungen, und die Heilige Kirche war nur zu froh, ihnen ihre rechtliche Bestätigung geben zu können. Aber der gute Padre hatte ein wenig Mitleid mit dem ehrlichen Seemann und gab dem Mädchen einen ernsthaften Rat.

Am nächsten Morgen warfen die Zeitungen von San Francisco in einem Absatz mit der Überschrift „Ein weiteres Fiasko der Polizei" ein zweifelhaftes Licht auf die Angelegenheit.

„Wir erfahren, dass die unermüdliche Polizei von San Francisco, nachdem sie festgestellt hatte, dass sich Marco Franti, der bekannte Goldstaubdieb, am Ufer in der Nähe des Presidio versteckt hatte, mit großer Feierlichkeit dorthin aufbrach und wie üblich einige Stunden nach ihrer Ankunft eintraf Der Mann war entkommen. Doch der Höhepunkt der Unfähigkeit wurde erreicht, als, wie es heißt, die Geliebte des flüchtenden Franti und Tochter eines Fischerbruders noch später durchbrannte und sich ihrem Geliebten direkt vor der Nase der Polizei anschloss. Der Versuch der Detectives, sich im Hauptquartier mit der Meldung zu entschuldigen, dass sie auch auf der Spur einer angeblich entflohenen Sydney Duck seien, wurde mit dem gebührenden Spott und der Skepsis aufgenommen, da es den Anschein hatte, als hätten diese Würdenträger den Postdampfer verwechselt, was sie auch hätten tun sollen an Bord gegangen, um bestimmte Auslieferungspapiere für einen Küstendampfer zu bekommen."

Erst vier Jahre später war Murano erfreut, im Ehemann seiner längst verschollenen Tochter einen sehr reichen Viehbesitzer aus Südkalifornien namens Jarman wiederzuerkennen. aber er erfuhr nie, dass es sich bei ihm um einen aus Sydney geflohenen Sträfling gehandelt hatte, der kürzlich durch die Vermittlung verschiedener angesehener Persönlichkeiten in Australien eine vollständige Begnadigung erhalten hatte.

EINE ESMERALDA DES ROCKY CANYON

Es ist zu befürchten, dass der Held dieser Chronik sein Leben als Hochstapler begann. Er wurde der leichtgläubigen und mitfühlenden Familie eines Bürgers von San Francisco als Lamm angeboten, das, wenn es nicht als Spielgefährte für die Kinder gekauft würde, unweigerlich in die Hände des Metzgers geraten würde. Eine Kombination aus verfeinerter Sensibilität und urbaner Unkenntnis der Natur hinderte sie daran, bestimmte eklatante Tatsachen zu erkennen, die seine launische Herkunft verrieten. Also wurde ihm gebührend ein Band um den Hals gebunden und in gefälliger Nachahmung der legendären „Maria" wurde er von den zutraulichen Kindern zur Schule gebracht. Hier wurde der Betrug leider aufgedeckt und die Geschichte kehrte sich um, als er vom Lehrer verwiesen wurde, weil er KEIN „Lamm in der Schule" war. Dennoch beharrte die gutherzige Mutter der Familie darauf, ihn zu behalten, mit der Bitte, er könne doch noch „nützlich" werden. Auf den schwachen Vorschlag ihres Mannes, „Handschuhe" zu nennen, verneinte sie verächtlich und sprach von dem schwachen Säugling eines Nachbarn, der später vielleicht von diesem Tier der Vorsehung Nahrung erhalten würde. Doch selbst diese Hoffnung wurde durch die schließliche Entdeckung seines Geschlechts zunichte gemacht. Jetzt blieb ihm nichts anderes übrig, als ihn als gewöhnliches Kind zu akzeptieren und sich an seinen Leistungen zu erfreuen – Essen, Klettern und Stoßen. Man muss zugeben, dass diese von höchster Qualität waren; Seine Fähigkeit, alles zu essen, von einem Batisttaschentuch bis zu einem Wahlplakat, eine Beweglichkeit, die ihn sogar auf die Dächer von Häusern brachte, und die Fähigkeit, das pummeligste Kind, das sich ihm widersetzte, mit einem einzigen Stoß umzuwerfen, machten ihn zu einer schrecklichen Freude im Kinderzimmer . Diese letzte Eigenschaft wurde bei ihm unvorsichtigerweise von einem schwarzen Diener entwickelt, der später von seinem allzu erfahrenen Gelehrten hastig eine Treppe hinuntergetrieben wurde. Nachdem „Billy" einmal den Sieg errungen hatte, brauchte er für seine Leistungen keine weitere Anspornung. Der kleine Wagen, den er manchmal zum Nutzen der Kinder zu ziehen bereit war, hinderte ihn nie daran, den Passanten anzugreifen. Im Gegenteil, nach wohlbekannten wissenschaftlichen Grundsätzen fügte er noch den Aufprall der Körper der Kinder hinzu, die in seiner Obhut über seinen Kopf projiziert wurden, und der unglückselige Fußgänger wurde nicht nur von Billy umgeworfen, sondern auch von der gesamten Kinderstube bombardiert.

So entzückend diese Erholung für jugendliche Gliedmaßen auch war, für die erwachsene Öffentlichkeit wurde sie als gefährlich empfunden. Es wurden empörte Proteste erhoben, und da Billy nicht im Haus gehalten werden konnte, könnte man sagen, dass er sich endlich aus dieser sympathischen

Familie herausgelöst hat und in eine harte und gefühllose Welt eingetreten ist. Eines Morgens riss er im kleinen Hinterhof seine Leine. Mehrere Tage lang zeigte er sich in schuldiger Freiheit auf den Dächern angrenzender Mauern und Nebengebäude. Der Vorort von San Francisco, in dem seine leichtgläubigen Beschützer lebten, befand sich immer noch in einem vulkanischen Zustand der Zerstörung, verursacht durch die Abstufung neuer Straßen durch Felsen und Sandhügel. Infolgedessen befanden sich die Dächer einiger Häuser auf der Höhe der Türschwellen anderer und waren speziell an Billys Auftritte angepasst. Eines Nachmittags wurde er vor den bewundernden und verwirrten Augen der Gärtnerei auf der Spitze des neuen elisabethanischen Schornsteins eines Nachbarn stehend entdeckt, auf einer Fläche, die kaum größer als die Krone eines Hutes war, und ruhig die Welt unter sich betrachtend. Hohe kindliche Stimmen appellierten vergebens an ihn; Babyarme wurden ihm in einer hoffnungslosen Einladung entgegengestreckt; Er blieb erhaben und verstockt, wie Miltons Held, wahrscheinlich durch seine eigenen Verdienste, „die er zu dieser schlechten Eminenz erhoben" hatte. Tatsächlich war in seinen aufkeimenden Hörnern und seiner spitzen Maske bereits etwas Satanisches zu spüren, als der Rauch sich sanft um ihn herum kräuselte. Dann verschwand er passenderweise und San Francisco kannte ihn nicht mehr. Zur gleichen Zeit verschwand jedoch auch ein gewisser Owen M'Ginnis , ein benachbarter Sandhill-Besetzer, und verließ San Francisco in Richtung der südlichen Minen. Er soll Billy mitgenommen haben – aus keinem denkbaren Grund außer der Kameradschaft. Dennoch war es der Wendepunkt in Billys Karriere; Die Zurückhaltung, die Freundlichkeit, Zivilisation oder sogar Polizisten auf sein Wesen ausgeübt hatten, war verschwunden. Ich fürchte, er verfügte über eine gewisse bösartige Intelligenz, die er sich in San Francisco mit den Zeitungen, Theater- und Wahlplakaten, die er konsumiert hatte, angeeignet hatte. Er tauchte am Rocky Canyon unter den Bergleuten als äußerst flinke Gämse mit der unauffälligen List eines Satyrs wieder auf. Das war alles, was die Zivilisation für ihn getan hatte!

Wenn Mr. M'Ginnis liebevoll geglaubt hätte, er würde Billy sowohl „nützlich" als auch gesellig machen, dann hatte er sich völlig geirrt. Pferde und Maultiere waren im Rocky Canyon rar, und er versuchte, Billy auszunutzen, indem er ihn einen kleinen, mit goldhaltiger Erde beladenen Karren von seinem Anspruch auf den Fluss ziehen ließ. Billy, der schnell an Kraft gewann, war der Aufgabe durchaus gewachsen, aber leider! nicht seine angeborene Neigung. Eine unvorsichtige Geste des ersten vorbeikommenden Bergmanns, den Billy in die übliche Herausforderung umwandelte. Er senkte den Kopf, von dem sein Meister bereits die knospenden Hörner gestutzt hatte, und stürzte sich sofort auf seinen Herausforderer mitsamt dem Karren. Auch hier herrschte das bereits dargelegte wissenschaftliche Gesetz. Unter dem Schock des Angriffs erhob sich der gesamte Inhalt des Karrens und ergoss sich über den erstaunten Bergmann und begrub ihn außer Sichtweite. In jedem anderen als einem kalifornischen Bergbaulager wäre eine solche Neigung zu einem Zugtier aufgrund des damit verbundenen Schadens und Leids verurteilt worden, aber in Rocky Canyon erwies es sich für den Besitzer als unrentabel, weil es gerade Vergnügen und Interesse erregte. Bergleute lauerten Billy mit einem „Greenhorn" oder Neuankömmling auf, den sie aufstellten, um das Tier durch eine indiskrete Geste herauszufordern. Auf diese Weise kam kaum eine Wagenladung „Lohnkies" jemals sicher an ihrem Ziel an, und der unglückliche M'Ginnis war gezwungen, Billy als Lasttier abzuziehen. Es wurde geflüstert, dass seine Neigung durch wiederholte Provokationen so groß geworden sei, dass M'Ginnis selbst nicht mehr sicher sei. Als Billy eines Tages vor seinem Karren voranging, um einen heruntergefallenen Ast vom Weg zu entfernen, interpretierte Billy das Bücken als eine spielerische Herausforderung seines Herrn – mit dem unvermeidlichen Ergebnis.

Am nächsten Tag erschien M'Ginnis mit einer Schubkarre, aber ohne Billy. Von diesem Tag an wurde er auf die Felsklippen oberhalb des Lagers verbannt, von wo er nur gelegentlich von den schelmischen Bergleuten angelockt wurde, die seine eigenartigen Leistungen zur Schau stellen wollten. Denn obwohl Billy in den Felsen reichlich Nahrung und Nahrung hatte, verspürte er dennoch ein zivilisiertes Verlangen nach Plakaten; und wann immer in der Siedlung ein Zirkus, ein Konzert oder eine politische Versammlung „abgerechnet" wurde, war er zur Stelle, solange die Paste noch frisch und saftig war. Auf diese Weise wurde behauptet, dass er einst einen riesigen Theaterzettel entfernte, der die Reize des „Sacramento Pet" darlegte, und als er vom Agenten auf frischer Tat ertappt wurde, mit dem feuchten Schein auf seinen Hörnern durch die Hauptstraße verfolgt wurde , und brachte es schließlich auf seine eigene Art und Weise auf dem Rücken von Richter Boompointer an , der vor seinem eigenen Gerichtsgebäude stand.

Im Zusammenhang mit den Besuchen dieser jungen Dame überlebt in den Legenden von Rocky Canyon eine weitere Geschichte über Billy. Colonel Starbottle war zu dieser Zeit in Wahlangelegenheiten auf der Durchreise durch die Siedlung, und es gehörte zu seiner ritterlichen Bewunderung für das Geschlecht, der hübschen Schauspielerin einen Besuch abzustatten. Der einzige Warteraum des kleinen Hotels ging auf die Veranda hinaus, die ebenfalls auf Straßenniveau lag. Nach einem kurzen, aber galanten Interview, in dem er mit altmodischer südländischer Höflichkeit rednerisch die Dankbarkeit für die Einigung zum Ausdruck brachte, hob Colonel Starbottle die pummelige kleine Hand des „Haustiers" an seine Lippen und machte mit einer tiefen Verbeugung einen Rückzieher die Veranda. Aber das Haustier war verblüfft über sein sofortiges Wiederauftauchen und darüber, dass er sich ihr scheinbar leidenschaftlich und eilig zu Füßen warf! Es erübrigt sich zu erwähnen, dass ihm Billy dicht auf den Fersen war, der ihn von der Straße aus beiläufig bemerkt hatte und seinen neuartigen Abgang als unhöfliche Herausforderung auffasste.

Billys Besuche wurden jedoch seltener, und als Rocky Canyon die Veränderungen erlebte, die mit den Bergbausiedlungen einhergingen, geriet er bald in Vergessenheit, da einige Familien aus dem Südwesten einmarschierten und sich Vergnügungen aneigneten, die weniger praktisch und turbulent waren als die, die er sich geleistet hatte. Es wurde behauptet, dass er immer noch in den abgeschiedeneren Berggebieten gesehen wurde, nachdem er in einen wilden Zustand zurückgekehrt war, und ein oder zwei der Abenteuerlustigeren vermuteten, dass er vielleicht noch essbar und ein schönes Jagdobjekt werden könnte. Ein Reisender, der durch den oberen Pass der Schlucht reiste, erzählte, wie er ein wild aussehendes, haariges Tier gesehen hatte, das einem kleinen Elch ähnelte, der auf unzugänglichen Felsen hockte, aber immer außer Schussweite war. Doch diese und andere Legenden wurden durch einen unerwarteten Vorfall zunichte gemacht und zunichte gemacht.

Der Pioneer Coach quälte sich gerade die lange Steigung in Richtung Skinners Pass hinauf, als Yuba Bill plötzlich mit auf der Bremse stehenden Füßen anhielt.

„ Jimminy !" stieß er aus und holte tief Luft.

Der erschrockene Passagier neben ihm auf der Loge folgte seiner Blickrichtung. Durch eine Öffnung in den Kiefern am Wegesrand konnte er ein paar hundert Meter entfernt eine becherartige Mulde im leuchtendsten Grün des Hügels sehen. In der Mitte tanzte ein junges Mädchen von fünfzehn oder sechzehn Jahren und hielt den Schritt zum Kastagnetten-„Klick" eines Paars „Knochen", wie sie Neger-Minnesänger verwenden, die sie in ihren Händen über ihrem Kopf hielt. Aber noch seltsamer: Ein paar Schritte vor ihr machte eine große Ziege, deren Hals grob mit Blumen und Ranken bekränzt war, unbeholfene Sprünge und Sprünge, um ihren Gefährten nachzuahmen. Der wilde Hintergrund der Sierras, die pastorale Mulde, die Widersprüchlichkeit der Figuren und die leuchtende Farbe des roten Flanellunterrocks des Mädchens, der unter ihrem um ihre Taille gesteckten Kattunrock hervorlugte, ergaben ein beeindruckendes Bild, das zu diesem Zeitpunkt bereits existierte hatte alle Blicke auf sich gezogen. Vielleicht deutete der Tanz des Mädchens eher auf einen „Zusammenbruch" der Neger als auf eine bekannte Waldmaßnahme hin; aber all dies und sogar das Klappern der Knochen wurden durch die Entfernung angenehmer.

„Esmeralda! beim lebenden Harry!" rief der aufgeregte Passagier auf dem Bock.

Yuba Bill nahm die Füße von der Bremse und warf seinem Begleiter einen Blick tiefer Verachtung zu, als er die Zügel wieder in die Hand nahm.

„Es ist diese ausgeblendete Ziege, der äußere Rocky Canyon dahinter und Polly Harkness! Wie kam sie jemals dazu, mit IHM zusammenzuarbeiten?"

Sobald der Bus jedoch Rocky Canyon erreichte, wurde die Geschichte von den Passagieren schnell erzählt, von Yuba Bill bestätigt und vom Beobachter auf dem Logenplatz sehr farbig dargestellt. Harkness war als Neuankömmling bekannt, der mit seiner Frau und seiner einzigen Tochter auf der anderen Seite des Skinners Pass lebte. Er war ein „Holzfäller" und Köhler, der sich in die dichten Kiefernreihen unterhalb des Passes hineingefressen hatte und dabei eine fast unüberwindbare Kette aus umgestürzten Bäumen, abgeschälter Rinde und Holzkohlegruben rund um die Lichtung errichtete, auf der er lebte Es stand eine einfache Blockhütte , die seine Abgeschiedenheit ungebrochen hielt. Es hieß, er sei ein halbwilder Bergsteiger aus Georgia gewesen, in dessen rauen Festungen er illegalen Whisky gebrannt hatte, und sein Geschmack und seine Gewohnheiten machten ihn für die Zivilisation ungeeignet. Seine Frau kaute und rauchte; Es wurde angenommen, dass er aus Eicheln und Pinienkernen selbst ein feuriges Gebräu herstellte; er kam nur selten zum Rocky Canyon, um Proviant zu holen; Seine Baumstämme wurden über einen „Schieß" oder eine Rutsche zum Fluss geschoben, wo sie einmal im Monat zu einer entfernten Mühle fuhren, aber ER begleitete sie nicht. Die Tochter, die man im Rocky Canyon selten sah, war ein halbwüchsiges Mädchen, braun wie Herbstfarn, mit wilden Augen, zerzaust, in einem selbstgesponnenen Rock, einer Sonnenhaube und Jungen-Brogans. Das waren die einfachen Tatsachen, die der skeptische Rocky Canyon den Legenden der Passagiere entgegenstellte. Dennoch fanden es einige der jüngeren Bergleute nicht schwierig, auf dem Weg zum Fluss über den Skinners Pass zu gehen, doch mit welchem Erfolg wurde nichts gesagt. Es wurde jedoch gesagt, dass ein berühmter New Yorker Künstler, der eine Reise durch Kalifornien unternahm, eines Tages mit der Kutsche über den Pass fuhr und die Erinnerung an das, was er dort sah, in einem bekannten Bild mit dem Titel „Tanzende Nymphe und …" festhielt „Satyr", sagen kompetente Kritiker, sei „reichlich mit dem Studium des griechischen Lebens beschäftigt." Dies hatte keinen Einfluss auf Rocky Canyon, wo das Studium der Mythologie vermutlich durch die Erfahrung wundervollerer Menschen aus Fleisch und Blut verdrängt wurde, aber später erinnerte man sich mit einiger Bedeutung daran.

Zu den bereits erwähnten Verbesserungen gehörte die Errichtung einer Kapelle aus Zink und Holz in der Hauptstraße, in der ein gewisser populärer Erweckungsprediger einer eigenartigen südwestlichen Sekte regelmäßig ermahnende Gottesdienste abhielt. Seine grobe emotionale Macht über seine unwissenden Glaubensbrüder war allgemein bekannt, während seine Neugier andere anzog. Seine Wirkung auf die Weibchen seiner Herde war hysterisch und sensationell. Frauen, die durch Plackerei an der Grenze und Kinderkriegen vorzeitig gealtert waren, Mädchen, die im Kampf mit den harten Realitäten der Natur um sie herum nur die Strapazen und Schmerzen einer halb ausgestatteten, schlecht ernährten Jugend gekannt hatten, sie alle empfanden eine seltsame Faszination für das Extravagante Herrlichkeiten und Privilegien der unsichtbaren Welt, die er ihnen vor Augen führte und die sie vielleicht in den Märchen und Kindergartenlegenden zivilisierter Kinder gefunden hätten, wenn sie sie gekannt hätten. Persönlich war er nicht attraktiv; sein schmales, spitzes Gesicht und das buschige Haar, das zu beiden Seiten seiner quadratischen Stirn in zwei runden Knoten aufragte, und sein langer, strähniger, drahtiger Bart, der von einem kräftigen Hals und Schultern herabfiel, waren tatsächlich von einem gewöhnlichen südwestlichen Typus; doch in ihm deuteten sie auf etwas mehr hin. Dies wurde von einem Bergmann geäußert, der seinem ersten Gottesdienst beiwohnte, und als Reverend Mr. Withholder sich auf die Kanzel erhob, hörte man Ersterer hörbar ausrufen: „ Dod. " Verdammt! – wenn das nicht Billy ist!" Aber als am darauffolgenden Sonntag zu jedermanns Erstaunen Polly Harkness in einem neuen weißen Musselinkleid und einem breitkrempigen Livorno-Hut mit dem echten Billy vor der Kirchentür erschien und sich mit dem Prediger unterhielt, war die Ähnlichkeit erschreckend.

Es tut mir leid, sagen zu müssen, dass die Ziege von Rocky Canyon sofort auf den Namen „The Reverend Billy" getauft wurde und der Pfarrer selbst Billys „Bruder" war. Mehr noch, als während des Gottesdienstes von Außenstehenden versucht wurde, den angebundenen Bock zu seinen alten Stoßauftritten zu überreden, und er von ihren Beleidigungen und Herausforderungen nicht die geringste Notiz nahm, wurde ihm der Beiname „ausgeblendeter Heuchler" hinzugefügt Titel.

Hatte er sich wirklich gebessert? Hatte ihn sein ländliches Leben mit seiner nymphenähnlichen Geliebten vollständig von seinem kämpferischen Hang geheilt, oder hatte er einfach festgestellt, dass es nicht mit seinem Tanz vereinbar war und seine „ausgefallenen Schritte" ernsthaft beeinträchtigte? Hatte er festgestellt, dass Traktate und Gesangbücher ebenso essbar waren wie Theaterplakate? Dies waren Fragen , die Rocky Canyon leichtfertig diskutierte, obwohl es immer das ernstere Geheimnis der Beziehungen zwischen Reverend Mr. Withholder, Polly Harkness und der Ziege gab. Das Erscheinen von Polly in der Kirche war zweifellos auf die aktive Erkundung der Bezirke durch den Pfarrer zurückzuführen. Aber hatte er jemals von Pollys Tanz mit der Ziege gehört? Und wo war in dieser schlichten, eckigen, schlecht gekleideten Polly die wunderschöne Vision der tanzenden Nymphe verborgen, die so viele fasziniert hatte? Und wann hatte Billy jemals einen Hinweis auf seine terpsichoreischen Fähigkeiten gegeben – vorher oder nachher? Konnten bei ihm jetzt irgendwelche „Punkte" dieser Art erkannt werden? Keiner! War es nicht wahrscheinlicher, dass Reverend Mr. Withholder selbst mit Polly getanzt hatte und für die Ziege gehalten wurde? Passagiere, die sich im Hinblick auf Pollys Schönheit so getäuscht hatten, hätten den Pfarrer ebenso leicht mit Billy verwechseln können. Ungefähr zu dieser Zeit ereignete sich ein weiterer Vorfall, der das Rätsel noch verstärkte.

Der einzige Mann in der Siedlung, der offenbar von der allgemeinen Meinung über Polly abwich, war ein Neuankömmling, Jack Filgee . Während er ihre Leistung mit der Ziege, die er noch nie gesehen hatte, diskreditierte, war er offensichtlich sehr von dem Mädchen selbst fasziniert. Unglücklicherweise war er ebenso süchtig nach Alkohol, und da er im nüchternen Zustand äußerst schüchtern und schüchtern und zu anderen Zeiten völlig unvorzeigbar war, schritt sein Werben, wenn man es so nennen kann, nur langsam voran. Doch als er feststellte, dass Polly in die Kirche ging, hörte er so weit auf die Ermahnungen von Reverend Mr. Withholder, dass er versprach, unmittelbar nach dem Sonntagsgottesdienst zum „Bibelunterricht" zu kommen. Es war ein heißer Nachmittag, und Jack, der zwei Tage lang nüchtern geblieben war, stärkte sich unvorsichtig für die Tortur, indem er vor seiner Ankunft einen Drink zu sich nahm. Er war früh nervös und nahm sofort in der leeren Kirche neben der offenen Tür Platz. Die Stille im Gebäude, das schläfrige Summen der Fliegen und vielleicht auch die einschläfernde Wirkung des Alkohols führten dazu, dass er immer wieder die Augen schloss und seinen Kopf nach vorne auf die Brust senkte. Er war gerade dabei, sich zum vierten Mal zu erholen, als er plötzlich eine heftige Ohrfeige bekam und nach hinten von der Bank geschleudert wurde, auf der er saß. Das war alles, was er wusste.

Er rappelte sich mit einer gewissen Würde auf, die ihm teils neu war, teils aus seinem Zustand resultierte, und taumelte, etwas verletzt und zerzaust, zum nächsten Saloon. Hier zeigten einige Stammgäste, die ihn vorbeigehen sahen, die seinen Auftrag und die Hingabe an Polly kannten, die ihn dazu veranlasst hatte, eine natürliche Besorgnis.

„Wie läuft es unten im Gospelladen?" sagte einer. „Sieh aus, als hättest du mit dem Sperit gekämpft , Jack!"

„Der alte Mann muss mächtig ermahnt werden " , sagte ein anderer und warf einen Blick auf seine unordentliche Sonntagskleidung.

„ Ist es nicht sein Hast du einen Streit mit Polly? Mir wurde gesagt, dass sie eine schreckliche Linke schlägt."

Anstatt zu antworten, schenkte Jack sich einen Schluck Whisky ein, trank ihn aus, stellte sein Glas ab und lehnte sich schwer gegen die Theke, während er seine Fragesteller mit einem von vorwurfsvoller Würde gemilderten Kummer ansah.

„Ich bin hier ein Fremder, meine Herren", sagte er langsam, „Sie kennen mich erst ein wenig; Aber wenn Sie mich sowohl betrunken als auch nüchtern gesehen haben, haben Sie meine Gangart wohl erkannt ! Nun möchte ich euch sagen, ihr gerechten Männer, ob ihr jemals gesehen habt, wie ich einen Pfarrer geschlagen habe?"

„Nein", sagte ein Chor mitfühlender Stimmen. Der Barkeeper jedoch, der sich schnell an Polly und den Reverend Withholder erinnerte und möglicherweise eine gewisse Eifersucht bei Jack hatte, fügte vorsichtig hinzu: „Noch nicht."

Der Refrain fügte sofort nachdenklich hinzu: „Naja, nein, noch nicht."

„Hast du jemals gekannt", fuhr Jack feierlich fort, „dass ich fluche, schwadroniere, schikaniere oder irgendetwas gegen die Pfarrer oder die Kirche sage?"

„Nein", sagte die Menge und verwandelte ihre Vorsicht in Neugier, „das habt ihr nie getan — wir schwören es! Und was ist jetzt los?"

„Ich bin nicht das, was man als ‚Mitglied in gutem Ansehen ' bezeichnet", fuhr er fort und verlängerte seinen Höhepunkt kunstvoll. „ Das bin ich nicht sei der Sünde überführt; Ich bin kein „sanftmütiger" und „niedriger Anhänger"; Das bin ich nicht Es ist genau das, was ich bestellt habe sein ; Ich habe nirgendwo gelebt, was mir in den Sinn kam; aber ist das ein Grund, warum mich ein Pfarrer schlagen sollte?"

"Warum? Was? Wann hat er? Wer hat?" fragte die eifrige Menge mit einer Stimme.

Jack erzählte dann schmerzhaft, wie er von Reverend Mr. Withholder eingeladen worden sei, an der Bibelstunde teilzunehmen. Wie er früh angekommen war und die Kirche leer vorgefunden hatte. Wie er in der Nähe der Tür Platz genommen hatte, um ihm zur Hand zu sein, wenn der Pfarrer kam. Wie er sich einfach „freundlicher kam und gut" fühlte, als er dem Summen der Fliegen lauschte, und eingeschlafen sein musste — nur dass er sich jedes Mal aufraffte — obwohl es schließlich kein Verbrechen war , in einer Nacht einzuschlafen leere Kirche! Wie „ganz plötzlich " der Pfarrer hereinkam, „ihm einen Schlag auf den Kopf versetzte", ihn von der Bank warf und ihn dort liegen ließ!

„Aber was hat er GESAGT?" fragte die Menge.

„ Nunhin '. Bevor ich aufstehen konnte, entkam er."

„Sind Sie sicher, dass er es war?" Sie fragten. „Du weißt, dass du sagst, dass du geschlafen hast."

„Bin ich sicher?" wiederholte Jack verächtlich. „Kenne ich das Gesicht und den Bart nicht ? Habe ich nicht gespürt, dass es über mir hängt ?"

„Was wirst du dagegen tun?" fuhr die Menge eifrig fort.

„Warte, bis er herauskommt – dann wirst du sehen", sagte Jack würdevoll.

Das war genug für die Menge; Sie versammelten sich aufgeregt an der Tür, wo Jack bereits stand und zur Kirche blickte. Die Momente zogen sich langsam hin; Es könnte ein langes Treffen werden. Plötzlich öffnete sich die Kirchentür und eine Gestalt erschien, die die Straße auf und ab blickte. Jack errötete – er erkannte Polly – und trat auf die Straße. Die Menge zog sich vorsichtig, aber etwas enttäuscht, in den Saloon zurück. Sie wollten sich in so etwas nicht einmischen.

Polly sah ihn und kam eilig auf ihn zu. Sie hielt etwas in ihrer Hand.

„Ich habe das auf dem Kirchenboden aufgesammelt", sagte sie schüchtern, „also dachte ich, du hättest es sein müssen da, obwohl der Pfarrer gesagt hat, dass du das nicht getan hast, und ich mich nur entschuldigt habe und rausgerannt bin, um es dir zu geben . Es gehört dir , nicht wahr ?" Sie hielt eine goldene Anstecknadel hoch, die er zu diesem Anlass angebracht hatte. „Es fiel mir allerdings schwerer, das zu bekommen – es gehört auch dir –, denn Billy lag im Hof, hinter der Kirche, und es war einfach bequem schlucke es."

"WHO?" sagte Jack schnell.

„ Billy, – meine Ziege."

Jack holte tief Luft und blickte zurück zum Saloon. „Das tust du nicht Geht ihr jetzt zurück zum Unterricht, oder?" sagte er hastig. „Wenn du es nicht bist , werde ich dich nach Hause sehen."

„Es macht mir nichts aus", sagte Polly zurückhaltend, „wenn es dir nicht deinen Weg nimmt ."

Jack bot seinen Arm an und das glückliche Paar eilte am Saloon vorbei und war bald auf der Straße zum Skinners Pass.

Jack hat seinen Fehler leider nicht eingestanden, sondern hat den Reverend Mr. Withholder weiterhin unter dem Verdacht stehen lassen, einen grundlosen Angriff und eine Körperverletzung begangen zu haben. Es war jedoch charakteristisch für Rocky Canyon, dass dieser Verdacht seinen geistlichen Ruf keineswegs beeinträchtigte, sondern vielmehr einen Respekt hervorrief, der ihm bisher verwehrt worden war. Ein Mann, der direkt von der Schulter aus zuschlagen konnte, hatte, um es in der Sprache der Kritiker auszudrücken, „ sehr in sich". Seltsamerweise begann die Menge, die zunächst mit Jack sympathisiert hatte, nun Provokationen zuzugeben. Sein anschließendes Schweigen, seine Neigung, albern zu lächeln, als er zu diesem Thema befragt wurde, und später, als er heimtückisch gefragt wurde, ob er Polly jemals mit der Ziege tanzen gesehen habe, brachte sein lautstarkes Gelächter dazu, die Meinung völlig gegen ihn zu wenden. Die öffentliche Meinung wurde jedoch bald von einem interessanteren Vorfall gefesselt.

Skinnerstown eine Reihe biblischer Tableaus zugunsten seiner Kirche organisiert. Es sollten Illustrationen zu „Rebecca am Brunnen", „Die Auffindung Moses", „Joseph und seine Brüder " gegeben werden; Besonders begeistert war Rocky Canyon jedoch von der Ankündigung, dass Polly Harkness „Jephthahs Tochter" verkörpern würde. Am Abend der Aufführung stellte sich jedoch heraus, dass dieses Tableau aus nicht genannten Gründen zurückgezogen und durch ein anderes ersetzt worden war. Rocky Canyon war natürlich empört über das Versäumnis, einheimische Talente darzustellen, und gab sich hundert wilden Vermutungen hin. Man glaubte jedoch allgemein, dass Jack Filgees rachsüchtige Feindseligkeit gegenüber Reverend Mr. Withholder der Grund dafür war. Jack lächelte wie üblich albern, aber von ihm war nichts zu bekommen. Erst einige Tage später, als ein weiterer Vorfall den Höhepunkt dieser Geheimnisse krönte, kam eine vollständige Enthüllung über seine Lippen.

Eines Morgens hing am Rocky Canyon ein flammendes Plakat mit einem bezaubernden Bild des „Sacramento Pet" im kürzesten aller Röcke, das mit einem Tamburin vor einer mit Blumen geschmückten Ziege herumtanzte, die jedoch zweifellos eine Ähnlichkeit mit Billy aufwies. In riesigen Buchstaben und voller Bewunderung stand in dem Text, dass das „Haustier" als „Esmeralda" auftreten würde, unterstützt von einer darstellenden Ziege, die von der begabten Schauspielerin speziell trainiert worden war. Die Ziege tanzte, spielte Karten und führte jene Zaubertricks aus, die den Lesern von Victor Hugos wunderschöner Geschichte vom „Glöckner von Notre Dame" vertraut waren, und schlug schließlich den vorsätzlichen Verführer, Kapitän Phoebus, nieder und stürzte ihn. Das wunderbare Spektakel würde unter der Schirmherrschaft des Hon. stattfinden. Colonel Starbottle und der Bürgermeister von Skinnerstown .

Als sich alle Rocky Canyons mit offenem Mund um das Plakat versammelten, schloss sich Jack sittsam der Gruppe an. Alle Augen waren auf ihn gerichtet.

„Es sieht nicht so aus, als ob deine Polly in DIESER Show war, genauso wenig wie sie in den Tablows war ", sagte einer und versuchte, seine Neugier unter einem leichten höhnischen Grinsen zu verbergen. „Sie scheint nicht zu tanzen ! "

„Sie hat nie getanzt " , sagte Jack mit einem Lächeln.

"Niemals getan! Was hat es dann mit all diesen Gerüchten auf sich, dass sie oben am Pass getanzt hat ?"

„Es war das Sacramento Pet, das den ganzen Tanz machte ; Polly hat die Ziege nur geliehen. Sehen Sie, der Pet-Kind gefiel Billy , als er den ganzen Tag im Hotel Starbottle kegelte , und sie dachte, sie könnte ihm vielleicht Tricks beibringen. Also hat sie es getan und all ihre Unterrichts- und Bühnenproben dort oben am Pass durchgeführt, um draußen zu bleiben und das Ding im Dunkeln zu halten. Sie hat Polly bestochen, ihr die Ziege zu leihen und ihr Geheimnis zu bewahren, und Polly hat niemandem außer mir ein Wort gesagt."

„Dann war es das Haustier, das Yuba Bill aus der Kutsche tanzen sah?"

"Ja."

„Und dieser Künstler aus New York hat als ‚Imp and Satire' gemalt?"

"Ja."

„Dann ist Polly deshalb nicht in den Tablows in Skinnerstown aufgetaucht ? Es war Withholder, der eine Ratte freundlicher gerochen hat, nicht wahr? Und herausgefunden, dass es die ganze Zeit nur ein Theatermädchen war, das getanzt hat ?"

„Nun, sehen Sie", sagte Jack mit gespieltem Zögern, „ das ist ein anderes Thema. Ich weiß es nicht, vielleicht ez, ich sollte es erzählen. Et Hat nichts mit dieser Werbung für das Haustier zu tun und könnte hart gegen den alten Withholder sein! Ihr dürft mich nicht fragen, Jungs."

Aber da war das in seinem Blick und vor allem in diesem faulen Aufschieben des wahren Humoristen, wenn er sich seinem Höhepunkt näherte, was die Menge lautstark und unruhig machte. Sie WÜRDEN die Geschichte haben!

Als Jack das sah, lehnte er sich mit großer Schwerkraft gegen einen Felsen, steckte die Hände in die Taschen, schaute unzufrieden auf den Boden und begann: „Seht ihr, Jungs, der alte Pfarrer Withholder hatte all diese Geschichten über Polly und die Trickziege gehört , und er ging freundlicher davon aus, dass sie für einen seiner Tablows ausreichen würde . Also bestrafte er sie, wenn es ihr etwas ausmachte , mit der Ziege und einem Tamburin für Jephthahs Tochter einzustehen, ungefähr zu der Zeit, als der alte Jeph nach Hause kam, hereinsegelte und schwor , dass er das erste Ding, das er sah, töten würde – als Scherz es steht in der Bibelgeschichte. Nun, Polly wollte nicht sagen, dass es nicht SIE war, die mit der Ziege auftrat, sondern das Haustier, denn sie würde das Haustier tot preisgeben; Also willigt Polly ein, mit der Ziege dorthin zu kommen und das Tablow zu proben . Nun ja, Polly ist etwas schüchtern; und Billy – Sie können wetten, ER ist da und bereit für den Spaß; Aber der verdammte Idiot, der Jephthah spielt, ist keinen Scherz wert, und wenn ER hereinkommt, grinst er nur Polly an und scheint die Ziege verärgert anzustarren . Das macht den Scherz des alten Withholder wild, und schließlich geht er selbst auf die Plattform , um ihnen zu zeigen, wie die Sache gemacht werden sollte . Also kommt er geschäftig und tänzelnd herein und erblickt Polly, die mit der Ziege hereintanzt, um ihn willkommen zu heißen ; und dann faltet er die Hände – so – und lässt sich auf die Knie fallen und lässt den Kopf hängen – so – und sagt: „Me chyld !" Ich schwöre! Oh, Himmel!' Aber im Ernst, Billy – der dieser ganzen Dummheit langsam überdrüssig wird – dreht sich freundlicher auf den Hinterbeinen um und erhascht einen Blick auf den Pfarrer!" Jack hielt einen Moment inne, steckte die Hände noch tiefer in die Taschen und sagte träge: „Ich weiß nicht, ob euch Jungs aufgefallen ist, wie sehr der alte Withholder wie Billy aussieht?"

Es gab einen schnellen und ungeduldigen Refrain: „Ja! Ja!" und „Weiter!"

„Nun", fuhr Jack fort, „als Billy Withholder mit gesenktem Kopf knien sieht, macht er eine Art Freudensprung und klatscht mit den Hufen zusammen, um zu sagen: ‚Ich bin in dieser Szene dabei'." lässt seinen eigenen Kopf fallen und scherzt das Licht für den Pfarrer aus!"

„Und stößt ihn sauber durch die Nebenszenen auf die Straße", unterbrach ein erfreuter Zuschauer.

Aber Jacks Gesicht veränderte sich nie. „Glaubst du?" sagte er ernst. „Aber das ist ein Scherz , warum ihr einen Fehler macht; Und das ist ein Scherz, den Billy gemacht hat!" fügte er langsam hinzu. „ Vielleicht ist euch auch aufgefallen, dass der Pfarrer an Kopf und Schultern kräftiger gebaut ist. Es könnte sein hev sein Der oder der Billy hatte keinen fairen Start, aber die Ziege fiel wie ein Schuss auf die Vorderbeine, und der Pfarrer stieß ihn mit einem Hieb aus und katapultierte ihn scherzhaft vom Bahnsteig! Dann meinte der Pfarrer, dass dieser „ Tisch “ besser weggelassen werden sollte, da es offenbar keinen anderen Mann gab, der Jephthah spielen konnte, und es für IHN nicht würdig war, die Rolle zu übernehmen . Aber der Pfarrer hat zugegeben , dass es für Billy eine große moralische Lektion sein könnte!"

Und das WAR es, denn von diesem Moment an versuchte Billy nie wieder, ihm einen Stoß zu geben. Später trat er beim Pet's-Engagement in Skinnerstown mit großer Fügsamkeit auf ; er spielte in allen Provinzen eine herausragende Rolle; Er hatte die Vorzüge der Kunst von „The Pet" und der Einfachheit von Polly genossen, aber nur Rocky Canyon wusste, dass seine wirkliche Ausbildung mit seiner ersten Probe bei Reverend Mr. Withholder gekommen war.

DICK SPINDLERS FAMILIE WEIHNACHTEN

Bei Rough and Ready herrschte Überraschung und manchmal auch Enttäuschung, als bekannt wurde, dass Dick Spindler vorhatte, in seinem eigenen Haus eine „Familien"-Weihnachtsfeier zu veranstalten. Dass er schon bald die Gelegenheit nutzen würde, sein Glück zu feiern und Gastfreundschaft zu zeigen, wurde nur von dem Mann erwartet, der gerade einen stattlichen „Streik" bei seinem Anspruch gemacht hatte; aber dass es eine so konservative, altmodische und respektable Form annehmen sollte, war für Rough and Ready völlig unerwartet und wurde von einigen als etwas anmaßend empfunden. In Rough and Ready gab es nicht ein halbes Dutzend Familien; Niemand wusste vorher, dass Spindler irgendwelche Verwandten hatte, und dieses „Einklingeln" von Fremden in der Siedlung schien zumindest auf einen Mangel an öffentlichem Geist hinzuweisen. „Er könnte", drängte einer seiner Kritiker, „ er hätte die Jungen gegeben , die tagsüber an seiner Seite in den Gräben gearbeitet und nachts mit ihm am Lagerfeuer geschlafen hatten, – er hätte sie vielleicht gegeben. " ein Quadrat „ausblasen" und die Blätter für seine alte Spindler-Crew behalten , so wie es andere Familien auch tun. Als der alte Mann Scudder letztes Jahr seine Hausaufgaben machte, lebte seine Familie eine Woche lang von dem, was übrig blieb, nachdem die Jungen in dieser Nacht durch das Haus spaziert waren – und die Scudders warnen auch keine Fremden." Es war auch offensichtlich, dass es ein unbehagliches Gefühl gab, dass Spindlers Verhalten eine unheilige Neigung zur Minderheit der Seriosität und Exklusivität und eine – ohne Entschuldigung der Ehe – Abkehr von der geselligen und unabhängigen Junggesellenmehrheit von Rough and Ready anzeigte.

„Wenn er nach einem Mädchen feststecken würde und freundlicher nach vorne schauen würde, hätte ich es verstanden", argumentierte ein anderer Kritiker.

„Sei nicht zu sicher, dass er das nicht ist ", sagte Onkel Jim Starbuck düster. „Sie werden feststellen, dass hinter dieser „Familien"-Versammlung eine beschuldigte Frau steckt . Das und Ärger sind fast alles, wofür sie gemacht sind!"

In dieser dunklen Prophezeiung war zwar etwas Wahres, aber nichts von dem, was der Frauenfeind vermutete. Tatsächlich hatte Spindler ein paar Abende zuvor im Haus von Rev. Mr. Saltover angerufen , und Mrs. Saltover , die unter einem ihrer „Saleratus-Kopfschmerzen" litt, hatte ihn ihrer verwitweten Schwester, Mrs. Huldy Price, übergeben schenkte ihm gehorsam die praktische und kritische Aufmerksamkeit, die sie mit dem Strumpf, den sie stopfte, teilte. Sie war eine Frau von fünfunddreißig Jahren, mit außergewöhnlichen Nerven und praktischer Weisheit, die einst ihren verwundeten Mann von einem Grenzkonflikt nach Hause geschmuggelt hatte, in aller Ruhe Kaffee für seine getäuschten Verfolger gekocht hatte, während er versteckt auf dem Dachboden lag, und vier Meilen für die medizinische Untersuchung gelaufen war Die Hilfe, die zu spät kam, um ihn zu retten, begrub ihn heimlich in seinem eigenen „Viertelabschnitt" mit nur einem weiteren Zeugen und Trauernden und rettete so ihre Position und ihr Eigentum in dieser wilden Gemeinschaft, die glaubte, er sei geflohen. In ihrer runden, frisch gefärbten brünetten Wange, ihren ruhigen schwarzen Augen, die in einem stacheligen Wimpernkranz aus steifen Wimpern eingebettet waren, ihrer rundlichen Figur oder ihrem offenen, mutigen Lachen war von diesem Erlebnis kaum etwas zu spüren . Letzteres erschien als Lächeln, als sie Herrn Spindler begrüßte. „Sie hatte ihn seit einem Waschbäralter nicht mehr gesehen", aber „glaubte, er sei damit beschäftigt, sein neues Haus einzurichten ."

„Na ja", sagte Spindler mit einem leichten Zögern, „Siehst du, ich rechne damit, dass es für mich eine freundlichere Weihnachtsfeier wird " – er wollte gerade „Leute" sagen, verwarf es aber wegen „Verwandtschaft, " und entschied sich schließlich dafür, dass „Verwandte" im Haus eines Predigers korrekter sei.

Mrs. Price hielt das für eine sehr gute Idee. Weihnachten war für die Familie die natürliche Zeit, sich zu treffen, um „zu sehen, wer hier und wer da ist, wer weiterkommt und wer nicht, und wer tot und begraben ist." Es war ein Glück für sie, die so platziert waren, dass sie dies tun und Freude haben konnten." Ihre unbesiegbare Philosophie trug sie wahrscheinlich über alle gefährlichen Erinnerungen an das einsame Grab in Kansas hinaus, und sie hielt den Strumpf gegen das Licht und blickte fröhlich über die Höhe zu Mr. Spindlers verlegenem Gesicht am Feuer.

dazu kann ich nicht viel sagen ", antwortete Spindler immer noch verlegen, „denn sehen Sie, ich weiß sowieso nicht viel darüber."

„Wie lange ist es her, dass du sie gesehen hast ?" fragte Mrs. Price und wandte sich offenbar an den Strumpf.

Spindler lachte schwach. „Nun, sehen Sie, falls es soweit kommt, ich habe sie noch nie gesehen !"

Mrs. Price legte den Strumpf auf ihren Schoß und blickte Spindler direkt an. „Hast du sie noch nie gesehen ?" sie wiederholte. „Dann sind sie also keine nahen Verwandten?"

„Es sind drei Cousins", sagte Spindler und zählte sie an den Fingern ab, „einen Halbonkel, eine Art Schwager , – also den Bruder des zweiten Mannes meiner Schwägerin – und eine Nichte. Das sind sechs."

„Aber wenn Sie sie nicht gesehen haben, nehme ich an, dass sie mit Ihnen korrespondiert haben?" sagte Frau Price.

mir fast alle wegen Geld geschrieben, als sie meinen Namen in der Zeitung sahen „ Er hat einen Angriff gemacht", antwortete Spindler schlicht; „Und er hat es geschickt, ich kenne nur ihre Adressen."

"Oh!" sagte Mrs. Price und kehrte zum Strumpf zurück.

Etwas im Tonfall ihrer Ejakulation verstärkte Spindlers Verlegenheit, machte ihn aber auch verzweifelt. „Sehen Sie, Mrs. Price", platzte es aus ihm heraus, „ich sollte Ihnen sagen, dass ich glaube, dass es die Leute sind, mit denen er sich nicht verstanden hat, verstehen Sie? Und deshalb schien es mir nur das Richtige zu sein." , ez hatte es geschafft, ihnen eine Art Weihnachtsfest zu bescheren. Suthin , wissen Sie nicht , wie Ihr Schwager letzten Sonntag auf der Kanzel über Ihren Frieden und Ihren guten Willen zwischen Mensch und Mensch gesagt hat ?

Mrs. Price sah den Mann vor ihr erneut an. Sein blasses, verwirrtes Gesicht zeigte einen gewissen Zweifel, aber auch eine gewisse Entschlossenheit hinsichtlich der Aussicht, die ihm das Zitat eröffnet hatte. „Eine sehr gute Idee, Herr Spindler, und eine, die Ihnen große Ehre macht", sagte sie ernst.

„Es freut mich riesig, das zu hören, Mrs. Price", sagte er mit einem Ton großer Erleichterung, „denn ich rechnete damit, Sie um einen großen Gefallen zu bitten! Sehen Sie", er verfiel in sein früheres Zögern, „das heißt – Tatsache ist –, dass so etwas für mich ziemlich plötzlich kommt – ein wenig außerhalb meiner Grenzen, verstehen Sie nicht, und das wollte ich auch tun ? Fragen Sie, ob es Ihnen etwas ausmachen würde, das Rumpfding in die Hand zu nehmen und es für mich laufen zu lassen .

„Ich führe es für Sie aus", sagte Mrs. Price und warf einen schnellen Blick unter dem Wimpernkranz hervor. "Lebender Mann! Woran denkst du?"

„Ich übernehme die ganze Arbeit", beeilte sich Spindler mit nervöser Verzweiflung. „ Alle Dinge zusammenpacken und für sie vorbereiten , alles bestellen , was benötigt wird, und die Zimmer einrichten , ich kann rausgehen, während du es machst , und mir dann helfen ." Ich empfange sie und sitze am Kopfende des Tisches, wissen Sie, – wie Ez wenn du die Geliebte wärst."

„Aber", sagte Mrs. Price mit ihrem offenen Lachen, „das ist die Pflicht einer Ihrer Verwandten – Ihrer Nichte zum Beispiel – oder Ihrer Cousine, wenn eine von ihnen eine Frau ist."

„Aber", beharrte Spindler, „sehen Sie, sie sind mir fremd; Ich kenne sie nicht , aber Sie kenne ich. Du würdest es ihnen und mir leicht machen , verstehst du nicht? Kinder, stellen Sie sie vor , wissen Sie nicht? Eine Frau mit Ihrer

Erfahrung als Gin'ral würde all diese kleinen Schwierigkeiten aus dem Weg räumen", fuhr Spindler mit einer vagen Erinnerung an die Kansas-Geschichte fort, „und alle auf Hochtouren bringen. Sagen Sie nicht „Nein", Mrs. Price! Ich rechne nur mit dir."

Aufrichtigkeit und Beharrlichkeit eines Mannes sind selbst bei den besten Frauen von großer Bedeutung. Mrs. Price, die Spindlers Bitte zunächst als amüsante Originalität empfunden hatte, begann sich nun insgeheim dazu zu neigen. Und begann natürlich, Einwände vorzubringen.

„Ich fürchte, das geht nicht", sagte sie nachdenklich und erkannte, dass es gehen würde und machbar wäre. „Sehen Sie, ich habe versprochen, Weihnachten mit meinen Nichten aus Baltimore in Sacramento zu verbringen. Und dann sind da noch Mrs. Saltover und meine Schwester, die ich konsultieren muss."

Aber hier zeigte Spindlers schlichtes Gesicht solche Anzeichen von Verzweiflung, dass die Witwe erklärte, sie würde „überdenken" – ein Vorgang, den der sanguinische Spindler offenbar so sehr mit einem Nachdenken zu vergleichen schien, dass Mrs. Price selbst anfing, daran zu glauben er ist hoffentlich gegangen.

Sie „überlegte" so lange, dass sie nach Sacramento fuhr und sich bei ihren Nichten entschuldigte. Aber hier erlaubte sie sich, „darüber zu reden", zur unendlichen Freude der Mädchen aus Baltimore, die diese Extravaganz von Spindlers „so kalifornisch und exzentrisch" fanden! So war es nicht verwunderlich, dass die Nachricht bald zu Rough and Ready zurückkam und seine alten Freunde zum ersten Mal erfuhren, dass er seine Verwandten nie gesehen hatte und dass sie ihm doppelt fremd sein würden. Dies steigerte seine Popularität nicht; Auch die Nachricht, dass seine Verwandten wahrscheinlich arm waren, und dass Reverend Mr. Saltover seinen Kurs gebilligt und ihn mit dem Fest des reichen Mannes verglichen hatte, zu dem Haltlose und Blinde eingeladen wurden, war, wie ich leider sagen muss, auch nicht bekannt. Tatsächlich sollte die Anspielung die Heuchelei und das Streben nach Beliebtheit bei Spindlers Abtrünnigkeit verstärken, denn es wurde argumentiert, dass er vielleicht den „Wall-eyed Joe" oder den „Tangle-foot Billy" gefeiert habe, die einst „angeknabbert" worden waren ein Bär beim Schürfen – wenn er es ernst gemeint hätte. Spindlers Glaube war sich dieser Kritik jedoch nicht bewusst und freute sich über Mr. Saltovers Zustimmung zu seinen Plänen und die Leihgabe von Mrs. Price als Gastgeberin. Tatsächlich schlug er ihr vor, dass die Einladung diese Informationen auch in der Formulierung „mit freundlicher Genehmigung von Rev. Mr. Saltover " enthalten sollte, als Garantie für Treu und Glauben, aber die Witwe wollte nichts davon haben. Die Einladungen wurden ordnungsgemäß verfasst und versandt.

„Angenommen", schlug Spindler mit einer plötzlichen düsteren Besorgnis vor, „angenommen, sie würden nicht kommen?"

„Davor haben Sie keine Angst", sagte Mrs. Price mit einem offenen Lachen.

„Oder wenn sie tot wären ", fuhr Spindler fort.

„Sie können doch nicht alle tot sein", sagte die Witwe fröhlich.

„Ich habe einem anderen angeheirateten Cousin geschrieben", sagte Spindler zweifelnd, „für den Fall eines Unfalls; Ich habe vorher nicht an ihn gedacht, weil er reich war."

„Und haben Sie ihn auch schon einmal gesehen, Herr Spindler?" fragte die Witwe leicht schelmisch.

„Herr! NEIN!" antwortete er mit ungekünstelter Besorgnis.

Bei der Organisation der Party hat Mrs. Price nur einen Fehler gemacht. Sie hatte bemerkt, was sich der einfältige Spindler nie hätte vorstellen können: die Gefühle, die seine alten Mitarbeiter für ihn hegten, und hatte taktvoll vorgeschlagen, dass sie am Abend eine allgemeine Einladung an sie richten sollten.

„Nach dem Abendessen gibt es auch Erfrischungen, Spiele und Musik."

„Aber", sagte der unkultivierte Gastgeber, „werden die Jungs nicht denken, dass ich sie sozusagen ziemlich unterschätzt und ihnen eine Art zweiten Tisch gebe , als wären es die Rückstände nach einem? " schlagen?"

„Unsinn", sagte Mrs. Price entschieden. „In San Francisco ist es ziemlich angesagt und genau das Richtige."

Dieser Entscheidung gab Spindler in seinem blinden Vertrauen in die Führung der Witwe schwach nach. Eine Ankündigung im „Weekly Banner", dass „Richard Spindler, Esq., am Weihnachtsabend vorschlug, seine Freunde und Mitbürger in einem ‚Zuhause', in seinem eigenen Haus, zu unterhalten", vergrößerte nicht nur die Kluft zwischen ihm und dem „Jungs", weckte aber einen aktiven Groll, der nur auf ein Ventil wartete. Es war klar, dass sie alle kommen würden; aber dass sie dabei „etwas Spaß haben" sollten, was möglicherweise nicht mit dem Sinn für Humor Spindlers oder seiner Verwandten übereinstimmte, schien eine ausgemachte Sache zu sein.

Bedauerlicherweise trugen auch spätere Ereignisse zu dieser Ironie der Situation bei.

Er war in seiner Absicht so offensichtlich aufrichtig und schien vor allem so erbärmlich auf ihr Urteilsvermögen zu vertrauen, dass sie zögerte, ihm den Schock mitzuteilen, den seine Enthüllung bei ihr ausgelöst hatte. Und was könnten seine anderen Verwandten sein? Guter Gott! Doch seltsamerweise war sie so fasziniert von ihm und so fasziniert von seinem Quixotismus, dass sie vielleicht aus diesen komplexen Gründen etwas steif sagte :

„Eine dieser Cousinen ist, wie ich sehe, eine Dame, und dann ist da noch Ihre Nichte. Wissen Sie etwas über sie, Herr Spindler?"

Sein Gesicht wurde ernst. „Nicht mehr als ich von den anderen weiß", sagte er entschuldigend. Nach kurzem Zögern fuhr er fort: „Jetzt, wo Sie davon sprechen, kommt es mir vor, als hätte ich gehört, dass meine Nichte geschieden war . „Aber", fügte er aufhellend hinzu, „ich habe gehört, dass sie beliebt war."

Mrs. Price lachte kurz und schwieg ein paar Minuten lang. Dann blickte diese erhabene kleine Frau zu ihm auf. Was er in ihren Augen gesehen haben könnte, war mehr, als er erwartet hatte oder, fürchte ich, verdiente. „Kopf hoch, Herr Spindler", sagte sie mannhaft. „Ich werde dich durch diese Sache begleiten, macht dir das nichts aus! Aber sagen Sie niemandem etwas über diese Angelegenheit des Wachsamkeitsausschusses. Auch nicht wegen der Scheidung Ihrer Nichte – es war doch Ihre Nichte, nicht wahr ? Charley (der verstorbene Mr. Price) hatte eine seltsame Schwester, die – aber das ist weder hier noch da! Und Ihre Nichte kommt vielleicht nicht, wissen Sie; andernfalls sind Sie nicht verpflichtet, sie zur Gesellschaft mitzunehmen."

Beim Abschied drückte Spindler voller Dankbarkeit ihre Hand und verweilte so lange dabei, dass ein wenig Farbe in die braunen Wangen der Witwe sprang. Vielleicht erwachte auch in ihrem Herzen neuer Mut, denn sie reiste am nächsten Tag nach Sacramento und forderte Spindler zuvor auf, auf keinen Fall irgendwelche Antworten zu zeigen, die er erhalten würde. In Sacramento flogen ihre Nichten mit Vertraulichkeiten zu ihr.

„Wir wollten dich unbedingt sehen, Tante Huldy , denn wir haben so etwas Entzückendes über deine lustige Weihnachtsfeier gehört!" Mrs. Prices Herz sank, aber ihre Augen schnappten. „Denk nur daran! Einer von Mr. Spindlers längst verschollenen Verwandten – ein Mr. Wragg – lebt in diesem Hotel, und Papa kennt ihn. Er ist eine Art Halbonkel, glaube ich, und er ist einfach wütend, dass Spindler ihn eingeladen hat. Er zeigte Papa den Brief; sagte, es sei die größte Unverschämtheit der Welt; dass Spindler ein protziger Narr war, der ein wenig Geld verdient hatte und ihn benutzen wollte, um in die Gesellschaft einzusteigen; und der Spaß an der ganzen Sache war, dass dieser Halbonkel und Vollbruder selbst ein Parvenu ist – ein vulgäres, protziges Geschöpf, das nur ein" –

„Egal, was er war, Kate", unterbrach Mrs. Price hastig. „Ich nenne sein Verhalten eine Schande."

„Wir auch", sagten beide Mädchen eifrig. Nach einer Pause umfasste Kate ihre Knie mit verschränkten Fingern, schaukelte hin und her und sagte:

„Milly und ich haben eine Idee, und sagen Sie nicht ‚Nein' dazu?" Wir haben es schon, seit dieser Kerl so geredet hat. Durch ihn wissen wir nun mehr über die Familienbeziehungen dieses Herrn Spindler als Sie; und wir wissen, welche Schwierigkeiten Sie und er haben werden, diese Party auf die Beine zu stellen. Du verstehst? Nun wollen wir zunächst wissen, wie Spindler ist. Ist er ein wildes, bärtiges Wesen wie die Bergleute, die wir auf dem Boot gesehen haben?"

Mrs. Price sagte, dass er im Gegenteil sehr sanft, sanft und ziemlich gutaussehend sei.

"Jung oder alt?"

„ Jung, eigentlich nur ein Junge, wie Sie anhand seiner Taten beurteilen können", erwiderte Mrs. Price mit anzüglicher, matronenhafter Miene.

Hier setzte Kate eine langstielige Brille vor ihre feinen grauen Augen, setzte sie demonstrativ auf ihre Adlernase und sagte dann mit gespielter Entsetzensstimme: „Tante Huldy – diese Offenbarung ist schockierend!"

Mrs. Price lachte ihr übliches offenes Lachen, obwohl ihre braunen Wangen einen schwachen Hauch von Indianerrot annahmen. „Wenn das die wunderbare Idee ist, die ihr Mädels habt, dann sehe ich nicht, wie das helfen soll", sagte sie trocken.

"Nein, das ist es nicht? Wir haben wirklich eine Idee. Jetzt schauen Sie hier."

Mrs. Price „schaute hierher." Für den oberflächlichen Beobachter schien dieser Vorgang lediglich darin zu bestehen, ihre Taille und Schultern den Armen ihrer Nichten und ihre Ohren ihren vertraulichen und schmeichelnden Stimmen zu unterwerfen.

Zweimal sagte sie: „Daran konnte man nicht denken" und „Es war unmöglich"; hat Kate einmal mit „ Du Glied!" angesprochen. und sagte schließlich, dass sie „es nicht versprechen würde, aber vielleicht schreiben würde!"

Es war zwei Tage vor Weihnachten. Es gab nichts in der Luft, am Himmel oder in der Landschaft dieses Sierran-Hangs, was dem östlichen Fremden die Jahreszeit verraten hätte. Seit einer Woche fiel sanfter Regen auf Lorbeer, Kiefern und Rosskastanien sowie auf die Halme sprießender Gräser und sich schüchtern öffnender Blumen. Ruhige und stille Hänge, die gegen Ende der Trockenzeit stumm und ausgedörrt waren, wurden wieder sanft artikuliert; Es gab Murmeln in stillen und vergessenen Schluchten, das Springen und Lachen des Wassers zwischen den trockenen Knochen staubiger Bäche und den vollen Gesang der größeren Gabeln und Flüsse. Südwestwinde brachten den warmen Geruch des im Wald aufquellenden Kiefernsafts oder die schwache, ferne Würze von wildem Senf, der in den unteren Tälern entspringt. Aber wie eine Ironie der Natur brachte dieser sanfte Einfall des Frühlings in den wilden Wald nur Unruhe und Unbehagen in die Lebensräume und Werke des Menschen. Die Gräben waren überfüllt, die Furten des Forks unpassierbar, die Schleusen brachen ab und die Pfade und Wagenstraßen nach Rough and Ready knietief im Schlamm. Die Postkutsche aus Sacramento, die über die Bergstraße in die Siedlung einfuhr, deren Räder und Paneele mit einem geschmeidigen Pigment wie Schlamm und Blut verstopft und verkrustet waren, verließ sie durch die überfüllte und gefährliche Furt und kam in makelloser Reinheit wieder heraus Flecken hinterher mit Rough and Ready. Eine Woche erzwungener Müßiggang auf dem Fluss „Bar" hatte die Bergleute in die gemütlichere Freizeitgestaltung der Saloon-Bar mit ihren Spiegeln, ihren farbenfrohen Gemälden, ihren Sesseln und ihrem Ofen getrieben. Der Dampf ihrer nassen Stiefel und der Rauch ihrer Pfeifen hingen über letzteren wie der Weihrauch von einem Altar. Aber die Haltung der Männer war eher kritisch und tadelnd als zufrieden und zeigte wenig von der Sanftheit des Wetters oder der Jahreszeit.

„Haben Sie gehört, ob die Bühne noch weitere Verwandte Spindlers zu Fall brachte?"

Der Barkeeper, an den diese Frage gerichtet war, veränderte seine Liegeposition an der Bar und sagte: „Ich glaube nicht, ez far ez ich weiß."

„Und dieser alte, aufgedunsene Cousin zweiten Grades – dieser purpurrote Schnabel – der ist mir gestern noch in den Sinn gekommen – er wird heute nicht wegen seines Stammes hier rumhängen pizon ?"

„Nein", sagte der Barkeeper nachdenklich, „ich glaube, Spindler hat ihn eingesperrt und will ihn bis nach Weihnachten nüchtern halten und verhindern, dass ihr Jungs ihn angreift. "

„Davor bekommt er die Jimjams", erwiderte der erste Redner; „Und wie wäre es mit diesem toten Halbneffen, der sich auf dem Weg nach unten zwanzig Dollar von Yuba Bill geliehen hat und dann in Shootersvilie aussteigen wollte , aber Bill ließ ihn nicht, und schleppte ihn zu Spindler's hinunter und holte das Geld ab?" Geld von Spindler selbst, bevor er ihn aufgeben würde?"

„Er steht mit dem Rest der Menagerie auf Augenhöhe", sagte der Barkeeper, „aber ich schätze, dass Mrs. Price ihn aufpäppeln wird . " Und Sie kennen die alte Frau – diese angeheiratete Cousine fünfundfünfzigsten Grades –, von der Joe Chandler schwört, dass er sich an eine alte Köchin in einem chinesischen Restaurant in Stockton erinnert, – verdammt, ich hoffe , dass

Mrs. Price sie nicht aus irgendeinem Grund manipuliert hat Sie war ihr ganz eigener Typ und ließ sie ganz anständig aussehen."

Hier ertönte ein tiefes Stöhnen von Onkel Jim Starbuck.

„Habe ich es dir nicht gesagt?" sagte er und wandte sich flehend an die anderen. „Es ist diese verdammte Witwe, die hinter allem steckt! Zuerst hat sie Spindler aufgefordert , die Party aufzugeben , und jetzt, verdammt noch mal, wenn sie es nicht tut Ich werde diese Ragamuffins reparieren und bohren, damit wir am Ende doch keinen Spaß mehr haben ! Und es ist eine Frau, die den Job leitet , und nicht Spindler. Wir müssen die Dinge sehr gut zeichnen und dürfen nicht zu grob zerschnitten sein, sonst werden einige der Jungs ausrasten."

„Wetten", sagte eine mürrische, aber entschiedene Stimme in der Menge.

„Und", sagte eine andere Stimme, „Mrs. Price lebte nicht umsonst in „Bleeding Kansas".

„Für welches Programm hast du dich entschieden, Onkel Jim?" sagte der Barkeeper leichthin, um zu prüfen, was eine gefährliche Diskussion zu versprechen schien.

„Nun", sagte Starbuck, „wir planen , uns am frühen Weihnachtsabend in Hooper's Hollow zu versammeln und uns auf Indianer-Art vorzubereiten und dann mit Pechkiefernfackeln zu Spindler's aufzubrechen und einen ‚Fackeltanz' rund um das Haus zu veranstalten; Diejenigen, die draußen tanzen und schreien , sind an der Reihe, hineinzugehen und Erfrischungen zu trinken . Jake Cooledge aus Boston, wenn jemand etwas dagegen hat, müssen wir nur sagen, dass wir „Mummers of the Olden Times" sind, oder? Dann, später, werden wir „Them Sabbath Evening Bells" von der Band auf Prospecting -Pans spielen lassen. Dann, im Ziel, wird Jake Cooledge einen seiner Surkastic geben Reden, freundlicher Empfang von Spindlers Familie bei der kostenlosen Eröffnung von Spindlers Armenhaus und Besserungsanstalt." Er hielt inne, möglicherweise wegen dieser Zustimmung, die jedoch nicht spontan zu kommen schien. „Das ist nicht viel", fügte er entschuldigend hinzu, „denn wir werden durch Frauen behindert; aber wir werden das Programm ergänzen ez wir sehen, wie sich die Dinge entwickeln. Wie wir hören, sind noch nicht alle Verwandten Spindlers da! Wir müssen, wie in Elckshun- Zeiten, auf „Rückkehrer aus den hinteren Landkreisen" warten. Hallo! Was ist das?"

Es war das Rauschen und Klappern von Hufen auf der Straße vor der Tür. Der Sacramento- Trainer ! Im Nu waren alle Männer erwartungsvoll und Starbuck huschte auf den Bahnsteig hinaus. Dann gab es die übliche Begrüßung und Hektik, das hastige Eindringen durstiger Passagiere in den Salon und eine Pause. Onkel Jim kam aufgeregt und keuchend zurück. „Seht mal , Jungs! Wenn das nicht das Reichhaltigste ist, was es gibt! Es heißt, in der Kutsche seien noch zwei weitere Verwandte von Spindler, die als Expressfracht herunterkamen und – verstehen Sie ? – an Spindler übergeben würden!"

„Steif, in Särgen?" schlug eine eifrige Stimme vor.

„Mehr habe ich nicht gehört. Aber hier sind sie."

Plötzlich strömte eine lachende, neugierige Menschenmenge in den Barraum, angeführt von Yuba Bill, dem Fahrer. Dann teilte sich die Menge und aus ihrer Mitte traten zwei Kinder, ein Junge und ein Mädchen, das älteste offenbar nicht älter als sechs Jahre, und hielten sich an den Händen. Sie waren grob, aber sauber gekleidet und mit einer gewissen einheitlichen Präzision, die auf formelle Almosen schließen ließ. Aber noch bemerkenswerter als alles andere war, dass um den Hals jedes Einzelnen eine kleine Stahlkette hing, an der der reguläre Scheck und das Etikett der mächtigen Express Company Wells hing; Fargo & Co. und die Worte: „An Richard Spindler." "Zerbrechlich." „Mit großer Sorgfalt." "Nachnahme." Gelegentlich fuhren ihre kleinen Hände automatisch nach oben und berührten ihre Etiketten, als wollten sie sie zeigen. Sie betrachteten die Menge, den Boden, die vergoldete Bar und Yuba Bill ohne Angst und ohne Staunen. Es gab den erbärmlichen Eindruck, dass sie an diese Beobachtung gewöhnt waren.

„Jetzt, Bobby", sagte Yuba Bill, der sich mit dem Rücken an die Bar lehnte, mit einer Miene, die halb väterlich, halb geschäftsmäßig wirkte, „erzählen Sie diesen Herren, wie Sie hierher gekommen sind."

„Bei Wellth , Fargoth „ Expreth ", lispelte Bobby.

„ Woher ?"

„Heiraten Hill, Owegon ."

„Red Hill, Oregon? Es ist tausend Meilen von hier entfernt", sagte ein Umstehender.

„Ich schätze", sagte Yuba Bill kühl, „sie kommen auf Etappen nach Portland, mit dem Dampfer nach Frisco, dann wieder mit dem Dampfer nach Stockton und dann auf Etappen über die gesamte Strecke." Allers by Wells, Fargo & Co.'s Express, von Agent zu Agent und von Bote zu Bote. Tatsache! Sie werden von niemandem außer den Agenten der Kempany betreut oder betreut . Sie haben keine Linie oder Richtung außer den Karos um den Hals! Und es hat ihnen an nichts anderem gefehlt. Nun, ich habe schon haufenweise Schätze bei mir getragen, meine Herren, und einmal hunderttausend Dollar in Greenbacks, aber ich habe nie etwas bei mir gehabt , das als Kinder beobachtet und bewacht wurde! Der Divisionsinspektor in

Stockton wollte mit ihnen über die Grenze gehen; Aber Jim Bracy, der Bote, sagte, er würde es eine Selbstreflexion nennen und zurücktreten, wenn sie sie ihm nicht zusammen mit den anderen Paketen geben würden ! Du hattest eine ziemlich gute Zeit, Bobby, nicht wahr ? Genug zu essen und zu trinken, was?"

Die beiden Kinder lachten ein kleines, schwaches Lachen, drehten sich verschämt um, blickten dann schüchtern zu Yuba Bill auf und sagten: „ Yeth ."

„Weißt du, wohin du gehst ? " fragte Starbuck mit gedämpfter Stimme.

Es war das kleine Mädchen, das schnell und eifrig antwortete :

„Ja, zu Krissmass und Sandy Claus."

„Wohin?" fragte Starbuck.

Hier mischte sich der Junge mit überlegener Miene ein:

„Das meinst du Couthin Dick. Er hat Krithmath .

"Wo ist deine Mutter?"

"Tot."

"Und dein Vater?"

„In Orthpittal ."

Irgendwo am Rande der Menge ertönte Gelächter. Alle schauten wütend in diese Richtung, aber das Lachen war verschwunden. Yuba Bill jedoch sandte ihm seine Stimme nach. „Ja, im Krankenhaus! Komisch, nicht wahr Es? – Amoosin ' Ort! Versuch es. Kommen Sie hierher und in fünf Minuten, beim lebenden Hoky , werde ich Sie für den Eintritt qualifizieren und Ihnen keinen Cent berechnen!" Er blieb stehen, blickte sich unzufrieden um, lehnte sich dann an die Bar zurück, winkte jemandem in der Nähe der Tür zu und sagte in angewidertem Ton: „Erzählen Sie diesen Galoots, wie es passiert ist, Bracy. Sie machen mich krank!"

Auf diese Bitte hin trat Bracy, der Expressbote, an Yuba Bills Stelle.

„Es ist nichts Besonderes, meine Herren", sagte er lachend, „nur es scheint, dass ein Mann namens Spindler, der hier wohnt, eine Einladung an den Vater dieser Kinder geschickt hat, seine Familie zu einer Weihnachtsfeier mitzubringen. Es war doch nichts Schlimmes für Spindler, wenn man bedenkt, dass sie seine armen Verwandten waren, obwohl sie ihn nicht von Adam her kannten, oder?" Er stoppte; Mehrere der Umstehenden räusperten sich, sagten aber nichts. „Zumindest", fuhr Bracy fort, „ dachten das die Jungs oben in Red Hill, Oregon, als sie davon hörten. Nun, da der

Vater mit einem gebrochenen Bein im Krankenhaus lag und die Mutter erst vor ein paar Wochen tot war, dachten die Jungen, dass es für diese armen Kinder sehr schlimm wäre, wenn sie keinen Spaß mehr hätten, weil sie niemanden hatten, der sie bringen konnte. Die Jungs konnten es sich nicht leisten, selbst zu gehen, aber sie sammelten ein wenig Geld und kamen dann auf die Idee, sie per Express zu schicken . Unser Agent bei Red Hill kam sofort auf die Idee; Aber er wollte kein Geld im Voraus nehmen und sagte, er würde sie wie jedes andere Paket per Nachnahme verschicken. Und das hat er getan, und hier sind sie! Das ist alles! Und jetzt, meine Herren, da ich sie persönlich bei diesem Spindler abliefern , seine Quittung entgegennehmen und ihre Schecks abheben muss, müssen wir wohl stolpern. Komm, Bill, hilf, sie hochzunehmen!"

"Festhalten!" sagte ein Dutzend Stimmen. Ein Dutzend Hände steckten in einem Dutzend Taschen; Es tut mir leid, sagen zu müssen, dass einige leider mit leeren Händen ausscheiden mussten, denn es war eine harte Saison bei Rough and Ready. Aber der Expressfahrer trat mit warnender, erhobener Hand vor sie.

„Keinen Cent, Jungs, – keinen Cent! Wells, Fargos Express Company verpflichtet sich nicht, Goldbarren mit diesen Kindern zu transportieren, zumindest nicht im Rahmen desselben Vertrags!" Er lachte, blickte sich dann um und sagte vertraulich mit leiserer Stimme, die jedoch für die Kinder gut hörbar war: „In meiner Schatzkiste in der Kutsche sind bis zu drei Säcke Silber in Vierteldollarmünzen." Es wurde von Anfang an über sie geschüttet, ja, sie wurde einfach übergossen und von Agent zu Agent und von Bote zu Bote weitergereicht – genug, um ihre Überfahrt von hier nach China zu bezahlen! Jetzt ist es an der Zeit, Schluss zu machen. Aber ich wette, die Armen gehen nicht zu dieser Weihnachtsfeier!"

Er holte den Jungen ein, als Yuba Bill das kleine Mädchen auf seine Schulter hob und beide ohnmächtig wurden. Dann folgten die Liegestühle im Barraum einer nach dem anderen schweigend und unbeholfen, und als der Barkeeper sich vom Einräumen seiner Karaffen und Gläser abwandte, war zu seinem Erstaunen der Raum leer.

Spindlers Haus oder „Spindler's Splurge", wie Rough und Ready es nannten, stand oberhalb der Siedlung auf einem abgeholzten Hügel, der sich jedoch rächte, indem er nicht genug Vegetation hervorbrachte, um auch nur die wenigen Baumstümpfe zu bedecken, die unausrottbar waren. Es handelte sich um eine große Holzkonstruktion im von westlichen Einflüssen beeinflussten pseudoklassischen Stil mit einer unpassenden Kuppel, die seltsamerweise durch eine noch unpassendere Veranda ergänzt wurde, die sich um alle vier Seiten erstreckte und von dorischen Holzsäulen getragen wurde, die bereits malerisch mit blühenden Weinreben bedeckt waren und sonnenliebende Rosen. Mr. Spindler hatte die Einrichtung des Innenraums demselben Bauunternehmer anvertraut, der auch den vergoldeten Barraum des Eureka Saloons gepolstert hatte, und der anscheinend jedem das gleiche Design und Material unparteiisch verliehen hatte. Überall im Haus gab es vergoldete Spiegel und kühle Tische mit Marmorplatte, vergoldete Amoretten aus Gips in den Ecken und überall „im Weg" verputzte Löwen. Die taktvollen Hände von Mrs. Price hatten einige davon mit saisonalen Lorbeeren, Tannenzweigen und Beeren abgeschirmt und dem Haus einen leichten Weihnachtsgeschmack verliehen. Aber den größten Teil ihrer Zeit hatte sie damit verbracht, die Exzentrizität von Spindlers erstaunlichen Verwandten zu bändigen; indem er Frau „Tante" Martha Spindler beruhigte – die zuvor erwähnte ältere Köchin –, die dazu neigte, die vergoldete Pracht des Hauses als Zeichen gefährlicher Unmoral zu betrachten; indem er „Cousin" Morley Hewlett davon abhält, das Buffet im Speisesaal als Bar für „zeitweise Erfrischung" zu betrachten; und indem er den schwachsinnigen Neffen Phinney Spindler davon abhielt, von der Veranda aus auf Flaschen zu schießen, die Kleidung seines Onkels zu tragen oder im Namen seines Onkels ein Konto für verschiedene Artikel in den Gemischtwarenläden zu eröffnen. Doch die unerwartete Ankunft der beiden Kinder war für sie die einzige große Entschädigung und Ablenkung gewesen. Sie schrieb ihren Nichten sofort einen kurzen Bericht über ihre wundersame Befreiung. „Ich glaube, diese armen Kinder sind vom Himmel gefallen, um unsere Weihnachtsfeier zu ermöglichen, ganz zu schweigen von der Sympathie, die sie in „Rough and Ready" für Spindler hervorgerufen haben. Er wird sie so lange wie möglich behalten und schreibt an den Vater. Denken Sie an die armen Kleinen, die tausend Meilen nach „ Krissmass ", wie sie es nennen, zurücklegen – obwohl sie von den Boten so gut versorgt wurden, dass ihre kleinen Körper förmlich wie Wachteln ausgestopft waren. Sie sehen also, mein Lieber, wir werden ohne die Verbreitung Ihrer berühmten Idee auskommen. Es tut mir leid, denn ich weiß, dass du es kaum erwarten kannst, alles zu sehen."

Was auch immer Kates „Idee" gewesen sein mochte, es schien jetzt ganz sicher keine Notwendigkeit mehr für das Management von Mrs. Price zu sein. Endlich war Weihnachten und das Abendessen verlief ohne größere Katastrophe. Aber die Tortur der Rezeption von Rough and Ready stand noch bevor. Denn Mrs. Price wusste genau, dass, obwohl „die Jungen" zurückhaltender waren und tatsächlich dazu neigten, mit dem unhöflichen Unterfangen ihres Gastgebers zu sympathisieren, es in Spindlers Beziehungen immer noch viel gab, was ihren Sinn für das Lächerliche erregte.

Aber auch hier bescherte das Glück dem Hause Spindler eine dramatische Überraschung, noch größer als die Ankunft der Kinder. In der Veränderung, die Rough and Ready erlebt hatte, hatten „die Jungen" aus Rücksicht auf die Frauen und Kinder beschlossen, den ersten Teil ihres Programms wegzulassen , und waren so nüchtern und leise wie gewöhnliche Gäste auf das Haus zugegangen und hatten es betreten . Aber bevor sie dem Gastgeber und der Gastgeberin die Hand geschüttelt und die Verwandten gesehen hatten, war das Klappern von Rädern vor der offenen Tür zu hören, und ihre Lichter leuchteten auf einer Kutsche und einem Paar – einer echten Privatkutsche –, wie sie es getan hatten nicht mehr gesehen worden, seit der Gouverneur des Staates gekommen war, um den neuen Graben zu öffnen! Dann gab es eine Pause, das Aufblitzen der Kutschenlampen auf weißer Seide, das leichte Auftreten eines Satinfußes auf der Veranda und in der Halle und das Eintreten einer Vision von Schönheit! Männer mittleren Alters und alte Städter erinnerten sich an ihre Jugend; Jüngere Männer dachten an Aschenputtel und den Prinzen! Es herrschte Aufregung und Stille, als dieser letzte Gast – ein wunderschönes Mädchen, strahlend vor Jugend und Schmuck – ein zierliches Glas an ihr funkelndes Auge hielt und vertraulich mit ausgestreckter Hand auf Dick Spindler zuging. Mrs. Price schnappte kurz nach Luft und zog sich sprachlos zurück.

„Onkel Dick", sagte eine lachende Altstimme, die in ihrer mutigen Offenheit tatsächlich ein wenig an die Stimme von Mrs. Price erinnerte, „ich freue mich so sehr, zu kommen, wenn auch etwas spät, und es tut mir so leid, dass Mr. M'Kenna konnte aus geschäftlichen Gründen nicht kommen."

Alle hörten gespannt zu, aber keiner war gespannter und überraschender als der Gastgeber selbst. M'Kenna ! Der reiche Cousin, der der Einladung nie gefolgt war! Und Onkel Dick! Das war also seine geschiedene Nichte! Doch selbst in seinem Erstaunen erinnerte er sich daran, dass natürlich niemand außer ihm und Mrs. Price davon wussten – und dass diese Dame diskret den Blick abgewendet hatte.

„Ja", fuhr die Halbnichte fröhlich fort. „Ich kam mit ein paar Freunden von Sacramento nach Shootersville und von dort aus fuhr ich hierher; und obwohl ich heute Abend zurückkehren muss, konnte ich mir das Vergnügen nicht entgehen lassen, zu kommen, und sei es nur für ein oder zwei Stunden, um der Einladung des Onkels zu folgen, den ich seit Jahren nicht gesehen habe. Sie hielt inne, hob ihre Brille und richtete einen höflich fragenden Blick auf Mrs. Price. „Einer unserer Verwandten?" sagte sie lächelnd zu Spindler.

„Nein", sagte Spindler etwas verlegen, „ein – ein Freund!"

Die Halbnichte streckte ihre Hand aus. Mrs. Price hat es genommen.

Aber die schöne Fremde – was sie tat und sagte, war das Einzige, woran sie sich bei diesem festlichen Anlass in Rough and Ready erinnerte; an die anderen Verwandten dachte niemand; niemand erinnerte sich an sie oder ihre Exzentrizitäten; Spindler selbst geriet in Vergessenheit. Die Leute erinnerten sich nur daran, wie Spindlers reizende Nichte jeden mit ihrem Lächeln und ihrer Höflichkeit überschüttete und besonders den frauenfeindlichen Starbuck und den sarkastischen Cooledge auf die Beine brachte, ohne von seiner vorherigen Rede Notiz zu nehmen; wie sie am Klavier saß und wie ein Engel sang und das Ausgelassenste und Aufgeregtste in sentimentales und sogar rührseliges Schweigen verwandelte; wie sie, anmutig wie eine Nymphe, mit „Onkel Dick" eine Virginia-Rolle führte, bis die ganze Versammlung mitmachte, begierig darauf, bei ihren Veränderungen eine flüchtige Berührung ihrer zierlichen Hand zu erfahren; wie sie, als zwei Stunden vergangen waren – allzu schnell für die Gäste – mit entblößtem Kopf und glitzernden Augen auf der Veranda standen und zusahen, wie die Feenkutsche die Feenprinzessin davonwirbelte! Wie – aber Rough and Ready erfuhr von diesem Vorfall nie.

Es geschah in der heiligen Umkleidekabine, wo Mrs. Price die scheidende Halbnichte von Mr. Spindler mit ihren eigenen Händen verhüllte. Sie nutzte die Gelegenheit, packte die schöne Verwandte an den Schultern und schüttelte sie heftig. Sie sagte: „Oh ja, und es ist alles gut für dich, Kate, du Glied! Denn du gehst weg und wirst Rough and Ready und den armen Spindler nie wieder sehen. Aber was soll ich tun, Fräulein? Wie soll ich dem entgegentreten? Denn du weißt, ich muss ihm zumindest sagen, dass du keine Halbnichte von ihm bist!"

"Hast du?" sagte die junge Dame.

"Habe ich?" wiederholte die Witwe ungeduldig. "Habe ich? Natürlich habe ich! Woran denkst du?"

„Ich dachte, Tante", sagte das Mädchen kühn, „nach allem, was ich heute Abend gesehen und gehört habe, ist es nur eine Frage der Zeit, ob ich jetzt nicht seine Halbnichte bin!" Also warte lieber. Gute Nacht Schatz."

Und tatsächlich – es stellte sich heraus, dass sie Recht hatte!

ALS DAS WASSER BEI „JULES" HOCH WURDE

Als das Wasser bei „Jules" hoch war, gab es auf diesem eintönigen Niveau kaum etwas anderes. Denn die wenigen Bewohner, die ruhig und systematisch in höher gelegene Gebiete zogen und dort in Zelten campierten, bis die Flut abgeklungen war, hinterließen keine störenden Trümmer zurück. Ein Dutzend halb versunkener Blockhütten lagen auf der ruhigen Wasseroberfläche, ohne Wellen oder Störungen, und wirkten im Mondlicht eher wie die Ruinen von Jahrhunderten als von ein paar Tagen. Es gab keine Strömung, die ihre dürftigen Fundamente untergraben oder weggeschwemmt hätte; Nichts bewegte diesen stillen See außer den gelegentlichen schussartigen Einkerbungen eines vorbeiziehenden Regentropfens oder, noch seltener, eines Floßes aus einem einzigen Baumstamm, das von einem Bürger auf einer Inspektionstour zum Baum seines Hüttendachs angetrieben wurde, wo einige seiner Waren waren noch gelagert. Es lag kein Gefühl des Schreckens in dieser milden Zerstörung der kleinen Siedlung; Die Ruinen einer einzelnen verbrannten Hütte wären eindrucksvoller gewesen als dieser dumme und sogar grotesk gelassene Effekt des rivalisierenden zerstörenden Elements. Die Leute nahmen es natürlich auf; das Wasser floss, wie es gekommen war: langsam, teilnahmslos, geräuschlos; ein paar Tage glühender kalifornischer Sonnenschein trockneten die Hütten, und in ein oder zwei Wochen lag der rote Staub wieder so dicht vor ihren Türen wie der Winterschlamm. Das Wasser des Rattlesnake Creek sank unter seine Ufer, die Postkutsche aus Marysville machte keinen Umweg mehr um die Siedlung herum. Es gab sogar eine einzigartige Entschädigung für diese gütliche Invasion; Die Einwohner fanden manchmal Gold in den durch die Überschwemmung entstandenen Rissen in den Ufern. Auf die „alte Klapperschlangenschleuse" zu warten, war eine frühlingshafte Hoffnung des gutgläubigen Bergmanns.

Die Geschichte von „Jules" sollte jedoch einst eine einzigartige Unterbrechung dieses friedlichen und methodischen Prozesses darstellen. Der Winter 1859/60 war ein außergewöhnlicher. Aber in den Tälern hatte es kaum geregnet, obwohl in den hohen Sierras der Schnee tief lag. Pässe waren verstopft, Schluchten gefüllt und an ihren Hängen fanden sich Gletscher. Und als die verspäteten Regenfälle mit den zurückgehaltenen südwestlichen „Handeln" einhergingen, trat das regelmäßige Phänomen wieder auf; Jules' Flat ging still, geräuschlos und friedlich unter Wasser; Die Bewohner zogen auf die höher gelegene Ebene, vielleicht etwas schneller aus Ungeduld, die durch die Verzögerung entstanden war. Die Postkutsche von Marysville machte ihren üblichen Umweg und hielt vor dem provisorischen Hotel, den Expressbüros und dem Gemischtwarenladen von „Jules", unter Segeltuch, Rinde und den schlaffen Blättern einer ausladenden Erle. Es setzte einen einzigen Passagier ab: Miles Hemmingway aus San Francisco, ursprünglich aber aus Boston, den jungen Sekretär einer Bergbaugesellschaft, der abgesandt wurde, um über den angeblichen Goldwert von „Jules" zu berichten. Davon war er keineswegs beeindruckt gewesen, als er vom Bock der Kutsche auf die überfluteten Kabinen herabblickte und der trägen Erzählung des Fahrers über die Überschwemmung und die außerordentlich geduldige Akzeptanz der Flut durch die Bewohner lauschte.

Es war die alte Geschichte der Trägheit und Inkompetenz des Bergmanns aus dem Südwesten , die seinen nördlichen Denk- und Bildungsgewohnheiten völlig widersprach. Hier war ihr altes, albernes Erdulden der wilden Launen der Natur, ohne den Kampf gegen sie, der anderen Kraft und Erfolg brachte; Hier herrschte die alte Philosophie, die das Präriefeuer und den Zyklon akzeptierte und sie ohne Fortschritte, aber ohne zu jammern, überlebte. Vielleicht hätte ihn eine so stoische Unterwerfung an verschiedenen Orten und in verschiedenen Umgebungen beeindruckt; Bei Herren, die ihre schmutzigen Hosen in ihre schlammigen Stiefel steckten und nur für das Gold lebten, das sie schürften, kam es ihm nicht heroisch vor. Er war auch nicht besänftigt, als er neben der unhöflichen Erfrischungsbar – ein paar Bretter auf Böcken – stand und seinen Kaffee unter dem tropfenden Segeltuchdach trank, mit einer seltsamen Erinnerung an seine Kindheit und ein schlechtes Sonntagsschulpicknick. Und doch lebten diese Männer seit drei Wochen auf diese schichtlose Weise! Der Gedanke, dass er dort vielleicht noch ein paar Tage warten müsste, bis das Wasser so weit abgesunken war, dass er seine Untersuchung und seinen Bericht abgeben konnte, ärgerte ihn noch mehr. Als er einen angebotenen Platz auf einem Kerzenkasten einnahm, der sich unter ihm neigte, und einen weiteren Blick auf die schwachen Notbehelfe um ihn herum richtete, fand sein Jähzorn Luft.

„Warum, im Namen Gottes, haben Sie, nachdem Sie EINMAL überschwemmt worden waren, Ihre Hütten nicht DAUERHAFT auf einer höheren Ebene gebaut?"

Obwohl der Tonfall seiner Stimme beunruhigender war als seine Frage, gefiel es einem der Liegenden, so zu tun, als würde er es wörtlich nehmen.

„Nun, ez , Sie haben es so ausgedrückt – ‚im Namen Gottes!'" – erwiderte der Mann träge, „es mout Es fiel uns auf, dass ER sozusagen die Leitung des Jobs innehatte und die Dinge hier im Allgemeinen erledigte , wir könnten es Ihm überlassen. Es war nicht UNSERE Flut, mit der man sich herumschlagen konnte."

„Und da Er nicht gelobt hat, sozusagen über dieses höhere Gelände hinauszuschauen und für uns einen Ararat daraus zu machen, sahen wir, soweit wir sehen konnten, keinen Grund , uns niederzulassen. Yer ", warf ein zweiter Sprecher mit der gleichen Faulheit ein.

Der Sekretär erkannte seinen Fehler sofort und hatte genug Erfahrung mit westlichem Humor, um den Nachteil seiner unglücklichen Beschwörung nicht zu verlängern. Er errötete leicht und sagte mit einem Lächeln: „Sie wissen, was ich meine; Ihr hättet euch besser schützen können. Ein Deich am Ufer hätte Sie von der höchsten Wassermarke ferngehalten."

„Hey, hast du jemals gehört, WAS das höchste Wasserzeichen war?" sagte der erste Redner und drehte sich zu einem anderen Liegestuhl um, ohne die Sekretärin anzusehen.

„ Ich habe es noch nie gehört – ich wusste vorher nicht, dass es eine Grenze gibt", antwortete der Mann.

Der erste Redner wandte sich wieder der Sekretärin zu. „Wussten Sie jemals, was bei ‚Bulger's' an der North Fork passiert ist? Sie hatten einen von diesen Deichen."

"NEIN. Was ist passiert?" fragte die Sekretärin ungeduldig.

„Sie wurden genauso repariert wie wir", antwortete der erste Redner. „Sie haben zugelassen, dass sie einen Deich über IHRER höchsten Wassermarke bauen würden, und das haben sie auch getan. Anfangs funktionierte es wie ein Zauber; Aber das Wasser wollte irgendwohin fließen und sammelte sich schon in der ersten Kurve. Dann richtete es sich eines Tages auf die Ellbogen und blickte über den Deich auf die Stelle, an der sich einige der Jungen ganz bequem wusch . Dann achtete es überhaupt nicht auf die Obergrenze dieser Wassermarke, sondern lief um sechs Zoll besser! Nicht langsam und leise wie früher , sondern HIER , sanfter von unten aufsteigend , sondern mit einem Ansturm und einer Strömung hinüber, wobei er natürlich die gesamte Höhe des Deichs zurücklegte, um auf die andere Seite zu fallen Die Jungs waren am Schleusen. Er hielt inne und fügte in tiefem Schweigen hinzu: „Es heißt, dass , Bulger's ' fünf Meilen lang über die gesamte Festung verstreut war. Ich weiß nur, dass eines seiner Maultiere und ein Teil der Schleuse im acht Meilen entfernten Red Flat aufgesammelt wurden!"

Herr Hemmingway hatte das Gefühl, dass es darauf eine Antwort GIBT, hatte aber, da er klug war, auch das Gefühl, dass diese vergeblich sein würde. Er lächelte höflich und sagte nichts, woraufhin sich der erste Sprecher an ihn wandte:

„Heute gibt es nichts zu sehen, aber morgen, wenn die Dinge so laufen, sollte das Wasser tropfen . „Vielleicht möchtest du dich jetzt waschen und putzen", fügte er mit einem Blick auf Hemmingways kleinen Koffer hinzu. „

Eigentlich dachten wir, dass Sie hier wahrscheinlich überfüllt wären. Wir haben für Sie eine Ecke in Stantons Hütte mit den Frauen eingerichtet."

Die Wange des jungen Mannes errötete leicht, weil das vielleicht eine Ironie war, und er protestierte mit erheblichem Stress, dass er bereit sei, es dort, wo er sei, „auf die Probe zu stellen".

„Ich schätze, es ist schon behoben", entgegnete der Mann entschieden, „also kommen Sie besser und ich zeige Ihnen den Weg."

„Einen Moment", sagte Hemmingway mit einem Lächeln; „Meine Referenzen richten sich an den Manager der Boone Ditch Company bei ‚Jules'." Vielleicht sollte ich ihn zuerst sehen."

"In Ordnung; er ist Stanton."

„Und" – zögerte die Sekretärin, „Sie, die Sie die Gegend so gut zu kennen scheinen , – ich hoffe, ich werde das Vergnügen haben" –

„Oh, ich bin Jules."

Die Sekretärin war ein wenig erschrocken und amüsiert. „Jules" war also eine Person und kein Ort!

„Dann bist du ein Pionier?" fragte Hemmingway etwas weniger diktatorisch, als sie unter den tropfenden Bäumen ohnmächtig wurden.

„Ich bin im Herbst 1949 auf diesen Bach gestoßen, als ich mit Stanton über den Livermore's Pass kam ", erwiderte Jules mit großer Kürze der Rede und bewusster Verspätung. „Im nächsten Jahr nach meiner Frau und meinen beiden Kindern geschickt; Frau starb im selben Winter, die Veränderung kam für sie zu plötzlich und sie bekam in Sweetwater Schüttelfrost und Fieber. Als ich zum ersten Mal hierherkam , stand der Bach noch keine fünfzehn Zentimeter hoch; Da draußen war ein Haufen davon, dort, wo man die gelbgrünen Flecken und Streifen von Gestrüpp und Gras sieht; all das Kriegswasser damals und all das Wachstum, das seitdem entstanden ist. "

Hemmingway sah sich um. Das „höhere Gelände", auf dem sie standen, war in Wirklichkeit nur eine hügelartige Erhebung über dem toten Niveau der Ebene, und die wenigen Bäume waren lediglich frische junge Weiden und Erlen. Das tatsächliche Tiefdruckgebiet war viel größer, als er sich vorgestellt hatte, und die Ähnlichkeit mit dem Grund eines prähistorischen Binnenmeeres war für ihn eindringlich. Eine frühere größere Überschwemmung, als Jules' kurze Erfahrung jemals erlebt hatte, war keineswegs unwahrscheinlich gewesen. Seine Wange rötete sich, als er zuvor voreilig die Unwissenheit und Unachtsamkeit der Siedler anprangerte und dachte, dass er seine Arbeitgeber wahrscheinlich seinem eigenen unbesonnenen Selbstvertrauen und seiner überlegenen Urteilsfähigkeit anvertraut hatte. Es gab jedoch keinen Beweis dafür, dass diese Flutkatastrophe nicht aus der fernen Vergangenheit stammte. Er lächelte wieder mit größerer Sicherheit, als er an die geologischen Veränderungen dachte, die diese Katastrophen seitdem abgemildert hatten, und an die Verbesserung, die die Besiedlung und der Anbau mit sich brachten. Dennoch würde er morgen eine gründliche Untersuchung durchführen.

Stantons Hütte war die am weitesten entfernte dieser provisorischen Unterkünfte und lag teilweise am Abhang, der zum Flussufer hin abfiel. Es war, wie die anderen, eine grobe Hütte aus ungehobelten Brettern, aber im Gegensatz zu den anderen hatte es eine Basis aus Baumstämmen, die der Länge nach und parallel zueinander auf dem Boden lagen und auf denen der Bodenbelag und die Struktur sicher befestigt waren. Dies verlieh ihm das Aussehen einer auf Kufen geschobenen Kiste oder einer Arche Noah, deren Volumen reduziert worden war. Jules erklärte, dass die auf diese Weise verlegten Holzscheite die Hütte wärmer und frei von Feuchtigkeit hielten. Als Antwort auf Hemmingways Behauptung, es handele sich um eine große Materialverschwendung, antwortete Jules lediglich, dass es sich bei den Baumstämmen um „Streckgut und Strandgut" des Baches aus den überfluteten Mühlen weiter unten handele.

Hemmingway lächelte erneut. Es war wieder die alte Geschichte der westlichen Verschwendung und Verschwendung. In Begleitung von Jules kletterte er jedoch auf die riesigen, rutschigen Baumstämme, die eine Plattform vor der Tür bildeten, und trat ein.

Das Einzelzimmer war ungleich aufgeteilt; Der größere Teil enthielt drei Betten, die tagsüber auf einem Stapel in einer Ecke zusammengerollt waren, um Platz für einen Tisch und Stühle zu schaffen. Ein paar Kleider, die an Nägeln an der Wand hingen, zeigten, dass es sich um das Frauenzimmer handelte. Das kleinere Abteil war wiederum durch eine hängende Decke unterteilt, hinter der sich eine einfache Koje oder Koje an der Wand befand, ein Tisch aus einer Packkiste, auf dem sich ein Blechbecken und eine Kanne Wasser befanden. Das war seine Wohnung.

„Die Frauen-Leute sind heute am Bach ", sagte Jules erklärend; „Aber ich gehe davon aus, dass einer von ihnen im Handumdrehen hier sein wird, um das Abendessen zu kochen, also lass es ruhig angehen, bis sie kommen. Bevor ich eingehe, muss ich noch zum Schadensfall schlendern, aber du bleibst heute Nacht einfach da und ruhst dich aus."

Er wandte sich ab und ließ Hemmingway immer noch verstört und zögernd in der Tür stehen. Auch der junge Mann erkannte die Zartheit von Jules' Abschied erst, als er seinen Koffer abgeschnallt hatte und allein war, frei, seine Toilette zu machen, ohne sich der Gesellschaft zu schämen. Aber selbst dann hätte er die raue Gesellschaft der Bergleute im gemeinsamen Schlafsaal des Gemischtwarenladens diesem Eingriff in die Halbzivilisation der Frauen, ihre bemitleidenswerten kleinen Annehmlichkeiten und geheimen Notbehelfe vorgezogen. Sein Ekel vor der eigenen Unentschlossenheit, die ihn dorthin geführt hatte, wandte sich natürlich seinem Gastgeber und seinen Gastgeberinnen zu, und nach einer eiligen Waschung, einem Wäschewechsel und einem Versuch, die Reiseflecken von seiner Kleidung zu entfernen, schritt er ungeduldig hinaus wieder unter freiem Himmel.

Selbst für die Jahreszeit war es außergewöhnlich mild. Der Südwestpassat wehte sanft und flüsterte ihm von San Francisco und dem fernen Pazifik mit seinem langen, stetigen Wellengang zu. Er wandte sich wieder der überfluteten Ebene unter ihm zu und dem trägen gelben Wasser, das kaum eine Welle an den Wänden der halb überfluteten Hütten schlug. Und dies war das Wasser, auf dessen Untergang sie mit einer Unbeweglichkeit warteten, die so ruhig war wie das Wasser selbst! Was für eine wunderbare Inkompetenz – oder was für eine unendliche Geduld! Er wusste natürlich, dass sie durch diese „Bodenschleusung" durch die Natur selbst eine Entschädigung erwarteten; die langen Risse in den Ufern des Baches, die so oft „die Farbe" in den glitzernden Goldschuppen des Flusses zeigten, die durch die Wirkung des Wassers zum Vorschein kamen; die Haufen rötlichen Schlamms, die nach dem Absinken an den Wänden der Hütten zurückblieben – eine Ablagerung, die oft einen Schatz enthielt, der ein Dutzend Mal wertvoller war als die Hütte selbst! Und dann hörte er hinter sich ein Lachen, einen kurzen, keuchenden Atemzug, und als er sich umdrehte, sah er eine junge Frau auf ihn zulaufen.

Als er sie zum ersten Mal voller Erstaunen sah, in ihrer schlaffen Nankin-Sonnenhaube, die durch die Heftigkeit ihrer Flucht vom Kopf zurückgeworfen wurde, sah er nur zu viel Haar, zwei viele weiße Zähne, zu viel Augenblitzen und vor allem – wie es ihm vorkam, – zu großes Vertrauen in die Kraft dieser Eigenschaften. Noch während sie rannte, schien es ihm, als würde sie die hochgekrempelten Ärmel ihres rosafarbenen Kattunkleides demonstrativ über ihre wohlgeformten Arme ziehen. Ich neige zu der Annahme, dass das Temperament des jungen Herrn schuld war und dass er voreilig zu dem Schluss kam; Ein ruhigerer Beobachter hätte in ihrer offen heiteren Stimme nichts davon entdeckt . Dennoch schien ihm ihre offensichtliche Freude an der Begegnung nur eine aufdringliche Koketterie zu sein.

„Herr! Ich dachte, ich komme hierher, bevor du mit den Reparaturen fertig bist, und rechtzeitig, um mich selbst ein bisschen zu waschen , und schon bist du draußen." Sie lachte und warf einen Blick auf sein sauberes Hemd und sein feuchtes Haar. „Aber wir reden trotzdem, und ihr erzählt mir alle Neuigkeiten, bevor die anderen Frauen hier auftauchen. Es ist ein Waschbärenalter her, seit ich in Sacramento war und irgendjemanden oder irgendetwas gesehen habe." Sie hielt inne und bemerkte instinktiv eine vage Zurückhaltung bei dem Mann vor ihr. Sie sagte immer noch lachend: „Sie sind Mr. Hemmingway, nicht wahr ?"

Hemmingway nahm schnell seinen Hut ab und erschrak leicht über seine Vergesslichkeit. "Wie bitte; ja sicher."

„Tante Stanton dachte, es wäre ‚Kolibri‘", sagte das Mädchen lachend, „aber ich dachte nicht. Ich bin Jinney Jules, wissen Sie; Die Leute nennen mich „JJ". Es würde doch nicht genügen, wenn ein Kolibri und ein Jay Jay im selben Lager wären, oder? Es wäre einfach ZU lustig!"

Hemmingway fand den Humor nicht besonders erschöpfend, aber er begann sich bereits für seine Haltung ihr gegenüber zu schämen. „Es tut mir sehr leid, dass ich Ihnen durch mein Eindringen so viel Ärger bereitet habe, denn ich war durchaus bereit, im Laden dort zu bleiben. „In der Tat", fügte er mit einem Anflug von Offenheit hinzu, der genauso aufrichtig war wie sie selbst, „wenn Sie glauben, dass Ihr Vater nicht beleidigt sein wird, würde ich jetzt gerne dorthin gehen."

Hätte er noch an ihre Koketterie und Eitelkeit geglaubt, wäre er von der gleichen und aufrichtigen Offenheit, mit der sie dieser ungalanten Rede begegnete, nicht getäuscht und niedergeschlagen worden.

"NEIN! Ich schätze, es wäre ihm egal, wenn du dich morgen genauso wohl und fit wärst. Aber das würdest du NICHT tun", sagte sie nachdenklich. „Die Jungs sitzen bis spät in der Nacht auf und fluchten einen Haufen, und Simpson, der neben euch geschlafen hat, schnarcht heftig , wie ich gehört habe. Auch Tante Stanton tut ihr Bestes, und sie sagen" – lachend – „ dass ich auch so bin, aber du bist in dieser Ecke, und es wird dich nicht erreichen." Im Großen und Ganzen solltest du also besser bleiben, wo du bist. Wir alle , das heißt die meisten von uns, werden noch vor Sonnenaufgang in der Rattlesnake Bar einkaufen gehen, sodass Sie so lange schlafen können, wie Sie möchten, und wenn Sie aufwachen, ist Ihr Frühstück fertig. Also mache ich mich mal scherzhaft daran, euch etwas zum Abendessen zu holen, und ihr könnt mir erzählen, was in Sacramento und Frisco alles los ist , während ich arbeite ."

Trotz ihrer unbewussten Zurückweisung seiner eigenen Eitelkeit verspürte Hemmingway ein Gefühl der Erleichterung und weniger Zwang in seinem Verhältnis zu dieser entschieden provinziellen Gastgeberin.

„Kann ich Ihnen irgendwie helfen?" fragte er eifrig.

„Nun, du könntest mir vielleicht einen Arm voll Holz vom Stapel unter den Erlen bringen, wenn du keine Angst hast, deinen Mantel zu beschmutzen ", sagte sie zögernd.

Herr Hemmingway hatte keine Angst; er zeigte sich erfreut. Er brachte einen großzügigen Armvoll kleiner geschnittener Weidenzweige mit und legte sie vor einem kleinen Ofen ab, der wie ein vorübergehender Ersatz für den üblichen großen Lehmziegelschornstein wirkte, der normalerweise den gesamten Giebel einer Bergmannshütte einnahm. Ein Kniestück und ein kurzes Stück Ofenrohr trugen den Rauch durch die Kabinenseite. Er bemerkte aber auch, dass seine schöne Begleiterin die Pause genutzt hatte, um ein Paar weiße Manschetten und einen Kragen anzuziehen. Allerdings wischte sie das grüne Moos mit einem Handtuch von seinem Ärmel, und obwohl diese Operation sie ihm so nahe brachte, dass ihr Atem – so weich und warm wie die Südwestpassate – sein Haar bewegte, war es offensichtlich, dass diese Nähe nur eine Grenze darstellte Vertrautheit, so weit entfernt von bewusster Koketterie wie vielleicht auch von gebildeter Zartheit.

„Die Jungs -Rallye „Kem hat genug Holz für mich mitgenommen", sagte sie, „aber ich schätze, sie wussten nicht, dass ich so bald auftauche. "

Hemmingways Misstrauen kehrte ein wenig zurück, als er offensichtlich andeutete, er sei nur ein Ersatz für ihre allgemeine Tapferkeit, aber er lächelte und sagte etwas unverblümt: „Ich glaube nicht, dass es Ihnen hier an Bewunderern mangelt."

Das Mädchen nahm ihn jedoch wörtlich. „Herr, nein! Ich und Mamie Robinson sind die einzigen Mädchen im Umkreis von fünfzehn Meilen entlang des Baches. Bewundern! Ich nenne es manchmal Scherzpesterin! Ich schätze, ich werde mir lieber einen Hund halten!"

Hemmingway zitterte. Ja, sie war nicht nur bei Bewusstsein, sondern auch bereits verwöhnt. Er stellte sich die unhöfliche Galanterie der Siedlung vor, die provinziellen Schikanen, die schwachen Rivalitäten der jungen Männer, die er im Gemischtwarenladen gesehen hatte. Zweifellos war es das, was sie von IHM erwartet hatte!

erzählen Sie mir, während ich den Tisch decke , was in Sacramento los ist !" Ich schätze, du hast haufenweise Freundinnen – mir wurde gesagt, dass es jede Menge Mode nur aus den Staaten gibt."

„Ich fürchte, ich weiß nicht genug darüber, um Sie zu interessieren", sagte er trocken.

„Mach weiter und rede", antwortete sie. „Als Tom Flynn aus Sacramento zurückkam und es nicht länger als eine Woche dauerte , scherzte er darüber, wie seine Arbeit die Regenzeit überstehen würde."

Halb amüsiert und halb verärgert setzte sich Hemmingway auf die kleine Plattform neben der offenen Tür und begann eine gewissenhafte Beschreibung des Fortschritts von Sacramento, seiner neuen Gebäude,

Hotels und Theater, wie er ihn bei seinem letzten Besuch gesehen hatte. Eine Zeit lang amüsierte ihn die Lebhaftigkeit und die eifrigen Fragen des Mädchens einigermaßen, aber bald verblasste es. Er fuhr jedoch mit einem grimmigen Pflichtgefühl fort, und teilweise auch als Grund, sie bei ihren häuslichen Pflichten zu überwachen. Auf jeden Fall war sie anmutig! Ihre große, geschmeidige, aber schön geformte Figur nahm trotz ihrer charakteristischen Südwest-Trägheit ebenso malerische wie bewusstlose Posen ein. Mit der Haltung eines griechischen Wasserträgers hob sie die große Melassedose von ihrem Regal auf den Dachsparren. Sie hob den schweren Mehlsack mit den erhobenen Handflächen einer ägyptischen Karyatide auf dasselbe sichere Regal. Plötzlich unterbrach sie Hemmingways oberflächliche Rede mit einem herzlichen Lachen. Er zuckte zusammen, schaute von seinem Platz auf dem Bahnsteig auf und sah, dass sie über ihm stand und ihn mit einer Art schelmischem Mitleid ansah.

„Schau her", sagte sie, „ich denke, das reicht!" Ihr solltet lieber kurz bleiben! Ich würde mal sehen, was mit dir los ist. Du bist total müde, ausgelaugt und willst abgeben! Also scherzhaft, bleib ruhig sitzen, bis ich das Abendessen fertig habe, und kümmere dich nicht um mich." Vergeblich protestierte Hemmingway mit zunehmender Farbe. Das Mädchen schüttelte nur den Kopf. „Erzähl es mir nicht! Das bist du nicht Ich will unbedingt reden, und du spielst mir nur Sacramento-Statistiken vor", erwiderte sie mit ungeheuchelter Fröhlichkeit. „Wie auch immer, hier ist das Wimmen „Komm , und das Abendessen ist fertig."

Es gab ein Geräusch müder, resignierter Ausrufe und Keuchen , und drei hagere Frauen in glanzlosen Alpaka-Kleidern erschienen vor der Hütte. Sie schienen durch Wehen, Angst und schlechte Ernährung vorzeitig gealtert und erschöpft zu sein. Zweifellos hatte irgendwo in diesen Ruinen einst eine Blume wie Jay Jules geblüht; Zweifellos war irgendwo in dieser anmutigen Nymphe selbst der Keim dieser trostlosen Reife verborgen. Hemmingway begrüßte sie mit der gleichen Ernsthaftigkeit wie sie selbst. Das Abendessen wurde mit der Art freudloser Förmlichkeit eingenommen, die im Südwesten tiefen Respekt ausdrücken soll, selbst der fröhliche Jay geriet unter den Einfluss, und mit einem Gefühl der Erleichterung zog sich der junge Mann schließlich in sein umzäuntes Gelände zurück Ecke für Einsamkeit und Ruhe. Er erfuhr jedoch, dass die älteren Frauen noch vor „Sonnenaufgang" am nächsten Morgen in die Rattlesnake Bar gehen würden, um den wöchentlichen Einkauf zu erledigen, und dass Jay wie zuvor sein Frühstück zubereiten und sich später zu ihnen gesellen würde. Es war bereits ein Stimmungsumschwung in ihm, als er sich auf das Tête-à-Tête mit dem jungen Mädchen freute, als Chance, seinen Charakter in ihren Augen wiedergutzumachen. Er kam sich allmählich dumm, unvorbereitet und voreingenommen vor. Er entkleidete sich in seiner Abgeschiedenheit, unterbrochen nur von den monotonen Stimmen in der angrenzenden Wohnung. Von Zeit zu Zeit hörte er Fragmente und Fetzen ihrer Unterhaltung, immer in Bezug auf Angelegenheiten des Haushalts und der Siedlung, aber nie von ihm selbst – nicht einmal die Andeutung einer vorsichtigen Senkung ihrer Stimmen – und schlief ein. Er wachte zweimal in der Nacht mit einem Kältegefühl auf, das so ausgeprägt war und sich deutlich von seinem Erlebnis am frühen Abend unterschied, dass er seine Kleidung am liebsten über die Decken stapelte, um sich warm zu halten. Er schlief erneut ein, kam mit dem Gefühl eines leichten Zitterns wieder zu Bewusstsein, fiel aber erneut in den Schlaf zurück, denn er wusste nicht, wie lange. Dann wurde er von einer Stimme, die ihn rief, vollständig geweckt, und als er die Augen öffnete, sah er, wie die Deckentrennwand beiseite gelegt und das Gesicht von Jay nach vorne geschoben wurde. Zu seiner Überraschung hatte es einen Ausdruck aufgeregten Erstaunens, der von unbändigem Gelächter dominiert wurde.

„Steh auf, so schnell du willst", sagte sie keuchend; „Das ist so ziemlich das Tödlichste , was je passiert ist!"

Sie verschwand, aber er konnte sie immer noch lachen hören, und zu seinem größten Erstaunen schien der Boden mit ihrem Verschwinden sein Niveau zu ändern. Ein schwindelerregendes Gefühl ergriff ihn; er stellte seine Füße auf den Boden; es war unverkennbar nass und triefend. Er kleidete sich hastig an, immer noch begleitet von dem seltsamen Gefühl des Schwankens und Schwindelgefühls, und ging durch die Öffnung in den nächsten Raum. Wieder erzeugte sein Schritt die gleiche Wirkung auf dem Boden, und er stolperte tatsächlich gegen ihre zitternde Gestalt, als sie sich mit ihrer Schürze die Tränen unkontrollierbarer Heiterkeit aus den Augen wischte. Der Kontakt schien ihre verbleibende Schwerkraft zu stören. Sie ließ sich auf einen Stuhl fallen, zeigte auf die offene Tür und keuchte: „Seht mal! Herr! Wie ist das für hoch?" warf ihre Schürze über den Kopf und brach in schallendes Gelächter aus.

Hemmingway wandte sich der offenen Tür zu. Vor ihm befand sich auf der Höhe der Hütte ein See. Er trat auf der Plattform vor; das Wasser war rechts und links, überall um ihn herum. Die Plattform neigte sich leicht zu seiner Stufe. Die Hütte war schwimmend – sie schwamm wie ein Floß auf der Basis aus Baumstämmen, wobei die gesamte Struktur durch den Boden gestützt wurde, auf dem die Baumstämme sicher befestigt waren. Die Anhöhe war verschwunden – der Fluss – seine Ufer und die Grünfläche dahinter. Sie, und SIE allein, schwammen auf einem Binnenmeer.

Er warf ihrer Heiterkeit ein erstauntes und ernstes Gesicht zu. "Wann ist es passiert?" er forderte an. Sie unterdrückte ihr Lachen, mehr aus höflicher Ehrerbietung gegenüber seiner Stimmung als aus Angst, und sagte leise:

„Das erwischt mich. Vor zwei Stunden war alles in Ordnung, als die Wimmen gingen. Es war zu früh, um dein Frühstück zu holen und dich aufzuwecken, und ich schlief wohl ein, bis ich eine Art Einschlafen und ein Glas verspürte." Hemmingway erinnerte sich an sein eigenes halb bewusstes Gefühl. „Dann stand ich auf und sah, dass wir verloren waren. Ich habe dich nicht geweckt, denn ich dachte, es sei nur eine Art Welle, die vorüberziehen würde. Erst als ich sah, dass wir uns bewegten und der ansteigende Boden des Rumpfes sich entfernte, kam mir der Gedanke, euch anzurufen ."

Er dachte an den verschwundenen Gemischtwarenladen, an ihren Vater, an die Arbeiter in der Bank, an die hilflosen Frauen auf dem Weg zur Bar und wandte sich fast wütend an sie.

„Aber die anderen – wo sind sie?" sagte er empört. „Nennen Sie das eine lachende Angelegenheit?"

Beim Klang seiner Stimme blieb sie wie vor einem Schlag stehen. Ihr Gesichtsausdruck verhärtete sich zur Unbeweglichkeit, doch als sie antwortete, tat sie dies mit der absichtlichen Trägheit ihres Vaters. „Die Wimmen sind mittlerweile oben auf den Hügeln. Die Jungen sind schon viele Male ertrunken und konnten ohne zu kreischen über Schleusenkästen und Balken davonkommen. Einmal ist Tom Flynn mit zwei Fässern zehn Meilen zu Sayer's gefahren , und ich habe nie gehört, dass ER geweint hat , als sie ihn abgeholt haben."

Hemmingways Wange errötete, aber gleichzeitig strahlte auch Intelligenz aus. Natürlich war ihnen die Überschwemmung ZUERST bekannt, und da waren die Trümmer, die ihnen als Stütze dienten. Sie hatten sich offensichtlich selbst gerettet. Wenn sie die Hütte verlassen hatten, dann deshalb, weil sie deren Sicherheit kannten und sie vielleicht sogar sicher treiben sahen.

„Ist das mit der Hütte schon einmal passiert?" fragte er, als er an seine eigenartige Basis dachte.

"NEIN."

Er blickte erneut auf das Wasser. Es gab eine entschiedene Strömung. Der Überlauf war offensichtlich kein Teil der ursprünglichen Überschwemmung. Er steckte seine Hand ins Wasser. Es war eiskalt. Ja, er hat es jetzt verstanden. Es war die plötzliche Schneeschmelze in den Sierras, die diese Menge in den Canyon geschleudert hatte. Aber sollte da noch mehr kommen?

„Haben Sie so etwas wie eine lange Stange oder einen Stock in der Kabine?"

„Nary“, sagte das Mädchen, öffnete ihre großen Augen und schüttelte den Kopf mit einer simulierten Verzweiflung, die jedoch durch ihren lachenden Mund glatt widerlegt wurde.

„Noch irgendeine Schnur oder Schnur?“ er machte weiter.

Sie reichte ihm ein Knäuel grobes Garn.

„Darf ich ein paar dieser Haken mitnehmen?“ fragte er und zeigte auf einige grobe Eisenhaken in den Dachsparren, an denen Speck und Trockenfleisch hingen.

Sie nickte. Er entfernte die Haken, fettete sie mit der Speckschwarte ein und befestigte sie an der Schnur.

„ Angeln ?“ sie fragte zurückhaltend.

„Genau“, antwortete er ernst.

Er warf die Leine ins Wasser. Bei etwa 1,80 m lockerte es sich, richtete sich auf, straffte sich in einem Winkel und schleifte dann. Nach ein oder zwei heftigen Bewegungen zog er es hoch. Ein paar Blätter und Gräser blieben in den Haken hängen. Er untersuchte sie aufmerksam.

„Wir sind weder im Bach“, sagte er, „noch im alten Überlauf. An den Haken liegt weder Schlamm noch Kies, und diese Gräser wachsen nicht in der Nähe von Wasser.“

„Das ist wirklich süß von dir“, sagte sie bewundernd, als sie neben ihm auf dem Bahnsteig kniete. „Mal sehen, was du gefangen hast. Schau dich an !“ Sie fügte hinzu, indem sie plötzlich einen schlaffen Stiel hob: „Das ist ‚alter Mann‘, und kein Stück davon wächst näher als Springer's Rise – vier Meilen von zu Hause entfernt.“

"Bist du sicher?" fragte er schnell.

„ Sicher, der Knaller! Ich bin immer auf die Jagd nach Smellidge gegangen .

"Wofür?" sagte er mit einem verwirrten Lächeln.

„Dafür“ – sie hielt die Blätter an seine Nase und dann an ihre eigenen rosa Nasenlöcher; „für – für“ – sie zögerte und fügte dann mit einer schelmischen Simulation der Korrektheit hinzu: „für das Parfüm.“

Er sah sie bewundernd an. Was für ein kleines Kind sie doch war, trotz ihrer 1,70 Meter! Was für ein Idiot war er, ihr gegenüber eine verärgerte Haltung eingenommen zu haben! Wie bezaubernd und anmutig sie aussah, als sie neben ihm kniete!

„Sag mir “ , sagte er plötzlich mit sanfterer Stimme, „worüber hast du gerade gelacht?“

Ihre braunen Augen flackerten einen Moment lang und strahlten dann vor Heiterkeit. Sie warf sich in schräger Haltung seitwärts, stützte sich auf einen Arm, während sie mit der anderen Hand langsam ihre Schürzenschnur herauszog, wie sie mit zurückhaltender Stimme sagte: –

„Nun, ich dachte, es wäre ein zu tödlicher Scherz , an dich zu denken, der nicht mit mir reden wollte und deinen Rumpfhaufen dafür gegeben hätte , dass er da rausgesprungen wäre, der Scherz ist hier neben mir hängengeblieben, oder? " Du würdest oder nicht, denn Gott weiß wie lange!"

„Aber das war letzte Nacht", sagte er spöttisch. „Ich war müde, und das hast du selbst gesagt, weißt du? Aber ich bin jetzt bereit zu reden. Was soll ich dir sagen?"

„Alles", sagte das Mädchen lachend.

„Woran denke ich?" sagte er mit ehrlich bewundernden Augen.

"Ja."

"Alles?"

"Ja, alles." Sie blieb stehen, beugte sich vor, packte plötzlich die Krempe seines weichen Filzhutes, zog sie elegant über seine kühnen Augen und sagte: „Alles außer DAS."

Mit einiger Mühe und noch größerer Verlegenheit gelang es ihm, seine Augen wieder frei zu bekommen. Als er das tat, war sie aufgestanden und hatte die Hütte betreten. Obwohl er beunruhigt war, war er erleichtert, als er sah, dass ihr amüsierter Gesichtsausdruck unverändert war. War ihr Verhalten eine bäuerliche Koketterie oder hatte sie seine Annäherungsversuche übel genommen? Auch ihre nächsten Worte lösten die Frage nicht.

Ihr könnt nett reden und herumalbern , nachdem wir geklärt haben , wer wir sind, was wir vorhaben und was passieren wird. Aber jetzt fällt mir ein, dass diese Baumstämme das Einzige zwischen uns und dem Königreich sind. Ihr solltet euch besser mit ein paar Stacheln herumschlagen , um sie am Boden festzunageln ."

Sie reichte ihm einen Hammer und ein paar Spikes. Er machte sich gehorsam an die Arbeit, hatte jedoch wenig Vertrauen in die Sicherheit der Befestigung. Es gab weder Seil noch Kette, um die Baumstämme zusammenzuzurren; Eine stärkere Strömung und eine Kollision mit einem untergetauchten Baumstumpf oder Wrack würden sie lösen und die Hütte zerstören. Aber er sagte nichts. Es war das Mädchen, das das Schweigen brach.

„Wie lautet Ihr Vorname?"

"Meilen."

„ MILES, – das ist ein lustiger Name. Ich denke, das ist der Grund, warum du zunächst so WEIT und DISTANZ warst."

Mr. Hemmingway fand das sehr witzig und sagte es auch. „Aber", fügte er hinzu, „als ich vorhin ein wenig näher war, hast du mich aufgehalten."

„Aber du bist schneller vorangekommen als das Shanty. Ich schätze, du machst diesen Gang nicht mit deinen Freundinnen in Sacramento! Aber ihr könnt jetzt reden."

„Aber Sie vergessen, dass ich weder weiß, wo wir sind, noch, was passieren wird."

„Aber das tue ich", sagte sie leise. „In ein paar Stunden werden wir abgeholt, dann bist du wieder frei."

Etwas an ihrem selbstbewussten Auftreten veranlasste ihn, erneut zur Tür zu gehen und hinauszuschauen. Es gab kaum noch Strömung und die Kabine schien regungslos zu sein. Sogar der Wind, der möglicherweise darauf eingewirkt hätte, fehlte. Sie befanden sich offenbar in der gleichen Position wie zuvor, aber seine Peilung zeigte, dass das Wasser leicht fiel. Er kam zurück und teilte ihr die Tatsache mit einer gewissen Zuversicht mit, die aus ihrem vorherigen Lob für sein Wissen resultierte. Zu seiner Überraschung lachte sie nur und sagte träge: „Uns wird alles gut gehen und du wirst in etwa zwei Stunden frei sein."

„Ich sehe keine Anzeichen dafür", sagte er und blickte erneut durch die Tür.

„Das liegt daran, dass man im Wasser, im Himmel und im Schlamm danach sucht", sagte sie lachend. „Ich schätze, du wurdest viel besser darauf trainiert, auf die Dinge zu achten, als die Leute hier zu studieren."

„Ich glaube, Sie haben recht", sagte Hemmingway fröhlich, „aber ich verstehe nicht ganz, was die Leute hier mit unserer aktuellen Situation zu tun haben."

„Du wirst sehen", sagte sie mit einem schelmischen, geheimnisvollen Lächeln. „Trotzdem", fügte sie mit einer plötzlichen und gefährlichen Sanftheit in ihren Augen hinzu, „ bin ich es nicht. " Ich sage , dass DU auch nicht freundlicher bist ."

Noch vor einer Stunde hätte er bei dem Gedanken gelacht, dass ein bloßer Blick und ein Satz wie dieser von dem Mädchen sein Herz zum Schlagen gebracht hätten. „Dann kann ich weitermachen und reden?"

Sie lächelte, aber ihre Augen sagten deutlich „Ja".

Er drehte sich um und setzte sich neben sie. Plötzlich bebte die Kabine, es gab ein kratzendes Geräusch, einen Stoß, und dann neigte sich die ganze Struktur zur Seite und sie wurden beide heftig in Richtung Ecke geschleudert, wobei schnell Wasser eindrang. Hemmingway packte das Mädchen schnell an der Taille; Sie klammerte sich instinktiv an ihn, lachte aber immer noch, als es ihm mit verzweifelter Anstrengung gelang, sie auf die Oberseite der schrägen Kabine zu ziehen und ihr für einen Moment das Gleichgewicht wiederherzustellen. Sie blieben einen Moment lang atemlos. Aber in diesem Moment hatte er ihr Gesicht an sich gezogen und sie geküsst.

Sie löste sich sanft, ohne Aufregung oder Emotionen, zeigte auf die offene Tür und sagte: „Sehen Sie da!"

Zwei der Baumstämme, die das Fundament ihres Bodens bildeten, schwammen leise im Wasser vor der Hütte! Das versunkene Hindernis oder der Haken, der sie aus ihrer Befestigung gerissen hatte, hielt die Kabine immer noch fest. Hemmingway erkannte die Gefahr. Er rannte den schmalen Felsvorsprung entlang bis zur Kontaktstelle und sprang ohne zu zögern in das eiskalte Wasser. Es erreichte seine Achselhöhlen, bevor seine Füße auf das Hindernis stießen – offensichtlich einen Baumstumpf mit einem hervorstehenden Ast. Er stemmte sich dagegen und stieß die Kabine ab. Doch als er sich auf den Weg machte, um ihm zu folgen, stellte er fest, dass der Baumstamm, der ihm am nächsten war, locker war und er ihn mit seinen Händen möglicherweise abreißen konnte. Im selben Moment flatterte jedoch ein rosa Kattunarm über seinem Kopf, und ein starker Griff packte seinen Mantelkragen. Die Kabine drehte sich halb, als das Mädchen ihn durch die offene Tür zerrte.

„Du Zwerghuhn!" Sie sagte lachend: „Warum hast du MICH das nicht tun lassen? Ich bin größer als du! Aber", fügte sie hinzu, blickte auf seine tropfenden Klamotten und zog eine Decke aus der Ecke, „ich konnte mich nicht so schnell trocknen wie ihr!" Zu ihrer Überraschung warf Hemmingway jedoch die Decke beiseite und lief, auf den bereits mit Wasser bedeckten Boden zeigend , zum noch warmen Ofen, löste ihn von seinem Rohr und warf ihn über Bord. Der Sack mit Mehl, Speck, Melasse und Zucker und allen schwereren Artikeln folgte ihm in den Bach. Von ihrem Gewicht befreit, stieg der Kabinenboden um ein oder zwei Zentimeter höher. Dann setzte er sich und sagte: „Da! Das könnte uns für die „ein paar Stunden", von denen Sie sprechen, über Wasser halten. Also kann ich jetzt wohl reden!"

„Du hast keine Zeit", sagte sie mit ernsterer Stimme. „Es wird jetzt nicht mehr so lange dauern wie ein paar Stunden. Schauen Sie da vorbei!"

Er schaute dorthin, wo sie über die graue Wasserfläche zeigte. Zunächst konnte er nichts sehen. Plötzlich sah er einen bloßen Punkt auf der Oberfläche, der sich zeitweise in eine einzelne schwarze Linie verwandelte.

„Es ist ein Baumstamm wie dieser", sagte er.

„Es ist kein Protokoll. Es ist ein Unterstand der Indianer – und kommt für mich."

Ein Kanu aus einem ausgehöhlten Baumstamm.

"Dein Vater?" sagte er freudig.

Sie lächelte mitleidig. „Es ist Tom Flynn. Vater muss noch etwas anderes suchen . Tom Flynn hat es nicht getan."

„Und wer ist Tom Flynn?" fragte er mit einem seltsamen Gefühl.

„Der Mann, mit dem ich verlobt bin", sagte sie ernst und leicht errötend.

Die Rose, die auf ihrer Wange erblühte, verblasste in seiner. Es gab einen Moment der Stille. Dann sagte er offen: „Ich schulde Ihnen eine Entschuldigung. Verzeihen Sie meine Torheit und Unverschämtheit vorhin. Wie konnte ich das wissen?"

„Du hast nicht mehr genommen, als du verdient hast oder wogegen Tom Einwände gehabt hätte", sagte sie mit einem kleinen Lachen. „Du warst unglaublich nett und hilfsbereit."

Sie streckte ihre Hand aus; Ihre Finger schlossen sich mit offenem Druck zusammen. Dann kehrten seine Gedanken zu seiner Arbeit zurück, die er vergessen hatte, zu seinen ersten Eindrücken vom Lager und von ihr. Sie standen beide schweigend da und beobachteten das Kanu, das jetzt deutlich sichtbar war, und den Mann, der es paddelte, mit einer Intensität, die beide als unaufrichtig empfanden.

„Ich fürchte", sagte er mit gezwungenem Lachen, „dass ich etwas zu voreilig war, als ich über Ihre Güter und Besitztümer verfügte. Wir hätten noch etwas länger über Wasser bleiben können."

„Es ist alles das Gleiche", sagte sie mit einem leichten Lachen; „Es ist auch nur ein Scherz, wir sahen nicht besonders bequem aus – für IHN."

Er antwortete nicht; er wagte es nicht, sie anzusehen. Ja! Es war dieselbe Kokette, die er letzte Nacht gesehen hatte. Sein erster Eindruck war richtig.

Das Kanu kam jetzt schnell voran, angetrieben von einem kräftigen Arm. In wenigen Augenblicken war es längsseits und sein Besitzer sprang auf die Plattform. Es war der Herr mit der Hose in den Stiefeln, die zweite Stimme in der düsteren Diskussion im Gemischtwarenladen gestern Abend. Er nickte dem Mädchen einfach zu und schüttelte Hemmingways Hand herzlich.

Dann entschuldigte er sich hastig für seine Verspätung: Es sei so schwierig gewesen, „die Lage" der verirrten Hütte zu finden. Er hatte sich zuerst auf den Weg zur gefährlichsten Stelle gemacht – der „alten Lichtung" am rechten Ufer mit ihren Baumstümpfen und neuen Gewächsen – und es schien, als hätte er recht gehabt. Und alle anderen waren in Sicherheit und „niemand wurde verletzt".

„Trotzdem, Tom", sagte sie, als sie saßen und wieder davonpaddelten, „du weißt nicht, wie nahe du daran gekommen bist, mich zu verlieren." Dann hob sie ihre schönen Augen und blickte bedeutungsvoll, nicht zu IHM, sondern zu Hemmingway.

Als am nächsten Tag bei „Jules" der Wasserstand sank, fanden sie einige merkwürdige Veränderungen und etwas Gold, und der Sekretär konnte einen positiven Bericht abgeben. Aber er äußerte sich überhaupt nicht zu seinen Eindrücken, „als das Wasser bei ‚Jules' hoch war", obwohl er sich oft fragte, ob sie absolut vertrauenswürdig waren.

DER BOOM IM „CALAVERAS CLARION"

Das Redaktionsheiligtum des „Calaveras Clarion" öffnete sich auf der einen Seite zum „Kompositionsraum" dieser Zeitung und öffnete sich auf der anderen Seite offenbar zum Rest des Calaveras County. Denn ganz am Rande der Siedlung und auf dem Gipfel eines sehr steilen Hügels gelegen, neigten sich die Kiefern von den Redaktionsfenstern zum langen Tal des South Fork und – in die Unendlichkeit. Das kleine Holzgebäude war in die Natur eingedrungen, ohne sie zu unterwerfen. Es war Tag und Nacht erfüllt vom Rauschen der Kiefern und ihrem Duft. Eichhörnchen huschten über das Dach, wenn es nicht gerade von Spechten besetzt war, und der Druckerteufel hatte einmal gesehen, wie ein Nestbau-Blauhäher das Schreibfenster betrat, mit der Miene bewusster Auswahl vor einem der schrägen Setzkästen flatterte und dann flog mit einem Vokal im Schnabel.

Inmitten dieser waldigen Umgebung saß der zeitweilige Herausgeber des „Clarion" in seinem Allerheiligsten und las die Korrekturabzüge eines Leitartikels. Da er diese Position während der sechswöchigen Abwesenheit des seriösen Herausgebers und Inhabers innehatte, las er den Korrekturabzug mit einiger Sorge und Verantwortung. Einige Bürger hatten ihn darauf hingewiesen, dass die „Clarion" eine entschiedenere und aggressivere Politik gegenüber dem Gesetzentwurf für die Wagenstraße nach South Fork vor der Legislative benötige. Mehrere Abgeordnete der Versammlung waren von der rivalisierenden Siedlung Liberty Hill „erwischt" worden, und eine vernichtende Entlarvung und Verurteilung solcher Methoden war notwendig. Auch die Belange der eigenen Gemeinde sollten „bekämpft" werden. All dies war ihm energisch erklärt worden, und er hatte den Geist, wenn auch nicht immer die Fakten, seiner Informanten erfasst. Es ist daher zu befürchten, dass er seinen Artikel eher im Hinblick auf seine Kraft als auf seine eigenen Überzeugungen untersuchte. Und doch war er nicht so sehr in seinen Bann gezogen, dass er das Murmeln der Kiefern draußen, seine halbwilde Umgebung und das träge Gerede seiner einzigen Gefährten, des Vorarbeiters und Druckers im Nebenzimmer, ignoriert hätte.

„Wette dein Leben! Ich habe immer gesagt, dass ein Mann IN EINER Zeitungsredaktion jedem Außenstehenden standhalten kann , der grob sein will oder versucht, die Redaktion zu überfallen! Das ist die Presse und das sind die Druckfarbe und die Walze! Die Leute reden viel von der Macht der Presse! – Ich sage Ihnen, Sie wissen es nicht zur Hälfte. Als der alte Kernel Fish das „Sierra Banner" redigierte , kämpfte sich einer dieser Tyrannen, die er im „Banner" verspottet hatte, am Kernel im Büro vorbei in den Kompositionsraum , um alles zu zerstören ' und ' pye ' alle Arten. Spoffrel – ihr erinnert euch nicht an Spoffrel ? – kleiner rothaariger Mann? – war Vorarbeiter. Spoffrel wehrte ihn mit der Walze ab und bekam einen kräftigen

Tupfer zwischen seine Augen, der ihn blendete, und dann schob ihn der Spoffrel -Sortierer zur Presse – einem einfachen Hebel, genau wie unserer – , wo die verschlossene Form im Inneren still war a- lügen ! Dann kippt Spoffrel ihn blitzschnell um , und ER streckt seine Hand aus und hält die Form fest, um sich zu stabilisieren, während Spoffrel einfach die Form und die Hand unter die Presse und nach unten mit dem Hebel führt! Und das hielt den Kerl so fest wie der Tod! Und als er schließlich bettelt und Spoff ihn loslässt, wurde die Hülle des verspottenden Artikels, gegen den er Einspruch erhoben hatte, direkt auf die Haut seiner Hand gedruckt! Tatsache, und es würde auch nicht rüberkommen."

„Meine Güte, aber ich würde es gerne sehen ", sagte der Drucker. „ So einen Anblick gibt es hier meiner Meinung nach nicht zu erwarten. Der Chef geht kein Risiko ein und verspottet ihn , und er" (der Redakteur wusste, dass er durch eine unsichtbare Geste des unsichtbaren Arbeiters darauf hingewiesen wurde) „ ist nicht so ein Stil."

„Man darf nie sagen", sagte der Vorarbeiter belehrend, „was passieren könnte!" Ich kenne Redakteure, die sich aus kleinen Gefühlen in einen Kampfscherz verwickeln die Gegenpartei verteufeln . Manchmal wegen eines Druckfehlers. Dem alten Mann Pritchard vom „Argus" -Magazin wurde ein Loch in den Arm geschossen, weil sein Korrektor Colonel Starbottles Rede als „schändliche" Verteidigung bezeichnet hatte, während der alte Mann eine „aufrichtige" Verteidigung geschrieben hatte ."

Der Redakteur unterbrach seine Korrekturlesung. Er war gerade auf den Satz gestoßen: „Wir können Liberty Hill – in seiner überragenden Lage – nicht zu dem schändlichen Schweigen des Vertreters von ganz Calaveras gratulieren, als dieser berüchtigte Gesetzentwurf vorgelegt wurde." Er verwies auf sein Exemplar. Ja! Er hatte sicherlich „schändlich" geschrieben – das hatten seine Informanten vermutet. Aber war er sicher, dass sie Recht hatten? Er hatte auch eine vage Erinnerung daran, dass der Vertreter, auf den er anspielte – Senator Bradley – zwei Duelle ausgetragen hatte und ein „guter", wenn auch etwas impulsiver Schütze war! Er könnte das Wort in „geniös" oder „geniös" ändern, beides wäre fein sarkastisch, aber dann – da war sein Vorarbeiter, der es erkennen würde! Er würde warten, bis er den gesamten Artikel gelesen hatte. Während dieser Beschäftigung vergaß er das Nebenzimmer, die Stille, ein geflüstertes Gespräch, das mit einem Klopfen an der Tür und dem Erscheinen des Vorarbeiters im Türrahmen endete.

„Da ist ein Mann im Büro, der den Redakteur sehen möchte", sagte er.

„Führen Sie ihn herein", antwortete der Redakteur kurz. Er war sich jedoch bewusst, dass das Verhalten seines Vorarbeiters eine besondere Bedeutung hatte und dass ihm der andere Drucker gespannt über die Schulter blickte.

„Er trägt eine Schrotflinte und ist doppelt so groß wie Sie", sagte der Vorarbeiter ernst.

Der Redakteur erinnerte sich schnell an seine eigene kurze und bisher tadellose Aufzeichnung im „Clarion". „Vielleicht", sagte er zögernd mit einem sanften Lächeln, „sucht er nach Captain Brush" (dem abwesenden Redakteur).

„Ich habe ihm das alles erzählt", sagte der Vorarbeiter grimmig, „und er sagte, er wolle den Chef sehen."

In dem Maße, in dem das Herz des Herausgebers sank, erhob sich sein äußerer Scheitel. „Führen Sie ihn herein", sagte er hochmütig.

„Wir sollten ihn draußen halten", schlug der Vorarbeiter vor und zögerte einen Moment. „Ich und er", deutete auf den erwartungsvollen Drucker hinter ihm, „reicht dafür."

„Zeigen Sie ihn", wiederholte der Redakteur entschieden.

Der Vorarbeiter zog sich zurück; Der Redakteur setzte sich und nahm seine Korrektur erneut vor. Das zweifelhafte Wort „schändlich" schien aus dem Absatz vor ihm hervorzustechen; Es war auf jeden Fall ein starker Ausdruck! Er wollte gerade mit dem Bleistift hindurchfahren, als er den schweren Schritt seines Besuchers hörte. Ein plötzlicher Instinkt der Kampfeslust erfasste ihn und er warf wütend den Bleistift hin.

Die stämmige Gestalt des Fremden versperrte die Tür. Er war wie ein Bergmann gekleidet, aber sein Körperbau und seine allgemeine Physiognomie unterschieden sich deutlich von der einheimischen Sorte. Seine Oberlippe und sein Kinn waren glattrasiert und ließen noch die blauschwarzen Wurzeln des Bartes erkennen, der den Rest seines Gesichts bedeckte und in einem dicken Vlies unter seinem Hals hing. In der einen Hand trug er ein kleines Bündel, das in ein seidenes Taschentuch gewickelt war, in der anderen eine „Schrotflinte", gefährlich im Halbschuss. Als er das Heiligtum betrat, legte er sein Bündel ab und schloss leise die Tür hinter sich. Dann zog er einen leeren Stuhl zu sich und ließ sich mit der Waffe auf den Knien schwer darauf fallen. Dem Redakteur fiel fast genauso schwer das Herz, obwohl er ganz ruhig seine Hand ausstreckte.

„Soll ich Sie von Ihrer Waffe befreien?"

„Danke, Junge – nein . Es ist sehr angenehm mit mir, und es ist sehr gefährlich , mit dem halben Schwanz umzugehen. Deshalb habe ich ihn nicht draußen auf dem Pferd gelassen!"

Beim Klang seiner Stimme und seinem gelegentlichen Akzent erleichterte ein Anflug von Intelligenz den Geist des Redakteurs. Er erinnerte sich, dass zwanzig Meilen entfernt, in der grenzenlosen Aussicht aus seinen Fenstern, eine Siedlung englischer Bergleute aus dem Norden des Landes lag, die zwar getreu die Methoden, Bräuche und sogar den Slang der Kalifornier übernahmen, aber viele ihrer einheimischen Besonderheiten bewahrten. Die Waffe, die er auf seinem Knie trug, war jedoch offensichtlich Teil der kalifornischen Nachahmung.

"Kann ich etwas für dich tun?" sagte der Herausgeber milde.

„Ja! Ich bin hierher gekommen , um meiner Frau eine Rechnung zu stellen .

„Ich – glaube nicht, dass ich es verstehe", zögerte der Herausgeber lächelnd.

„Ich bin gekommen , um Sie dazu zu bringen , eine Warnung in Ihr Papier zu schreiben , eine Mitteilung , dass ich nichts mehr mit ihr zu tun haben werde, wenn sie nicht innerhalb von vier Wochen zu mir nach Hause zurückkehrt . "

"Oh!" sagte der Redakteur, jetzt vollkommen beruhigt, „Sie wollen eine Anzeige? Das ist die Aufgabe des Vorarbeiters; Ich werde ihn anrufen." Er erhob sich gerade von seinem Sitz, als der Fremde eine schwere Hand auf seine Schulter legte und ihn sanft wieder nach unten drückte.

„Noa, Junge! Ich möchte nicht, dass dieser Job von einem Vorarbeiter oder einem Hilfsarbeiter übernommen wird. Ich möchte es mit dir besprechen . Sabe? Meine Frau hat diese sechs Monate eingesperrt und gewartet . Wir hatten einen kleinen Unterschied, das ist weder da noch da, aber sie lief aus meinem Haus hinaus. Ich möchte sie fair warnen und sie wissen lassen, dass das nicht der Fall ist Ich bezahle alle Schulden von ihr nach dieser Mitteilung , und ich werde sie vier Wochen nach dem Datum nicht mehr zurücknehmen ."

„Ich verstehe", sagte der Herausgeber leichthin. „Wie heißt Ihre Frau?"

„Eliza Jane Dimmidge ."

„Gut", fuhr der Redakteur fort und kritzelte auf das Papier vor ihm; „Etwas in der Art reicht aus: ‚Da meine Frau, Eliza Jane Dimmidge , mein Bett und meine Unterkunft ohne triftigen Grund oder Provokation verlassen hat, möchte ich hiermit mitteilen, dass ich nicht für etwaige Schulden haftbar bin, die sie an oder nach diesem Datum eingeht .'"

„Sie müssen Anwalt sein", sagte Mr. Dimmidge bewundernd.

Es handelte sich um eine recht alte Form der Werbung, und die Bemerkung zeigte unwiderlegbar, dass Mr. Dimmidge kein Einheimischer war; aber der Redakteur lächelte gönnerhaft und fuhr fort: „Und ich kündige außerdem an, dass ich, wenn sie nicht innerhalb der Frist von vier Wochen ab diesem

Datum zurückkommt, die gesetzlich vorgesehenen Verfahren zur Wiedergutmachung einleiten werde.'"

„ Cum , Junge, DAS habe ich nicht gesagt."

„Aber du hast gesagt, du würdest sie nicht zurücknehmen."

„Ja."

„Und ohne ein Gerichtsverfahren kann man sie nicht daran hindern. Sie ist deine Frau. Aber Sie müssen kein Verfahren einleiten, wissen Sie. Es ist nur eine Warnung."

Mr. Dimmidge nickte zustimmend. "Das ist so."

„Sie möchten, dass es vier Wochen lang veröffentlicht wird, bis zum Datum?" fragte der Herausgeber.

„ Vielleicht länger, Junge."

Der Herausgeber schrieb „bis zum Verbot" an den Rand der Zeitung und lächelte.

„Wie groß wird es sein?" sagte Herr Dimmidge .

Der Herausgeber nahm ein Exemplar der „Clarion" und deutete auf etwa einen Zentimeter Platz. Mr. Dimmidges Gesicht verzog sich.

„Ich möchte es größer haben – in großen Buchstaben, wie eine Spielkarte", sagte er. „Das ist keine Warnung."

„Sie können eine halbe oder eine ganze Spalte haben, wenn Sie möchten", sagte der Herausgeber leichthin.

„Ich nehme ein ganzes", sagte Mr. Dimmidge schlicht.

Der Herausgeber lachte. "Warum! es würde dich hundert Dollar kosten."

„Ich nehme es", wiederholte Mr. Dimmidge .

„Aber", sagte der Herausgeber ernst, „die gleiche Bekanntmachung auf kleinem Raum wird Ihrem Zweck dienen und völlig legal sein."

„Das macht dir doch nichts, Junge! Es kommt auf das Aussehen der Sache an, die ich verkaufe , und nicht auf die Kosten. Ich nehme diese Kolumne."

Der Redakteur rief den Vorarbeiter und zeigte ihm das Exemplar. „Können Sie das anzeigen, um eine Spalte zu füllen?"

Der Vorarbeiter erfasste die Situation sofort. Es wäre ein großes Geschäft für die Zeitung. „Ja", sagte er nachdenklich, „dieser kühne Wahlkampftyp wird es schaffen."

Mr. Dimmidges Gesicht hellte sich auf. Der Ausdruck „freches Gesicht" gefiel ihm. "Das ist es! Ich habe es dir gesagt. Ich möchte ihr einen Teil der Zeitung in Rechnung stellen."

„Vielleicht mache ich einen Schnitt", sagte der Vorarbeiter andeutungsweise; "etwas wie das." Er entnahm dem Koffer einen ehrwürdigen Holzschnitt. Leider muss ich sagen, dass dies bis zur Mitte des Jahrhunderts in den Zeitungsredaktionen im Südwesten durchaus üblich war. Es zeigte die laufende Figur einer Negerin, die ihr persönliches Eigentum in einem geknoteten Taschentuch trug, das an einem Stock über ihrer Schulter hängt, und sollte „eine flüchtige Sklavin" darstellen.

Mr. Dimmidges Augen leuchteten. „Das nehme ich auch. Es ist ein wenig düster für Frau P., aber es reicht. Und jetzt geh weg, Junge", sagte er zum Vorarbeiter, während er ihn leise wieder ins Vorzimmer schob und die Tür schloss. Dann blickte er den überraschten Redakteur an und sagte: „Ich möchte, dass Sie Ihrer Zeitung noch eine weitere Anmerkung hinzufügen. aber das ist zwischen den USA. Kein Wort zu IHNEN", deutete er mit einer Daumenbewegung auf den verbannten Vorarbeiter. „Sabe? Ich möchte, dass Sie das an einer anderen Stelle Ihres Aufsatzes unterbringen, ganz unschuldig, wissen Sie." Er zog eine graue Brieftasche aus seiner Tasche und holte einen Zettel heraus, auf dem er mit ernster Stimme las: „,Wenn dies RB auffällt, halten Sie Ausschau nach MJD. Er ist Ihnen auf der Spur. Wenn Sie dies sehen, schreiben Sie eine Zeile an EJD, Elktown Post Office.' Ich möchte, dass dies unter der Rubrik „Persönlich und privat" – Sabe? – steht , so wie es in den großen „Frisco-Zeitungen" steht .

„Ich verstehe", sagte der Herausgeber und legte es beiseite. „Es soll in derselben Ausgabe in einer anderen Kolumne erscheinen."

Anscheinend erwartete Mr. Dimmidge mehr als diese Antwort, denn nach einem Moment des Zögerns sagte er mit einem seltsamen Lächeln:

„Das tust du nicht Verstehst du , was das zu bedeuten hat , Junge?"

„Nein", sagte der Herausgeber leichthin; „Aber ich nehme an, dass RB das tut, und es ist nicht beabsichtigt, dass irgendjemand anders das tun sollte."

„ Möglicherweise ist es das, vielleicht auch nicht", sagte Mr. Dimmidge mit selbstzufriedener Miene. „Es macht mir nichts aus, zwischen uns zu sagen, dass RB der Mann ist, von dem ich vermutet habe, dass er etwas mit dem Weggang meiner Frau zu tun hat ; Und sehen Sie, wenn er an EJD – das sind die Initialen meiner Frau – in Elktown schreibt , bekomme ich diesen Brief und stelle also sicher."

„Aber angenommen, Ihre Frau geht zuerst dorthin oder schickt?"

„Dann hole ich sie oder ihren Boten. Siehst du?"

Der Redakteur hielt es nicht für angebracht, dieser phänomenalen Einfachheit irgendein Argument entgegenzusetzen, und nachdem Mr. Dimmidge seine Rechnung mit dem Vorarbeiter beglichen und den Redakteur zur strengsten Geheimhaltung über den Ursprung der „persönlichen Mitteilung" verpflichtet hatte, griff er zu seiner Waffe und reiste ab und hinterließ die Schatzkammer des „Clarion" beispiellos bereichert und den Herausgeber seinen Korrekturen überlassen.

Die Zeitung erschien ordnungsgemäß am nächsten Morgen mit der Kolumnenanzeige, der persönlichen Bekanntmachung und dem gewichtigen Leitartikel über die Wagenstraße. Die Nachfrage nach der Zeitung war außerordentlich groß, die Auflage war schnell erschöpft, und der Herausgeber fühlte sich entsprechend geschmeichelt, obwohl er überrascht war, weder Lob noch Kritik von seinen Abonnenten zu erhalten. Noch vor dem Abend erfuhr er jedoch zu seinem Erstaunen, dass die Aufregung durch die Kolumnenwerbung verursacht worden war. Niemand kannte Herrn Dimmidge oder seine häuslichen Unzulänglichkeiten, und der Redakteur und der Vorarbeiter, die gleichermaßen im Dunkeln tappten, flüchteten sich in eine geheimnisvolle und beeindruckende Umgehung aller Nachforschungen. Noch nie seit dem letzten San Francisco Vigilance Committee war das Büro so belagert worden. Der Redakteur, der Vorarbeiter und sogar der Lehrling wurden an der Bar bedrängt und „behandelt", aber ohne Erfolg. Man konnte nur erfahren, dass es sich um eine seriöse Anzeige handelte, für die man hundert Dollar erhalten hatte! Es gab heftige Diskussionen und widersprüchliche Theorien darüber, ob der Wert der Frau oder die Angst des Mannes, sie loszuwerden, die enormen Kosten und die protzige Zurschaustellung rechtfertigte. Manche hielten sie für eine überaus schöne Frau, andere für eine perfekte Sycorax ; In einem Atemzug war Mr. Dimmidge ein schwacher, überheblicher Ehepartner, der sein Vermögen an ein Geschöpf verschwendete, das sich nicht um ihn kümmerte, und in einem anderen war er ein wahnsinniger, zerstreuter Mann mit Pantoffeln, der sich um jeden Preis Frieden und Ruhe erkaufen wollte. Sicherlich war Werbung nie wirksamer in ihrer Publizität oder billiger im Verhältnis zur Auflage, die sie erreichte. Es wurde im gesamten Pazifikhang kopiert; Große Zeitungen in San Francisco beschrieben seine Größe und Lage unter der attraktiven Überschrift „Wie sie für eine Frau in den Bergen werben!" Es erschien erneut in den östlichen Fachzeitschriften unter dem Titel „Skurrilitäten der westlichen Presse". Es wurde angenommen, dass es als Exemplar der „Transatlantischen Wildheit" nach England gelangte. Der eigentliche Herausgeber des „Clarion" erwachte eines Morgens in San Francisco und stellte fest, dass seine Zeitung berühmt war. Seine Litfaßsäulen waren heiß begehrt; er erhöhte sofort die Zinssätze. Die Leute kauften mehrere Ausgaben, um dieses monumentale Dokument der Extravaganz zu bestaunen. Eine einzigartige Idee, die der Zeitung jedoch noch mehr

Wohlstand einbrachte, wurde von einem scharfsinnigen Kritiker im Eureka Saloon vorgebracht. „Meiner Meinung nach, meine Herren, ist die ganze Schuldzuweisung ein Bluff! Es gibt keinen Mr. Dimmidge ; es gibt keine Mrs. Dimmidge ; Es gibt keine Desertion! Das ganze miese Ding ist eine WERBUNG von Suthin ! Bevor ihr damit fertig seid, werdet ihr feststellen, dass diese Frau nicht zurückkommt, bis der beschuldigte Ehemann Somebody's Soap kauft oder sie mit Somebody's Special Starch oder Patent Medicine verwöhnt! Ihr scherzt, schaut zu und seht!" Die Idee war verblüffend und ergriff den kaufmännischen Geist. Der wichtigste Kaufmann der Stadt und Lieferant der Bergbausiedlungen im Umland erschien am nächsten Morgen im Büro des „Clarion". „Es würde Ihnen nichts ausmachen, diese ‚Anzeige' in einer Spalte neben der Dimmidge-Anzeige zu platzieren , oder ? " Der junge Redakteur warf einen Blick darauf und wies dann mit schlangenartigem Scharfsinn, der jedoch von der Höflichkeit der Taube verschleiert wurde, darauf hin, dass der ursprüngliche Werbetreibende denken könnte, dass dies seine Treue in Frage stellte, und seine Anzeige zurückzog. „Aber wenn wir Sie durch ein Angebot über den doppelten Betrag pro Spalte gewinnen würden?" drängte der Kaufmann. „Das", antwortete der Stellvertreter, „musste der tatsächliche Herausgeber und Inhaber in San Francisco entscheiden." Er würde telegraphieren. Er hat es getan. Die Antwort war: „Legen Sie es ein." Daraufhin erschien in der nächsten Ausgabe neben Mr. Dimmidges langwieriger Warnung eine Kolumne mit der Ankündigung in großen Buchstaben: „Wir haben keine Frau verloren, aber wir sind bereit, die folgenden Waren zu einem niedrigeren Preis zu liefern als: „Jeder andere Werbetreibende im Landkreis", gefolgt von der üblichen Preisliste der Waren des Händlers. Es gab eine beispiellose Nachfrage nach diesem Thema. Der Ruf des „Clarion", sowohl als kluger Werbeträger als auch als Comic-Zeitung, war sofort begründet. Einige Tage lang wartete der Redakteur mit einiger Besorgnis auf eine Gegenwehr des abwesenden Dimmidge , aber es kam keine. Ob Mr. Dimmidge erkannte, dass diese neue Anzeige seiner Werbung zusätzliche Publizität verschaffte oder ob er dem Flüchtigen bereits auf der Spur war, wusste der Herausgeber nicht. Die wenigen neugierigen Bürger, die zu Beginn der Aufregung auf der Suche nach Informationen in die zwanzig Meilen entfernte Siedlung der englischen Bergleute eingedrungen waren, stellten fest, dass Herr Dimmidge weggegangen war und dass Frau Dimmidge NIEMALS mit ihm dort gewohnt hatte!

Sechs Wochen vergingen. Das Limit der Anzeige von Mr. Dimmidge war erreicht, und da sie nicht erneuert wurde, war sie aus den Seiten des „Clarion" verschwunden und mit ihr die Anzeige des Kaufmanns in der nächsten Spalte. Die Aufregung hatte nachgelassen, obwohl ihr Einfluss immer noch in der Auflage der Zeitung und ihrer Werbepopularität spürbar war. Auch der zeitweilige Chefredakteur näherte sich dem Ende seiner Amtszeit, hatte aber bisher am Glück des „Clarion" teilgenommen und ein Angebot von einer der Tageszeitungen in San Francisco erhalten.

Es war eine warme Nacht und er war allein in seinem Heiligtum. Der Rest des Gebäudes war dunkel und verlassen, und sein einsames Licht, das durch das offene Fenster blitzte, fiel auf die näher gelegenen Kiefern und verlor sich im dunklen, undefinierbaren Hang darunter. Er hatte das Allerheiligste über die Rückseite erreicht und eine Tür, die er ebenfalls offen ließ, um die Frische der aromatischen Luft zu genießen. Es beeinträchtigte auch nicht im Geringsten seine Privatsphäre. Vielmehr schien die Einsamkeit der großen Wälder draußen durch diese Tür einzudringen und ihn mit ihrer schützenden Einsamkeit zu umgeben. Gelegentlich war ein schwaches „Piepen" in den spärlichen Dachvorsprüngen oder ein „Pat-Pat" zu hören, das in einem verängstigten Hasten über das Dach endete, oder dem langsamen Schlagen eines schweren Flügels in der Dunkelheit darunter. Diese sanften Störungen unterbrachen jedoch nicht seine Arbeit an „The True Functions of the County Newspaper", dem Leitartikel, an dem er beteiligt war.

Plötzlich erregte ein deutlicheres Rascheln in den vereinzelten Brombeersträuchern neben der Tür seine Aufmerksamkeit. Es folgte ein leichtes Klopfen gegen die Hauswand. Der Redakteur zuckte zusammen und drehte sich schnell zur offenen Tür um. Zwei Außentreppen führten zum Boden. Auf dem unteren stand eine Frau. Der obere Teil ihrer Figur, beleuchtet durch das Licht der Tür, wurde durch den dunklen Hintergrund der Kiefern noch deutlicher hervorgehoben. Ihr Gesicht war ihm unbekannt, aber es war angenehm und von einer gewissen gut gelaunten Entschlossenheit geprägt.

"Darf ich rein kommen?" sagte sie selbstbewusst.

„Sicherlich", sagte der Herausgeber. „Ich arbeite hier alleine, weil es so ruhig ist." Er dachte, er würde ihr eine Erklärung entlocken, indem er sich entschuldigte.

„Deshalb bin ich gekommen", sagte sie mit einem ruhigen Lächeln.

Sie stieg die nächste Stufe hinauf und betrat den Raum. Sie war schlicht, aber ordentlich gekleidet, und jetzt, da ihre Figur zum Vorschein kam, sah er, dass sie einen Reitrock aus Leinenwolle trug und eine brauchbare Rohlederpeitsche in ihrer mit Baumwollhandschuhen bewehrten Hand hielt. Sie nahm den Stuhl, den er ihr anbot, und setzte sich seitlich darauf, ihre Peitschenhand hielt nun auch ihren Rock hoch und ließ den Saum eines sauberen weißen Unterrocks und einen eleganten, wohlgeformten Stiefel sichtbar.

„Ich kann mich nicht erinnern, jemals zuvor das Vergnügen gehabt zu haben, Sie in Calaveras zu sehen", sagte der Herausgeber zögernd.

"NEIN. Ich war noch nie hier", sagte sie gelassen, „aber Sie haben genug von mir gehört, denke ich. Ich bin Mrs. Dimmidge . Sie warf eine Hand über die Stuhllehne und klopfte mit der anderen mit ihrer Reitpeitsche auf den Boden.

Der Editor startete. Frau Dimmidge ! Dann war sie kein Mythos. Eine absurde Ähnlichkeit zwischen ihrer Haltung mit der Peitsche und dem Auftritt ihres Mannes mit seiner Waffe vor sechs Wochen drängte sich ihm auf und machte sie zu einer unbesiegbaren Präsenz.

„Dann sind Sie zu Ihrem Mann zurückgekehrt?" sagte er zögernd.

"Nicht viel!" sie kam mit einem leichten Kräuseln ihrer Lippen zurück.

„Aber Sie haben seine Anzeige gelesen?"

„Ich habe die Kolumne mit dummem Unsinn gesehen, die er in Ihre Zeitung geschrieben hat – falls Sie das meinen", sagte sie entschieden, „aber ich bin nicht hierher gekommen, um IHN zu sehen – sondern SIE."

Der Redakteur sah sie mit einem gezwungenen Lächeln, aber einer vagen Besorgnis an. Er war nachts allein in einem verlassenen Teil der Siedlung, mit einer rundlichen, selbstbeherrschten Frau, die eine Altstimme, eine Reitpeitsche und – er konnte sich des Gefühls nicht erwehren – einen offensichtlichen Groll hatte.

"Um mich zu sehen?" wiederholte er mit einem schwachen Versuch der Galanterie. „Du machst mir ein großes Kompliment, aber wirklich" –

„Wenn ich Ihnen erzähle, dass ich dreitausend Meilen von Kansas direkt hierher gekommen bin, ohne anzuhalten, dann können Sie davon ausgehen, dass es so ist", antwortete sie bestimmt.

„Dreitausend Meilen!" wiederholte der Herausgeber verwundert.

"Ja. Dreitausend Meilen von der Heimat meiner Eltern in Kansas entfernt, wo ich vor sechs Jahren Herrn Dimmidge geheiratet habe , einen britischen Kürschner, der sich in keiner christlichen Sprache verständlich machen konnte! Nun ja, er hat sich mit mir und meinem Vater abgefunden, obwohl er ein ganz normaler Profi war Bergmann – lebte seit seiner Kindheit in Bergwerken; Und da wir nicht wussten , was für Minen es waren , und Papa gerade vom Goldfieber überwältigt war, heirateten wir und fuhren über die Prärie nach Kalifornien . Anscheinend war er ein recht guter Mann, aber es dauerte noch keine drei Monate, bis ich herausfand, dass er einer Frau nichts Besseres zugestanden hatte als einem Niggersklaven, und er der Herr war. Das brachte mich dazu, meine Augen zu öffnen; Aber da er nicht trank, nicht spielte, nicht fluchte und ein guter Versorger und reich an Geld war, schloss ich mich ihm an, so gut ich konnte. Im ersten Jahr zogen wir nach Sonora, ins Red Dog, wo es keine andere Frau gab. Nun ja, ich habe mich um das Niggersklavengeschäft gekümmert – ich habe nie die Siedlung verlassen, nie eine Stadt oder eine Menge anständiger Leute gesehen – und er war der Herr und Herr! Wir spielten dieses Spiel zwei Jahre lang und ich wurde müde. Aber wenn er es endlich erlaubte, ging er hinauf nach Elktown Hill, wo eine Schar seiner Landsleute bei der Arbeit war, von anderen niemand ein Zeichen, und ließ mich in Red Dog allein, bis er sich einen Platz besorgt hatte für mich in Elktown Hill, – ich habe getreten! Ich habe ihn fair gewarnt! Ich tat es wie andere Niggersklaven : Ich rannte weg!"

Eine Erinnerung an den elenden Holzschnitt, den Mr. Dimmidge ausgewählt hatte, um seine Frau zu verkörpern, erfüllte den Herausgeber mit einer neuen Bedeutung. Aber vielleicht hatte sie es nicht gesehen und nur eine Kopie der Anzeige gelesen. Was könnte sie wollen? Das „Calaveras Clarion", obwohl ein „Palladium" und ein „Wächter auf den Höhen der Freiheit" in Bezug auf Wagenstraßen, war keine Wiedergutmachung für häusliches Unrecht – außer durch seine Litfaßsäulen! Ihre nächsten Worte verstärkten diesen Vorschlag.

„Ich bin hierher gekommen, um eine Anzeige in Ihrer Zeitung aufzugeben."

Der Herausgeber atmete wie schon einmal erleichtert auf. „Sicherlich", sagte er knapp. „Aber das ist eine andere Abteilung der Zeitung, und die Drucker sind nach Hause gegangen. Kommen Sie morgen früh früh.

„Morgen früh werde ich meilenweit weg sein", sagte sie entschieden, „und was ich tun möchte, muss JETZT getan werden!" Ich möchte keine Drucker sehen; Ich möchte nicht, dass irgendjemand weiß, dass ich hier war, außer dir. Deshalb kam ich nachts hierher und fuhr den ganzen Weg von Sawyer's Station aus und wollte nicht die Postkutsche nehmen. Und wenn wir uns über die Anzeige geeinigt haben, werde ich auf mein Pferd steigen, draußen im Gebüsch und aus der Siedlung hinausrennen."

„Sehr gut", sagte der Redakteur resigniert. „ Selbstverständlich kann ich Ihre Anweisungen dem Vorarbeiter übergeben. Und jetzt – lassen Sie mich sehen – ich nehme an, Sie möchten Ihrem Mann in einer persönlichen Mitteilung mitteilen, dass Sie zurückgekehrt sind."

„ Nichts dergleichen!" sagte Mrs. Dimmidge kühl. „Ich möchte ihn so anpreisen, wie er es bei mir getan hat. Ich habe hier alles aufgeschrieben. Sabe?"

Sie holte ein gefaltetes Papier aus ihrer Tasche und breitete es mit einem gewissen Stolz auf die Autorschaft auf dem Schreibtisch des Redakteurs aus und las wie folgt:

„Während mein Mann, Micah J. Dimmidge , zugegeben hat, dass ich sein Bett und seine Verpflegung verlassen habe – das Gleiche gilt für eine Koje in einer Blockhütte und dreimal am Tag Schweinefleisch und Melasse – und angekündigt hat, dass er zahlen würde Keine Schulden von MEINEM Vertrag – die, da es keine gibt , leichter eingetrieben werden könnten als Schulden von ihm selbst –, dies dient als Bestätigung dafür, es sei denn, er kehrt in einer Woche von Elktown Hill zu seinem einzigen Zuhause in Sonora zurück Sobald ich die Kosten für diese Anzeige bezahle , weiß ich den Grund dafür. – Eliza Jane Dimmidge .

„Thar", fügte sie hinzu und holte tief Luft, „stecken Sie das in eine Spalte des ‚Clarion', genauso groß wie die letzte, und lassen Sie es funktionieren, und das ist alles, was ich von Ihnen will."

"Eine Kolumne?" wiederholte der Herausgeber. „Wissen Sie, dass die Kosten sehr hoch sind und ich sie in einem einzigen Absatz zusammenfassen KÖNNTE?"

„Ich schätze, ich zahle das Gleiche wie Mr. Dimmidge für SEINEN", sagte die Dame selbstgefällig. „Ich habe Ihre Zeitung selbst nicht gesehen, aber in der Zeitung, in der sie kopiert wurde – eine der großen New Yorker Tageszeitungen – stand, dass sie eine ganze Kolumne einnimmt."

Der Herausgeber atmete freier; Sie hatte den berüchtigten Holzschnitt, den ihr Mann ausgewählt hatte, nicht gesehen. Im selben Moment überkam ihn ein Gefühl der Vergeltung, Gerechtigkeit und Entschädigung.

„Möchten Sie", fragte er zögernd, „möchten Sie, dass es veranschaulicht wird – durch einen Schnitt?"

"Mit welchem?"

"Moment mal; Ich werde Ihnen zeigen."

Er ging in den dunklen Kompositionsraum, zündete eine Kerze an, kramte in einer Schublade herum, die den verwitterten, altmodischen Elektrotyp-Werbesymbolen verschiedener Branchen gewidmet war, wählte schließlich eines aus und brachte es Mrs. Dimmidge . Es stellte einen nackten und überaus kräftigen Arm dar, der einen großen Hammer schwang.

„Wäre Ihr Mann ein Bergmann, ein Quarzbergmann, würde das genügen?" er hat gefragt. (Früher wurde damit für einen Schmied, einen Goldschläger und einen Steinmetz geworben.)

Die Dame untersuchte es kritisch.

„Er sieht ein bisschen wie Micahs Arm aus", sagte sie nachdenklich. „Nun – du kannst es reinstecken."

Der Herausgeber war mit seinem Erfolg so zufrieden, dass er unbedingt einen weiteren Vorschlag machen musste. „Ich nehme an", sagte er unbefangen, „dass Sie nicht auf die Frage ‚Persönlich' antworten wollen?"

"'Persönlich'?" Sie wiederholte schnell: „Was ist das? Ich habe kein ‚Personal' gesehen." Der Redakteur sah seinen Fehler ein. Natürlich hatte sie Mr. Dimmidges kunstvolles „Personal" noch nie gesehen; DAS hatten die großen Tageszeitungen natürlich weder bemerkt noch kopiert. Aber jetzt war es zu spät, sich zurückzuziehen. Er holte eine Mappe des „Clarion" hervor, schnitt den Absatz mit der Schere heraus und legte ihn der Dame vor.

Sie starrte es mit gerunzelter Stirn und verdunkeltem Gesicht an.

„Und DAS stand in derselben Zeitung? – eingebracht von Mr. Dimmidge ?" sie fragte atemlos.

Der etwas beunruhigte Redakteur stammelte „Ja." Aber im nächsten Moment war er beruhigt. Die Falten verschwanden, ein Dutzend Grübchen traten zum Vorschein , und die entschlossene, sachliche Mrs. Dimmidge brach in einen Anfall rosiger Fröhlichkeit aus. Wieder und wieder lachte sie, erschütterte das Gebäude und erschreckte die ruhigen, melancholischen Wälder dahinter, bis der Herausgeber selbst in völlig leerem Mitgefühl lachte.

„Herr!" sagte sie schließlich, keuchte und wischte sich das Lachen aus ihren feuchten Augen. "Daran habe ich nie gedacht."

„Nein", erklärte der Herausgeber lächelnd; „Natürlich hast du das nicht getan. Sehen Sie, die Zeitungen, die die große Anzeige kopiert haben, haben diesen kleinen Absatz nie gesehen, oder wenn doch, haben sie die beiden nie miteinander in Verbindung gebracht."

„Oh, das ist es nicht ", sagte Mrs. Dimmidge , versuchte ihre Fassung wiederzugewinnen und hielt sich an den Seiten fest. „Es ist dieser gesegnete, LIEBE alte Dummkopf von Dimmidge , an den ich denke. Das erwischt mich. Ich sehe jetzt alles. Nur, um Himmels willen! Das habe ich nie von ihm gedacht. Oh, das ist einfach zu viel!" und sie fiel erneut hinter ihr Taschentuch zurück.

„Dann wollen Sie wohl nicht darauf antworten", sagte der Herausgeber.

Ihr Lachen verstummte sofort. „Nicht wahr?" sagte sie und wischte sich die zuvor selbstgefällige Entschlossenheit über ihr Gesicht. „Nun, junger Mann, ich denke, das ist genau das, was ich tun WILL! Jetzt warten Sie einen Moment; Mal sehen, was er gesagt hat", fuhr sie fort, indem sie den Abschnitt „Persönlich" aufgriff und wiederholte . „Na dann", fuhr sie fort, nachdem sie einen Moment lang still und mit bewegten Lippen komponiert hatte, „fügen Sie einfach diese Zeilen ein."

Der Redakteur nahm seinen Bleistift.

„An Herrn JD Dimmidge . – Ich hoffe, Sie sind immer noch auf den Spuren von RB. Bleiben Sie dort! – EJD"

Der Redakteur schrieb die Zeile auf und wartete dann, als er sich an Herrn Dimmidges freiwillige Erklärung SEINES „Persönlichen" erinnerte, mit einiger Zuversicht auf eine ähnliche Offenheit von Frau Dimmidge . Aber er hat sich geirrt.

„Glauben Sie, dass er – RB – oder Mr. Dimmidge – das verstehen wird?" fragte er schließlich zögernd. "Reicht das?"

„Genau genug", sagte Mrs. Dimmidge mit Nachdruck. Sie holte eine Rolle Greenbacks aus ihrer Tasche, wählte einen Hundert-Dollar-Schein und dann einen Fünf-Dollar-Schein aus und legte sie dem Herausgeber vor. „Junger Mann", sagte sie mit einer gewissen zurückhaltenden Ernsthaftigkeit, „Sie haben mir sehr gut getan." Ich habe noch nie so zufrieden sein Geld ausgegeben. Ich habe vorher nie viel über die „Macht der Presse", wie Sie es nennen, nachgedacht. Aber es war ein wirklich angenehmer Besuch, und ich bin froh, dass ich Sie alleine getroffen habe . Aber Sie verstehen eines: Dieser Besuch und wer ich bin, ist nur zwischen Ihnen und mir. "

„ Natürlich muss ich sagen, dass die Anzeige AUTORISIERT war", entgegnete der Herausgeber. „Ich bin nur der vorübergehende Redakteur. Der Besitzer ist weg."

„Umso besser", sagte die Dame selbstgefällig. „Sie sagen einfach, Sie hätten es zusammen mit dem Geld auf Ihrem Schreibtisch gefunden; aber verrate mich nicht."

„Ich kann Ihnen versprechen, dass das Geheimnis Ihres persönlichen Besuchs bei mir sicher ist", sagte der junge Mann mit einer Verbeugung, als Mrs. Dimmidge aufstand. „Lass mich dich zu deinem Pferd begleiten", fügte er hinzu. „Es ist ziemlich dunkel im Wald."

„Alleine kann ich ganz gut sehen, und es ist auch gut, dass du nicht weißt, WIE ich komme oder WIE ich weggegangen bin. Genug, damit Sie wissen, dass ich meilenweit entfernt sein werde, bevor diese Zeitung herauskommt. Bleiben Sie also , wo Sie sind."

Sie drückte offen und fest seine Hand, raffte ihren Reitrock zusammen, schlüpfte rückwärts zur Tür und raschelte im nächsten Moment in die Dunkelheit davon.

Früh am nächsten Morgen überreichte der Redakteur Mrs. Dimmidges Anzeige und den von ihm ausgewählten Holzschnitt seinem Vorarbeiter. Er hielt sich in seinen Anweisungen absichtlich kurz, um Nachforschungen zu vermeiden, und zog sich in sein Allerheiligstes zurück. Innerhalb weniger Augenblicke trat der Vorarbeiter mit leicht verlegenem Auftreten ein.

„Sie werden mir entschuldigen, dass ich mit Ihnen gesprochen habe, Sir", sagte er mit einer einzigartigen Mischung aus Demut und List. „Es geht mich nichts an, ich weiß; Aber ich dachte, ich sollte Ihnen sagen, dass sich so etwas nicht mehr lohnt – es ist so gut wie erledigt!"

„Ich glaube nicht, dass ich Sie verstehe", sagte der Redakteur hochmütig, aber mit einem inneren Unbehagen. „Das soll nicht heißen, dass es sich um eine normale, tatsächliche Werbung handelt" –

„Natürlich weiß ich das alles", sagte der Vorarbeiter mit einem seltsamen Lächeln; „Und ich bin bereit, dich darin zu unterstützen, und das Gleiche gilt für den Jungen; aber es wird sich nicht lohnen."

„Es hat einhundertfünf Dollar bezahlt", sagte der Herausgeber und nahm die Scheine aus seiner Tasche; „Deshalb würde ich Ihnen raten, einfach Ihrer Pflicht nachzukommen und es in die Wege zu leiten."

Über das Gesicht des Vorarbeiters huschte jedoch ein Ausdruck der Überraschung, dem jedoch eine Art mitleidiges Lächeln folgte. „Natürlich, Sir, das ist in Ordnung, und Sie kennen sich in Ihrem Geschäft aus; Aber wenn Sie glauben, dass sich die neue Anzeige dieses Mal wie die andere auszahlt, und eine weitere Kolumne von einem Werbetreibenden veröffentlichen, fürchte ich, dass Sie einen Fehler machen. Es ist jetzt ein wenig „von der Farbe" – nicht „aktuell" – wenn es sich nicht um eine normale „alte Nummer" handelt, wie Sie sehen werden."

„In der Zwischenzeit werde ich auf Ihren Rat verzichten", sagte der Herausgeber knapp, „und ich denke, Sie sollten besser unseren Abonnenten und Werbetreibenden das Gleiche überlassen, sonst könnte auch die ‚Clarion' gezwungen sein, auf Ihre DIENSTLEISTUNGEN zu verzichten."

„Ich bin kein Blödsinn", sagte der Vorarbeiter gekränkt, „und ich habe nicht vor, die Show zu verraten, auch wenn sie sich nicht bezahlt macht." Aber ich dachte, ich sage es dir, weil ich die Leute hier besser kenne als du."

Er hatte recht. Kaum war die Anzeige erschienen, stellte der Herausgeber fest, dass jeder es für eine reine Erfindung hielt, die „Clarion noch einmal zu boomen". Wenn sie an MR gezweifelt hätten. Dimmidge , sie lehnten MRS völlig ab. Dimmidge als Werbetreibender! Es war ein abgestandener Witz, dem niemand nachgehen wollte; und im Anschluss daran folgte ein Brief des Chefredakteurs.

MEIN LIEBER JUNGE, Du hast es gut gemeint, ich weiß, aber die zweite „Werbung" von Dimmidge war ein Fehler. Dennoch war es ein großer Bluff von Ihnen, das Geld zu zeigen, und ich schicke Ihnen Ihre hundert Dollar zurück, in der Hoffnung, dass Sie es „nicht noch einmal tun". Natürlich müssen Sie die Anzeige zwei Ausgaben lang in der Zeitung belassen, als wäre sie eine echte Sache, und es ist ein Glück, dass in unseren Kolumnen gerade kein Druck herrscht. Sie hätten vielleicht eine bessere Geschichte erzählen können als den Quatsch darüber, wie Sie eines Morgens die „Anzeige" und hundert Dollar gefunden haben, die lose auf Ihrem Schreibtisch lagen. Es war ziemlich dünn, und ich wundere mich nicht, dass der Vorarbeiter getreten hat.

Der junge Redakteur war verzweifelt. Zuerst dachte er daran, an Mrs. Dimmidge im Postamt von Elktown zu schreiben und sie zu bitten , ihn von seinem Schweigegelübde zu entbinden; aber sein Stolz verbot es. Auf den Gesichtern seiner Mitwirkenden lag eine humorvolle Besorgnis, nicht ohne einen Anflug von Mitleid, als er vorbeiging; Einige taten so, als ob sie an die neue Werbung glaubten, und stellten ihm vage, oberflächliche Fragen dazu. Seine Position war schwierig, und er bedauerte es nicht, als die Laufzeit seines Engagements in der nächsten Woche ablief und er Calaveras verließ, um seine neue Position bei der Zeitung in San Francisco einzunehmen.

Er stand im Salon des Sacramento-Bootes, als er plötzlich einen starken Druck auf seiner Schulter spürte, und als er sich scharf umsah, erblickte er nicht nur das schwarzbärtige Gesicht von Mr. Dimmidge , das von einem Lächeln erleuchtet war, sondern auch das Strahlen daneben , das dralle Gesicht von Mrs. Dimmidge , voller guter Laune. Er war immer noch etwas verärgert über die vergangenen Erfahrungen und wollte gerade zu ihnen sprechen, als er von dem herzlichen Druck ihrer Hände und dem unverkennbaren Ausdruck der Dankbarkeit in ihren Augen völlig überwältigt wurde.

„Ich habe gerade zu ‚Lizy Jane' gesagt", begann Mr. Dimmidge atemlos, „wenn ich nur diesen jungen Mann von der ‚Clarion' treffen könnte, die uns wieder zusammengebracht hat" –

„Sie wären bereit , das Vierfache des Betrags zu zahlen, den wir ihm beide gezahlt haben", fügte die lachende Mrs. Dimmidge hinzu .

„Aber ich habe dich nicht zusammengebracht", platzte der benommene junge Mann heraus, „und ich würde im Namen des Himmels gerne wissen, was dich jetzt zusammengebracht hat?"

„Verstehst du das nicht, Junge", sagte der unerschütterliche Mr. Dimmidge , „‚Lizy Jane und ich waren zusammengebrochen , und wir haben einfach unseren dummen Unsinn in deiner Zeitung ausgepackt und die Rumpfwelt davon wissen lassen!' Und wir fühlten uns beide freundlicher und beschämt, und es sah so kleinlich und unbedeutend aus, trotz all der Aufregung, dass wir uns einsam fühlten wie zwei getrennte Narren, die eigentlich ihre Dummheiten miteinander teilen sollten.“

„Und das ist noch nicht alles“, sagte Mrs. Dimmidge mit einem schlauen Blick auf ihren Gatten, „denn ich habe aus dieser ,Personalanzeige‘ herausgefunden, dass Sie mir gezeigt haben, dass dieser alte Idiot verhaltensgestört war.“ eifersüchtig! – Eifersüchtig!“

"Und dann?" sagte der Herausgeber ungeduldig.

„Und dann wusste ich, dass er mich die ganze Zeit liebte.“

DAS GEHEIMNIS DES SOBRIENTE-BRUNNENS

Selbst für den unerfahrensten Reisenden bestand kein Zweifel daran, dass es sich bei Buena Vista um ein „heruntergekommenes" Bergbaulager handelte. Dort, von hydraulischen Maschinen gesäumt und zerkratzt, befand sich der alte Hügel, über dessen kahle Oberfläche das Gras in unregelmäßigen Flecken wieder zu sprießen begann; da waren die verlassenen Abraumhaufen, die bereits von Sonne und Regen geschwärzt und zu Hügeln abgenutzt waren, die wie Mauerruinen aussahen; da waren die wasserlosen Gräben, die wie riesige Gräber aussahen, und die Slumgullion-Tümpel, die jetzt zu glänzendem, glasiertem Zement ausgetrocknet waren. Es gab zwei oder drei hölzerne „Lager", aus denen die Fenster und Türen entnommen und in die neuere Siedlung Wynyard's Gulch gebracht worden waren. Vier oder fünf Gebäude, die noch bewohnt waren – die Schmiede, das Postamt, eine Pionierhütte sowie das alte Hotel und Bühnenbüro – verstärkten nur die allgemeine Trostlosigkeit. Das letztgenannte Gebäude war weit entfernter von Wohlstand als die anderen, da es sich um eine spanisch-amerikanische Posada am Wegesrand handelte, mit Lehmwänden von zwei Fuß Dicke, die die späteren Schalen aus halbzolligen Brettern in den Schatten stellten, die sich langsam verzogen und rissig waren, als wären sie ausgetrocknet Schoten in der ofenähnlichen Hitze garen.

Der Eigentümer dieses Gebäudes, Colonel Swinger, wurde von der Gemeinde als eine ebenso distanzierte, altmodische und mit dem gegenwärtigen Fortschritt unvereinbare Person angesehen wie das Haus selbst. Er war ein alter Virginianer, der von seiner verfallenden Plantage am James River ausgewandert war, nur um festzustellen, dass die Sklaven, die er mitgebracht hatte, freigelassene Männer waren, als sie kalifornischen Boden berührten; durch den Fortschritt und die „Klugheit" des Nordens aus den größeren Städten in die Berge getrieben zu werden, um sich schließlich mit der hoffnungslosen Einfältigkeit seiner Rasse auf eine bereits verarmte Siedlung festzulegen; sein knappes Kapital in hoffnungslosen Schächten und Felsvorsprüngen zu versenken und schließlich das verfallende Gasthaus von Buena Vista mit seinen oberflächlichen Bräuchen und wenigen, verweilenden, mittellosen Gästen zu übernehmen. Auch hier standen seine altvirginischen Vorstellungen von Gastfreundschaft seinem finanziellen Erfolg entgegen; Er konnte die unglücklichen Goldsucher, die das schwindende Schicksal von Buena Vista an seiner Seite gestrandet hatte, weder mahnen noch von seiner Tür abweisen.

Colonel Swinger saß in einem Schaukelstuhl aus Korbgeflecht auf der Veranda seines Hotels und nippte an einem Mint Julep, den er in der Hand hielt, während er in die staubige Ferne blickte. Nichts hätte ihn davon überzeugen können, dass er mit dieser Einstellung keinen ernsthaften Teil seiner Pflicht als Hotelier erfüllte, auch wenn keine Reisenden erwartet wurden und die Straße zu dieser Tageszeit menschenleer war. Auf einer Bank an seiner Seite streckte Larry Hawkins seine träge Länge aus – ein Fuß blieb auf der Veranda stehen, und ein Arm tastete gelegentlich unter der Bank nach seinem eigenen Glas Erfrischung. Abgesehen von dieser Berufsgemeinschaft gab es offenbar keinen Meinungsaustausch zwischen den beiden. Die Stille hatte einige Augenblicke angehalten, als der Oberst sein Glas abstellte und ernst in die Ferne blickte.

„ Hast du was gesehen?" bemerkte der Mann auf der Bank, der ihn schläfrig betrachtet hatte.

„Nein", sagte der Colonel, „das heißt, es ist nur Dick Ruggles, der die Straße überquert ."

„Ich dachte, du siehst ein wenig erschrocken aus, zum Beispiel , wenn du das gesehen hättest wandernder Fremder."

„Wenn ich diesen umherwandernden Fremden sehe, Sah ", sagte der Oberst entschieden, „werde ich in diesem Jahr nicht lange sitzen bleiben." Chyar . Ich werde ihn in etwa zehn Sekunden wissen lassen, dass ich keine Landstreicher beherberge, die wie arme Weiße oder freie Nigger auf meiner Prophezeiung umherstreifen , sah !"

„Trotzdem wünschte ich mir lieber, du würdest ihn sehen, denn du wärst in DEINEM Kopf verankert und ich wäre in MEINEM klarer, wenn du herausfinden würdest, was er in deiner Nähe gemacht hat , oder du es zugeben müsstest war kein lebender Mann.

"Wie meinst du das?" sagte der Oberst und blickte sich gereizt auf seinem Stuhl um.

Auch sein Begleiter änderte seine Haltung, indem er seinen anderen Fuß auf den Boden setzte, sich aufsetzte und sich mit gefalteten Händen träge nach vorne beugte.

„Sehen Sie , Colonel. Als du diesen Ort einnahmst, hatte ich das Gefühl, dass ich keinen Grund hatte, dir alles zu sagen, was ich darüber weiß, und auch nicht, etwas zu sagen Dein Verstand durch alle verdammten Narrengarne, die ich mout Er hat es gehört. Weißt du, dass es eine dieser alten spanischen Haciendas war?"

„Ich weiß", sagte der Oberst hochmütig, „dass es durch eine Schenkung von Karl dem Fünften von Spanien gehalten wurde, so wie meine Prophezeiung am James River meinem Volk von König James von England gegeben wurde, sah !"

„Das mag sein," erwiderte sein Begleiter in träger Gleichgültigkeit; „Obwohl ich denke, dass Karl V. von Spanien und König Jakob von England nicht viel mit dem zu tun haben, was ich euch sagen werde . Sehen Sie, ich war schon lange vor IHRER Zeit hier, oder vor einem der Jungen, die er jetzt rausgeschmissen hat; und zu dieser Zeit gehörte die Hacienda einem Mann namens Juan Sobriente . Er war so dumm , dass er keine Ahnung vom Bergbau hatte. Als die Jungen den Ort aufsuchten und die Farbe überall fanden und dort unten in der Schlucht hundert Männer arbeiteten, ritt er entweder umher und suchte nach den Wildpferden, die er besaß, oder saß mit zwei oder drei da faule Peons und Indianer , die von den Priestern gefüttert und gepflegt wurden . Meine Güte! Wenn ich jetzt darüber nachdenke, war es genauso wie DU, als du zum ersten Mal mit deinen Niggern hierherkamst . Das ist doch auch merkwürdig, nicht wahr ?"

Er blieb stehen und blickte den Oberst mit seltsamer, abergläubischer Verwunderung an, als wäre er von diesem nicht sehr bemerkenswerten Zufall überwältigt. Der Oberst übersah oder war sich dessen etwas unvorteilhafter Bedeutung überhaupt nicht bewusst und sagte einfach: „Fahren Sie fort. Was ist mit ihm?"

„Nun ja, wie ich gerade sagte , er war auf keinen Fall dabei , aber er blieb auf seinem gewohnten Weg, als der Boom am größten war. Einige der Jungen gaben zu, dass es sehr höflich war, dass er sich so zurückhielt, und andere – als er einen großen Haufen für seine Hacienda und den Garten ablehnte, der bis direkt an den goldhaltigen Felsvorsprung reichte – kämpften, weil sie ihn lynchten und vertrieben außerhalb der Siedlung. Da er aber einen hübschen Darter oder eine hübsche Nichte bei sich hatte und , abgesehen von seiner besonderen Neigung zum Bergbau, freundlicher, friedfertiger und perliger war, überlegten sie es sich anders. So ging es weiter, bis eines Tages die Jungen – vor allem die Jungen, die ihr Glück verpasst hatten – bemerkten, dass der alte Mann Sobriente reich wurde, eine Ranch drüben an der Kluft bewirtschaftete und ihm ein paar goldene Kerzenleuchter schenkte die Missionskirche. Das wäre nur die Natur des Menschen gewesen und hätte es ihm angetan, wenn er während der Spülzeiten welche gehabt hätte; aber das hatte er nicht. Dieses Kind verwirrte sie. Sie griffen die Peons, seine Nigger, an, aber es war alles „No sabe". Sie griffen einen anderen Mann an – eine Art Mischlings-Kanaka, der außer dem Priester der einzige Mann war, der ihn besuchte, und von dem man annahm, dass er dem Darter oder der Nichte sehr zugetan war –, aber das taten sie nicht einmal Holen Sie sich die Farbe außerhalb von IHM. Dann erfuhren wir als Erstes , dass der alte Sobriente tot im Brunnen gefunden wurde!"

„Im Brunnen, Sah !" sagte der Oberst und fuhr auf. „Der Brunnen auf meiner Prophezeiung ?"

„Nein", sagte sein Begleiter. „Der alte Brunnen, der später verschlossen wurde. Ihr Haus wurde vom letzten Mieter, Jack Raintree, gegraben, der zugab, dass er „keinen Sobriente in seinen regulären Whisky und sein Wasser nehmen" wollte. Nun ja, der Mischling Kanaka ist nach dem Tod des alten Mannes ausgezogen, und das Gleiche gilt für diesen Darter oder seine Nichte; und die Kirche, der der alte Sobriente dieses Haus vermacht hatte, vermietete es für so gut wie nichts an Raintree .

„Ich verstehe nicht, was das alles mit diesem umherziehenden Landstreicher zu tun hat", sagte der Oberst, der mit dieser Geschichte seines Eigentums keineswegs zufrieden war.

„Ich werde es dir sagen. Ein paar Tage, nachdem Raintree es übernommen hatte, schaute er sich im Garten um, den der alte Sobriente immer vor Fremden verschlossen gehalten hatte , und er fand eine Menge vertrockneter „Slumgullion" *, die überall in den Rabatten und Beeten verstreut waren als ob der alte Mann es zum Düngen benutzt hätte. Nun, Raintree ist kein Dummkopf; er ließ zu, dass der alte Mann auch keiner war; und er wusste, dass Slumgullion nicht mehr wert war als Schlamm, denn es würde dem Garten nichts nützen. Also stellte er dieses Jahr mit Sobrientes Glück zusammen und gestand sich ein, dass der alte Kojote die ganze Zeit heimlich Gold gewaschen hatte , während er sich scheinbar davor zurückhielt ! Aber wo war die Mine? Woher hat er das Gold? Das ist es, was Raintree erwischt hat. Er hat im ganzen Garten gejagt, jeden Teil davon erkundet – ihr könnt die Löcher schon sehen –, aber er hat noch nicht einmal die Farbe gefunden!"

* *Das heißt, ein zähflüssiger, zementartiger Abfall aus der Goldwäsche.*

Er hielt inne und fuhr dann fort, als der Oberst eine ungeduldige Geste machte.

„Nun, eines Abends, kurz bevor du das Haus bezogen hast, und als Raintree es einfach satt hatte , ging er zufällig im Garten spazieren . Er grübelte gerade darüber nach , wie alt Sobriente seinen Haufen gemacht hatte, als er plötzlich sah, wie sich etwas im Unterholz neben dem Haus bewegte . Er ruft, weil er glaubt , es sei einer der Jungen, bekommt aber keine Antwort. Dann geht er ins Gebüsch, und ein großer Feigenbaum , ganz in Schwarz, macht sich vor ihm auf den Weg. Er konnte kein Gesicht erkennen, denn sein Kopf war mit einer Kapuze bedeckt, aber er sah, dass es etwas wie ein großes Kreuz an seiner Brust hielt. Das ließ ihn denken, dass es einer dieser Priester war, bis er zurückblickte und sah, dass es kein Kreuz war, das er trug , sondern eine SPITZHACKE! Er macht einen Sprung darauf, aber es ist verschwunden! Er stolperte über den Rumpfgarten und ging trotzdem Jeder Busch – aber er war sauber weg. Dann blitzte das Rumpfding mit einem kalten Schauer auf ihn auf. Der alte Mann wurde tot im Brunnen aufgefunden! das Weggehen des Mischlings und des Mädchens! Die Entdeckung dieses Elends! Der alte Mann hatte in diesem Garten zugeschlagen, der Mischling hatte sein Geheimnis entdeckt, ihn ermordet und in den Brunnen geworfen ! Es war kein lebender Mann, den er gesehen hatte, sondern der Geist des alten Sobriente !"

Der Oberst leerte den restlichen Inhalt seines Glases mit einem Zug und setzte sich auf. „Ich bin der Meinung, Sah , dass Raintree an diesem Abend mehr Maissaft als üblich an Bord hatte; Und es ist nur ein Wunder, dass er nicht gleichzeitig ein paar rosa Alligatoren und himmelblaue Schlangen gesehen hat. Aber was hat das mit diesem herumstreunenden Landstreicher zu tun ?"

„Sie sind alle dasselbe, Colonel, und meiner Meinung nach ist dieser Landstreicher nicht lebendiger als dieser Feigling ."

„Aber SIE waren derjenige, der diesen Landstreicher mit eigenen Augen gesehen hat", erwiderte der Oberst schnell, „und Sie haben nie zuvor zugelassen, dass es ein Geist war!"

"Genau! Ich habe es gesehen , wie eine Minute vor nichts gestanden hatte und eine Minute nach nichts gestanden hatte", sagte Larry Hawkins mit einer gewissen ernsten Betonung; „Aber ich warne nicht Ich werde es JEMANDEM sagen, und ich warne es nicht Ich werde dich und die Hacienda weggeben. Und da niemand Raintrees Geschichte kannte, halte ich scherzhaft den Kopf. Aber Sie können Ihr Leben darauf verwetten, dass der Mann, den ich gesehen habe, kein lebender Mann war !"

„Wir werden sehen, Sah !" sagte der Oberst und erhob sich mit den Fingern in den Armlöchern seiner Nankingweste von seinem Stuhl, „ falls er jemals wieder in mein Eigentum eindringt. " Aber seht mal! Sag Polly nichts davon – du weißt , was Frauen sind!"

Eine schwache Farbe trat in Larrys Gesicht; Eine ganz andere Lebhaftigkeit als die träge Überlegung seines vorherigen Monologs leuchtete in seinen Augen, als er mit einem gewissen rauen Respekt sagte, den er seinem Begleiter noch nie entgegengebracht hatte: „Deshalb sage ich es euch, damit EF SIE passiert ist ." Wenn du irgendetwas siehst und verrückt wirst , wüsstest du, wie du sie davon abbringen kannst."

"' Sch !" sagte der Oberst mit einer warnenden Geste.

Ein junges Mädchen war gerade in der Tür aufgetaucht und stand nun an der zentralen Säule gelehnt, die sie stützte, mit einer Hand über dem Kopf, in einer trägen Haltung, die stark an die südländische Trägheit des Colonels erinnerte, aber dennoch mit einer ganz eigenen Anmut. Tatsächlich übertraf es die Nachlässigkeit ihres zerknitterten und verblichenen gelben

Baumwollkleides und des aufgeknöpften Kragens und erinnerte – zumindest für die Augen EINES Mannes – an die Biegung und das Anklammern der Jasminranke an der äußeren Säule der Veranda. Larry Hawkins stand unbeholfen auf.

„Was murmelt ihr zwei Männer und vertraut euch einander an? „Du siehst aus wie zwei alte Klatschweiber“, sagte sie mit träger Unverschämtheit.

Es war leicht zu erkennen, dass ein privilegierter und anerkannter Autokrat sprach. Niemand hatte jemals das Recht von Polly Swinger in Frage gestellt, zu unterbrechen, sich einzumischen und freche Kritik zu üben. Sicher in der hoffnungslosen oder ritterlichen Bewunderung der Männer um sie herum, hatte sie es mit einer Offenheit zurückgezahlt, die jede Koketterie verachtete; mit einer Gleichgültigkeit gegenüber der gewöhnlichen weiblichen Wirkung oder Provokation in Kleidung oder Haltung, die ebenso natürlich wie unbesiegbar war. Niemand hatte jemals erlebt, dass Polly sich für irgendjemanden „versorgt“, und dennoch zweifelte niemand jemals an der Wirkung, wenn sie es getan hätte. Niemand hatte jemals ihre charmante Gereiztheit zurechtgewiesen oder wollte es auch tun.

Larry lachte schwach und vage. Colonel Swinger nahm wirkungslos eine vorgetäuschte elterliche Strenge an. „Wenn Sie zwei Herren sehen, Miss, die gemeinsam über Politik diskutieren , ist das nicht der Fall benimm dich wie eine Dame, die dich unterbricht. Lauf besser weg und räume dich auf, bevor die Bühne kommt.“

Die junge Dame antwortete auf die letzte Anspielung, indem sie zwei Spiralen aus weichem Haar, wie „Maisseide“, von ihrer ovalen Wange nahm, sie mit ihren Lippen befeuchtete und sie hinter ihre Ohren steckte. Nachdem der unhöfliche Vorschlag ihres Vaters auf diese Weise erledigt war, kehrte sie zu ihrem ersten Auftrag zurück.

„Es ist keine Politik; Dafür hast du nicht genug geschworen! Komm jetzt! Es ist der mysteriöse Fremde, von dem Sie gesprochen haben!“

Beide Männer starrten sie mit ungekünstelter Besorgnis an.

„Was wissen SIE über einen mysteriösen Fremden?“ forderte ihr Vater.

„Glaubst du, dass ihr Männer ein Geheimnis für euch habt?“, spottete Polly. „Dick Ruggles hat mir erzählt, wie verärgert ihr alle über einen völlig Fremden seid, und er hat mir geraten, nach Einbruch der Dunkelheit nicht die Straße entlangzulaufen. Ich fragte ihn, ob er glaube, dass ich ein Idiot sei, der sich vor Drehgestellen fürchtet, und ob er vielleicht ausrutschen würde, wenn er nicht eine bessere Ausrede dafür hätte, mich von der Injin- Quelle nach Hause zu bringen .

Larry lachte erneut, wenn auch ein wenig bitter, denn es schien ihm, dass die Ausrede völlig berechtigt war; Aber der Colonel sagte prompt: „Dick ist ein Idiot, und Sie hätten ihm vielleicht sagen können, dass es auf der Straße Schlimmeres gibt als Drehgestelle." Lauf jetzt weg und sorge dafür, dass die Nigger zur Stelle sind, wenn die Bühne kommt."

Zwei Stunden später kam die Bühne mit Hufgeklapper und einer roten Staubwolke, die sich und ein Dutzend durstiger Reisender auf die Veranda vor der Hotelbar niederschlug; es brachte auch die üblichen „Express"-Zeitungen und viel Gespräch mit Colonel Swinger, der seine Gäste stets auf eine erhabene und persönliche Art an der Tür empfing, wie er es vielleicht in seinem alten Haus in Virginia getan hätte; aber es brachte auch – wunderbar zu erzählen – einen WIRKLICHEN GAST mit, der zwei Koffer hatte und um ein Zimmer bat! Offensichtlich waren ihm die Sitten von Buena Vista und insbesondere die von Colonel Swinger fremd und er schien zunächst geneigt zu sein, sich über die soziale Einstellung seines Gastgebers und seine offene und freie Neugier zu ärgern. Als er jedoch feststellte, dass Colonel Swinger noch zufriedener war, einen Bericht über SEINE EIGENEN Angelegenheiten, seine Familie, seinen Stammbaum und seinen gegenwärtigen Wohnsitz zu geben, begann er, ein gewisses Interesse zu verraten. Der Oberst erzählte ihm alle Neuigkeiten und hätte sich zweifellos sogar ausführlich über seinen gespenstischen Besucher geäußert, wenn er nicht klugerweise zu dem Schluss gekommen wäre, dass sein Gast es möglicherweise ablehnen würde, in einem verwunschenen Gasthaus zu übernachten. Der Fremde hatte davon gesprochen, eine Woche zu bleiben; Er hatte einige private Bergbauspekulationen in Wynyard's Gulch, der nächsten Siedlung, im Auge zu behalten, aber er hatte keine Lust, öffentlich im „Gulch Hotel" aufzutreten. Er war ein Mann von dreißig Jahren mit weichen, angenehmen Gesichtszügen und einer einzigartigen Geschmeidigkeit in den Bewegungen, die in Kombination mit einem nussbraunen Zigeuner-Teint zunächst an einen Ausländer erinnerte. Doch in den Ohren des Obersts war sein Dialekt eindeutig der Neuenglands, und dazu kam noch ein puritanischer und scheinheiliger Tonfall. „Er sah aus", sagte der Oberst nach Jahren, „wie ein leerer, leichter Mulatter , redete aber wie ein leerer Yankee-Pfarrer." Trotzdem war er bei seinem Gastgeber akzeptabel, der möglicherweise das Gefühl hatte, dass seine Erinnerungen an seine Plantage am James River in den Ohren von Buena Vista verblassen würden, und der sich über seinen neuen Rechnungsprüfer freute. Es war auch eine Werbung für das Hotel und ein Versprechen für sein zukünftiges Schicksal. „Herren, die an der Gulch Propaganda interessiert sind, bleiben lieber bei einem anderen Propagandamann in Buena Vista , als sich auf diese neumodischen Lebkuchenbuden mit Papah -Kragen für Händler zu verlassen, die sie dort ‚Hotels' nennen", hatte er gesagt bemerkte er zu einigen „den Jungs". In seiner Beschäftigung mit dem neuen Gast vernachlässigte er auch ein wenig seinen alten Kumpel und Verwandten Larry Hawkins. Dies war jedoch nicht der einzige Umstand, der den Kopf dieses unbeholfenen treuen Gefolgsmanns des Obersten mit Bitterkeit und Vorahnung erfüllte. Polly Swinger – die verächtlich Gleichgültige, die verächtlich Unzugängliche, die kühle Launenhafte und Gereizte – neigte dazu, dem Fremden gegenüber höflich zu sein!

Tatsache war, dass Polly, ganz im Sinne ihres Geschlechts, es sich in den Kopf gesetzt hatte, entgegen aller Konsequenz und Logik plötzlich eine Ausnahme von ihrer allgemeinen Einstellung gegenüber der Menschheit zugunsten einer einzelnen Person zu machen. Der nach Vernunft strebende männliche Leser wird voreilig zu dem Schluss kommen, dass dieses Individuum sowohl die URSACHE als auch das Objekt war; aber ich bin überzeugt, dass jeder ehrliche Leser dieser Seiten es instinktiv besser wissen wird. Miss Polly hatte einfach den neuen Gast, Mr. Starbuck, ausgewählt, um ANDEREN, insbesondere Larry Hawkins, zu zeigen, was sie tun KÖNNTE, wenn sie dazu geneigt wäre, höflich zu sein. Zwei Tage lang „ordnete" sie ihm ihr störendes Haar zurecht, so dass sein seidenes Haar wie ein Nimbus ihren Kopf umgab; sie steckte ihr ovales Kinn in ein weißes Fichu statt in einen knopflosen Kragen; Sie erschien beim Abendessen in einem frisch gestärkten gelben Kleid! Sie sprach mit ihm mit „Firmenmanieren"; sagte, sie würde „gerne nach San Francisco gehen" und fragte, ob er ihre alten Freunde, die Fauquier-Mädchen aus „ Faginia ", kenne. Der Oberst war etwas beunruhigt; er war froh, dass seine Tochter weniger nachlässig geworden war, was ihr äußeres Erscheinungsbild anging; er konnte nicht umhin, zusammen mit den anderen zu sehen, wie es ihre Anmut steigerte; aber er war, wie die anderen, mit ihren Gründen nicht ganz zufrieden. Und er kam nicht umhin zu bemerken – was mehr oder weniger allen klar war –, dass Starbuck bei weitem nicht gleichermaßen auf ihre Aufmerksamkeiten reagierte und sich manchmal gleichgültig und fast unhöflich verhielt. Niemand außer ihr selbst schien mit Pollys Verwandlung zufrieden zu sein.

Aber irgendwann musste sie sich durchsetzen. Am dritten Abend nach Starbucks Ankunft ging sie zur Hütte von Tante Chloe, die nicht nur die Wäsche für Buena Vista erledigte, sondern Polly auch beim Nähen der Kleidung half. Es war nicht weit und die Nacht war mondhell. Als sie den Garten durchquerte , sah sie Starbuck in den Manzanita-Büschen dahinter herumlaufen; ein schelmisches Leuchten erschien in ihren Augen; Sie hatte nicht damit gerechnet, ihn zu treffen, aber sie hatte ihn ausgehen sehen, und es gab immer MÖGLICHKEITEN. Zu ihrer Überraschung hob er jedoch lediglich seinen Hut, als sie vorbeikam, und drehte sich abrupt in eine andere Richtung um. Das war mehr, als der kleine Herzensbrecher von Buena Vista gewohnt war!

„Oh, Mr. Starbuck!" rief sie mit ihrer faulsten Stimme.

Er drehte sich fast ungeduldig um.

„Da du so höflich und dringlich bist, dachte ich, ich erzähle dir, dass ich gerade zu Tante Chloe gelaufen bin ", sagte sie trocken.

„Ich denke, dass das für eine junge Dame zu dieser Nachtzeit wohl kaum das Richtige ist", sagte er hochmütig. „Aber Sie wissen es am besten – Sie kennen die Leute hier."

Pollys Wangen und Augen glühten. „Ja, das glaube ich", sagte sie knapp; „Nur ein Fremder hier würde auf die Idee kommen, unhöflich zu sein. Gute Nacht, Mr. Starbucks!"

Sie stolperte nach diesem parthischen Schuss davon und hatte trotz ihres Triumphs das Gefühl, dass der eingebildete Narr über ihren Weggang tatsächlich erleichtert zu sein schien! Und zum ersten Mal glaubte sie nun, etwas in seinem Gesicht gesehen zu haben, das ihr nicht gefiel! Aber ihre träge Unabhängigkeit stellte sich bald wieder durch, und eine halbe Stunde später, als sie Tante Chloes Hütte verlassen hatte, hatte sie ihr Selbstwertgefühl wiedergewonnen. Doch um ihm nicht noch einmal zu begegnen, nahm sie einen längeren Weg nach Hause, über den ausgetrockneten Graben und über die von der Wasserkraft gezeichnete Klippe, und landete so bald darauf in dem alten Garten an der Stelle, wo er an die verlassenen Ausgrabungen angrenzte. Sie war sich ganz sicher, dass sie einem Treffen mit Starbuck entgangen war und im Schatten der Birnbäume dahinglitte, als sie plötzlich stehen blieb. Ein unbeschreibliches Entsetzen überkam sie, als sie auf eine Stelle im Garten starrte, die keine fünfzig Meter von ihrem Standort entfernt perfekt vom Mondlicht erleuchtet war. Denn sie sah auf seiner Oberfläche einen menschlichen Kopf – den Kopf eines Mannes ! – der scheinbar auf Bodenhöhe stand und in ihre Richtung starrte. Ein hysterisches Lachen kam von ihren Lippen und sie verfing sich in den Ästen über ihr, sonst wäre sie gefallen! Doch in diesem Moment war der Kopf verschwunden! Das Mondlicht enthüllte den leeren Garten – den Boden, auf den sie geblickt hatte – aber nichts weiter!

Sie war nie abergläubisch gewesen. Als Kind hatte sie die Neger von „den Hants " sprechen hören – das heißt von „den HANTS" oder Geistern –, hatte aber geglaubt, dass dies ein Teil ihrer Unwissenheit sei und eines weißen Kindes – der Tochter ihres Herrn – unwürdig sei! Sie hatte mit Dick Ruggles über die Illusionen von Larry gelacht und den verächtlichen Unglauben ihres Vaters geteilt, dass der umherziehende Besucher alles andere als ein lebender Mann sei; Dennoch hätte sie jetzt um Hilfe geschrien, nur aus der größeren Angst heraus, ihre Schwäche Mr. Starbuck zu offenbaren und auf seine Hilfe angewiesen zu sein. Und damit kam plötzlich die Überzeugung, dass ER diese schreckliche Vision auch gesehen hatte. Dies würde seine Ungeduld gegenüber ihrer Anwesenheit und seine Unhöflichkeit erklären. Sie fühlte sich schwach und schwindelig. Doch nachdem der erste Schock vorüber war, kamen ihre alte Unabhängigkeit und ihr Stolz zu ihrer Erleichterung. Sie würde zur Stelle gehen und es untersuchen. Wenn es ein Trick oder eine Illusion wäre, würde sie ihre Überlegenheit zeigen und Starbuck auslachen. Sie biss ihre weißen Zähne zusammen, ballte ihre kleinen Hände und machte sich auf den Weg ins Mondlicht. Aber leider! für die Schwäche der Frauen. Im nächsten Moment stieß sie einen Schrei aus und fiel beinahe in die Arme von Mr. Starbuck, der neben ihr aus dem Schatten getreten war.

„ Sie sehen also , dass Sie Angst hatten", sagte er mit einem seltsamen, gezwungenen Lachen. „Aber ich habe dich davor gewarnt, alleine auszugehen!"

Selbst in ihrem Schrecken konnte sie nicht anders, als zu sehen, dass auch er blass und aufgeregt wirkte, woraufhin sie ihre Zunge und ihre Selbstbeherrschung wiedererlangte.

„Jeder hätte Angst, wenn er unter den Bäumen herumgetrieben würde", sagte sie schüchtern.

„Aber du hast gerufen, bevor du mich gesehen hast", sagte er unverblümt, „als hätte dich etwas erschreckt. Deshalb bin ich auf dich zugekommen."

Sie wusste, dass es die Wahrheit war; aber da sie sich nicht zu ihrer Vision bekennen wollte, schwadronierte sie unverschämt.

„Erschrocken", sagte sie mit blasser, aber hochmütiger Empörung. „Was hat mich erschreckt? Ich bin kein Baby, wenn ich denke, dass ich im Dunkeln ein Drehgestell sehe!" Dies wurde in der schwachen Hoffnung gesagt, dass ER auch etwas gesehen hatte. Wenn Larry oder ihr Vater sie getroffen hätten, hätte sie alles gestanden.

„Du gehst besser rein", sagte er knapp. „Ich werde dich sicher im Haus sehen."

Sie zögerte darüber, aber da sie nicht bei ihrem ersten kühnen Vorsatz bleiben konnte, den Ort der Vision zu untersuchen, ohne ihre Existenz zuzugeben, erlaubte sie ihm, mit ihr zum Haus zu gehen, und floh dann sofort in ihr eigenes Zimmer. Larry und ihr Vater bemerkten ihr gemeinsames Erscheinen und ihr aufgeregtes Auftreten und waren unruhig. Doch der väterliche Stolz des Colonels und der Respekt von Larrys Liebhaber hielten die beiden Männer davon ab, einander ihre Gedanken mitzuteilen.

„Der verwirrte Welpe hat versucht , vertraut zu sein, und Polly hat ihn abgesetzt", dachte Larry mit glühender Zufriedenheit.

„Er hat einige seiner scheinheiligen Yankee-Abschaffungsreden an Polly ausprobiert, und sie hat ihn schockiert!" dachte der Oberst jubelnd.

Aber die arme Polly musste in der Stille ihres Zimmers an andere Dinge denken. Eine andere Frau hätte sich einer Vertrauten anvertraut; Aber Polly war ihrem Vater gegenüber zu loyal, um seinen Glauben zu zerstören, und zu übermütig, um eine andere und geringere Person in ihr Vertrauen zu ziehen. Sie war sich sicher, dass Tante Chloe voller mitfühlender Überzeugungen und Spekulationen sein würde, aber sie würde einem Nigger nicht anvertrauen, was sie ihrem eigenen Vater nicht sagen konnte. Denn Polly glaubte wirklich und wahrhaftig, dass sie einen Geist gesehen hatte, laut Larrys Geschichte zweifellos der Geist des ermordeten Sobriente . WARUM er nur mit dem Kopf über der Erde erscheinen sollte, war ihr ein Rätsel, obwohl es die katholische Idee des Fegefeuers nahelegte und er ein Katholik war! Vielleicht wäre er ganz aufgestanden, wenn nicht die Anwesenheit dieses dummen Starbucks gewesen wäre; vielleicht hatte er eine Nachricht nur für SIE. Die Idee gefiel Polly, obwohl sie eine „angstvolle Freude" war und mit etwas kaltem Schaudern einherging. Als Gentleman würde er natürlich eher IHR – der Tochter eines Gentlemans – dem Nachfolger seines Hauses – erscheinen als einem Yankee-Fremden. Was sollte sie tun? Diesmal waren ihre ruhigen Nerven seltsam erregt; Sie konnte nicht daran denken, sich auszuziehen und zu Bett zu gehen, und zwei Uhr überraschte sie, während sie immer noch meditierte und gelegentlich aus ihrem Fenster auf den mondbeschienenen, aber leeren Garten spähte. Würde sie es wagen, alleine hinunterzugehen, wenn sie ihn wiedersähe? Plötzlich sprang sie mit klopfendem Herzen auf die Beine! Im Flur war das unverkennbare Geräusch eines heimlichen Schrittes zu hören, der auf ihr Zimmer zukam. War er es? Trotz ihrer großen Vorsätze hatte sie das Gefühl, dass sie schreien müsste, wenn sich die Tür öffnete! Sie hielt den Atem an – die Schritte kamen näher – waren vor ihrer Tür – und ging vorbei!

Dann schoss das Blut mit einer Röte der Empörung zurück in ihre Wange. Ihr Zimmer lag am Ende des Ganges; Dahinter befand sich nichts weiter als eine private Treppe, die lange nicht mehr von ihr benutzt wurde und als Abkürzung durch die alte Terrasse zum Garten diente. Niemand sonst wusste davon, und niemand sonst hatte das Recht, darauf zuzugreifen! Dieses unverschämte menschliche Eindringen – wie sie jetzt davon überzeugt war – überwand ihre Angst und sie glitt zur Tür. Als sie es leise öffnete, konnte sie die verstohlenen Schritte hören. Sie stürmte zurück, warf sich einen Schal über Kopf und Schultern, nahm die kleine Derringer-Pistole , die sie immer an ihr Kopfende gelegt hatte und die sie zur Schau stellte, und folgte dem Eindringling ebenso heimlich. Aber die Schritte waren bereits verklungen, bevor sie die Terrasse erreichte, und sie sah nur noch den kleinen verlassenen, grasbewachsenen Hof, halb im Schatten verborgen, in dessen Mitte der schicksalhafte und lange verschlossene Brunnen stand! Ein Schauder überkam sie, als sie erneut mit der Ursache ihrer schrecklichen Vision in Berührung kam, aber als sich ihre Augen an die Dunkelheit gewöhnten, sah sie etwas Wirklicheres und Schrecklicheres! Der Brunnen war nicht mehr versiegelt! Um ihn herum lagen Bruchstücke von Ziegeln und Brettern! Ein Ende eines Seils, das wie eine riesige Schlange um ihn gewickelt war, stieg in seine stinkenden Tiefen hinab; und während sie mit starren Augen blickte, tauchten langsam der Kopf und die Schultern eines Mannes daraus auf! Aber es war NICHT die gespenstische Erscheinung vom letzten Abend, und ihr Entsetzen verwandelte sich in Verachtung und Empörung, als sie das Gesicht von Starbuck erkannte!

Ihre Blicke trafen sich; ein Fluch kam von seinen Lippen. Er machte Anstalten, aus dem Brunnen zu springen, aber als das Mädchen zurückging, wurde die Pistole, die sie in der Hand hielt, ziellos in die Luft abgefeuert, und der Knall hallte durch den Hof. Mit einem Fluch zog sich Starbuck zurück, verschwand sofort im Brunnen und Polly fiel ohnmächtig auf die Stufen. Als sie zu sich kam, waren ihr Vater und Larry an ihrer Seite. Sie waren durch den Bericht alarmiert worden und eilten schnell auf die Terrasse, aber nicht rechtzeitig, um die Flucht von Starbuck und seinem Komplizen zu verhindern. Als sie wieder zu sich kam, hatten sie das volle Ausmaß dieser außergewöhnlichen Offenbarung erfahren, die sie so unschuldig herbeigeführt hatte. Sobrientes Brunnen hatte in Wirklichkeit einen reichen Goldvorsprung verborgen , den er in der Vergangenheit tatsächlich heimlich mit Tunneln und Galerien versehen hatte, und sein einziger anderer Auslass war eine Öffnung im Garten, die von einem Stein verdeckt wurde, der sich auf einem Drehgelenk drehte. Seine Existenz war dem Nachfolger von Sobriente unbekannt, war aber dem Kanaken bekannt, der mit Sobriente zusammengearbeitet hatte , der nach dem Mord mit seiner Tochter geflohen war, aber zweifellos Angst davor hatte, zurückzukehren und in der Mine zu arbeiten. Er hatte das Geheimnis an Starbuck weitergegeben, einen weiteren Mischling, Sohn eines Yankee-Missionars und einer hawaiianischen Frau, der offenbar den Plan ausgeheckt hatte, mit einem Komplizen Buena Vista aufzusuchen und heimlich das Gold zu entfernen, das noch zugänglich war. Dem Komplizen, den Larry später als den herumstreunenden Landstreicher identifizierte, gelang es nicht, den geheimen Eingang AUS dem Garten zu entdecken, und Starbuck war daher gezwungen, es vom Hotel aus zu versuchen – zu diesem Zweck hatte er sich als Pensionsgast vorgestellt –, indem er den stillgelegten Brunnen öffnete heimlich nachts. Diese Fakten wurden aus Papieren gewonnen, die in den ansonsten wertlosen, mit Ballaststeinen beschwerten Koffern gefunden wurden, die Starbuck zum Hotel gebracht hatte, um seinen gestohlenen Schatz darin mitzunehmen, die er aber auf seiner eiligen Flucht zurücklassen musste. Ohne Pollys mutiges und rechtzeitiges Eingreifen wäre der Versuch zweifellos gelungen!

Und nachdem sie ihr nun ALLES erzählt hatten, wollten sie nur noch wissen, was IHREN Verdacht zuerst geweckt und sie dazu getrieben hatte, den Brunnen als Ziel von Starbucks Machenschaften zu suchen? Sie hatten ihr Verhalten bemerkt, als sie an diesem Abend das Haus betrat, und Starbucks offensichtliche Verärgerung. Hatte sie ihn mit ihrem Verdacht überhäuft und so einen Hinweis entdeckt?

Für Polly war es eine schreckliche Versuchung, sich als perfektere Heldin auszugeben, und man kann es ihr nicht verübeln, wenn sie dieser Versuchung nicht völlig überlegen wäre. Ihr früherer Glaube, dass der Kopf des Komplizen bei der Eröffnung des Gartens der eines GEISTES war, schien ihr nun sicherlich im Weg zu stehen, ebenso wie ihr Verhalten gegenüber Starbuck, von dem sie glaubte, dass er ebenso verängstigt war wie von dem sie niemals vermutet! Also sagte sie mit einer gewissen erhabenen Einfachheit, dass es EINIGE DINGE gäbe, über die sie wirklich nicht sprechen wollte, und Larry und ihr Vater verließen sie an diesem Abend mit der festen Überzeugung, dass der Schlingel Starbuck versucht hatte, sie zum Fliegen zu verleiten ihm und seinen Reichtümern und war vernichtend vereitelt worden. Polly bestritt dies nie, und als sie später einmal von Larry bewundernd damit konfrontiert wurde, gab sie mit taubenhafter Einfachheit zu, dass sie dem Gast ihres Vaters gegenüber möglicherweise zu töricht höflich gewesen sei, um des Hotels ihres Vaters willen.

All dies trug jedoch kaum zur aufregenden Nachricht einer neuen Entdeckung und Ausbeutung des „alten Goldvorsprungs" in Buena Vista bei! Da die drei ihr Geheimnis vor der Welt geheim hielten, wurde die Entdeckung in der Nachbarschaft als Ergebnis sorgfältiger Untersuchung und Prospektion seitens Colonel Swinger und seines Partners Larry Hawkins akzeptiert. Und als dieser später Polly Swinger mutig einen Heiratsantrag machte, erklärte sie schelmisch, dass sie ihn nur akzeptierte, damit das Geheimnis nicht „aus der Familie" geriet.

LIBERTY JONES' ENTDECKUNG

Es handelte sich bestenfalls um einen felsigen Pfad, der sich entlang eines Felsvorsprungs am Osthang des Santa-Cruz-Gebirges schlängelte, und dennoch um die einzige Straße zwischen dem Meer und dem Tal im Landesinneren. Die Hufabdrücke eines ganzen Jahrhunderts zickzackförmiger Maultiere waren auf dem Boden eingeprägt, der in dieser Zeit regelmäßig von Winterregen durchnässt und von der Sommersonne ausgetrocknet wurde; die gelegentlichen Spurrillen schwerer, grober Holzräder – längst veraltet – waren noch erhalten und sichtbar. Verwitterte Felsbrocken und Felsvorsprünge, die im wolkenlosen Glanz eines Augusthimmels lagen, strahlten eine zitternde Hitze aus, die unerträglich war, selbst während über ihnen die Masten riesiger Kiefern ihre Spitzen in den kalten südwestlichen Strömungen des unsichtbaren Ozeans dahinter hin und her bewegten. Überall lag ein roter, brennender Staub, als würde sich die Hitze langsam und sichtbar verstärken.

Das Knarren von Rädern und Achsen, das gedämpfte Stampfen von Hufen und das Husten eines Pferdes im aufgewirbelten Staub durchbrachen plötzlich die tiefe Stille des Waldes. Dann erhob sich langsam ein schmutziger, weißer, mit Segeltuch bedeckter Auswandererwagen mit dem Staub entlang der Steigung. Es war von der Reise befleckt und abgenutzt, und mit seinen grobknochigen Pferden schien es das letzte Stadium seiner Reise und Fitness erreicht zu haben. Die einzigen Bewohner, ein Mann und ein Mädchen, schienen gleichermaßen erschöpft und erschöpft zu sein, wobei in ihren blassen, schlecht genährten Gesichtern zusätzlich noch Mürrischkeit und Unzufriedenheit zu erkennen war. Auch ihre Stimmen waren dem Knarren nicht unähnlich, das sie überwinden sollten, und in ihrer Sprache mangelte es an Zurückhaltung und Bewusstheit, was auf erbärmliche Weise von der ebenso fehlenden Gesellschaft zeugte.

„Es ist kein Benutzer, der redet !" Ich sage dir, du hast nicht mehr Verstand als ein Kojote! Ich habe es satt und bin verbissen, wenn nicht ! Ihr nützt nichts mehr und seid auch keine Hetzfliege – und Scherz ez hinderin '! Durch Sie haben wir den Bestand in Laramie verloren, und wenn Sie auch nur anständig wären, hätten wir einen Helfer gehabt , der geholfen hat, anstatt auf Ihnen allein zurückgeblieben zu sein !"

„Warum hast du mich mitgebracht?" erwiderte das Mädchen schrill. „Vielleicht wäre ich bei Tante Marty geblieben. Ich hatte keine Lust zu kommen.

„Bist du da?" wiederholte ihr Vater verächtlich; „Ich habe mir gedacht, dass Sie hier vielleicht von Nutzen sein könnten, was das Wimmin der Leute angeht , was die Art und Weise des Helfens angeht – und vielleicht auch Du wirst einen wahrscheinlichen Mann heiraten. Die Wahrscheinlichkeit dafür ist bei dir sehr groß Yaller Gesicht und Haut und Knochen."

„Du kannst es mir nicht verübeln, dass ich dich mitgenommen habe , Papa", sagte sie mit einem schrillen Lachen, aber ohne weiteren Groll gegen seine Brutalität.

„Du willst, dass dich jemand nimmt – mit einem Knüppel", erwiderte er wütend. „Du hörst! Was machst du jetzt?"

Sie war aufgestanden und zum Heck des Wagens gegangen. „Ich gehe raus und gehe spazieren. Ich habe es satt, ständig beschimpft zu werden."

Sie sprang auf die Straße. Die Tat war weder empört noch rachsüchtig; Die Häufigkeit solcher Szenen hatte ihren Stachel abgeschwächt. Sie war des Streits wahrscheinlich „müde" und beendete ihn unhöflich. Ihr Vater ließ jedoch einen parthischen Pfeil abfeuern.

„Du brauchst nicht zu glauben, dass ich auf dich warten werde , das glaube ich !" Du musst mit dem Team auf dem Laufenden bleiben , sonst gehst du weg. Und eine gute Befreiung von schlechtem Müll ."

Als Antwort sprang das Mädchen in das Unterholz neben dem Weg, pflückte ein oder zwei wilde Beeren, streifte einen Stab junger Haselnuss ab, den sie abgebrochen hatte, legte ihn an ihre Seite, hüpfte am Rande des Waldes entlang und schlenderte hinter dem Wagen her . Im vollen, gnadenlosen Glanz des kalifornischen Himmels gesehen, rechtfertigte sie die Beschreibung ihres Vaters; Sie war dünn und knochig und ihr hagerer Körper war größer als ihr zerlumptes Kattunkleid, das nur von Trägern auf ihren Schultern gehalten wurde – möglicherweise von den Hosenträgern, die ihr Vater abgelegt hatte. Der weiche Filzhut eines Jungen bedeckte ihren Kopf und überschattete ihr einziges bemerkenswertes Merkmal, ein Paar großer dunkler Augen, die durch die hohlen Schläfen, die den Rahmen, in den sie eingelassen waren, größer wirkten, schmaler wirkten.

Solange der Wagen den Anstieg hinaufkroch, wusste das Mädchen, dass sie problemlos mit ihm mithalten oder sogar die müden Pferde auf Abstand halten konnte. Sie machte ein oder zwei Ausflüge in den Wald und kehrte wie ein Tier von der Nahrungssuche zurück, mit etwas im Mund, das sie zögernd kaute, und nur einmal mit ein paar ungenießbaren Mandronobeeren , die nur wegen ihrer leuchtenden Farbe gepflückt wurden. Es war sehr heiß und einzigartig nah; der höhere Luftstrom hatte nachgelassen, und als man nach oben schaute, schien sich zwischen den Baumwipfeln ein seltsamer Dunst gebildet zu haben. Plötzlich hörte sie ein seltsames, grollendes Geräusch; ein seltsames Schwindelgefühl überkam sie, und sie musste sich an einem Schössling festklammern, um sich zu stützen; sie lachte ausdruckslos, wenn auch ein wenig verängstigt, und blickte vage zum Gipfel der Straße hin; aber der Wagen war bereits verschwunden. Dann überkam sie ein seltsames Gefühl der Übelkeit; Sie spuckte angewidert die Blätter aus, die sie gekaut hatte. Aber das Gefühl verging schnell, und sie suchte noch einmal nach der Spur und begann langsam, den Spuren des Wagens zu folgen. Die Luft wehte frisch, die Baumwipfel begannen wieder über ihrem Kopf zu schaukeln und der Vorfall war vergessen.

Dann hielt sie inne; Sie muss den Weg verpasst haben, denn die Wagengleise endeten abrupt vor einem großen Felsbrocken, der den Bergweg querte. Sie tauchte wieder in den Wald ein; Hier gab es andere Wagenspuren, die sie verwirrten. Es war, als ob ihr hartnäckiger, dummer Vater die Spur verpasst hätte; Sie verspürte einen Anflug boshafter Genugtuung über sein Unbehagen. Früher oder später würde er umkehren und praktisch zurückkommen müssen, um sie zu holen! Sie nahm eine Position ein, wo sich zwei grobe Radspuren und Spuren kreuzten, von denen eine die fehlende Spur sein musste. Sie bemerkte auch die breiteren Hufabdrücke von Rindern ohne die darauffolgenden Spurrillen und anstelle von Spuren die langen, glatten Pfade, die durch das Schleppen von Baumstämmen entstanden waren, und wusste anhand dieser Zeichen, dass sie sich in der Nähe der Straße oder einer Holzfällerhütte befinden musste oder Ranch. Sie fing an, durstig zu werden, und war bald froh, als ihr schnelles, rustikales Ohr das Plätschern von Wasser vernahm. Doch es war nicht so leicht zu entdecken, und sie wurde wieder müde und wund, als sie es in einiger Entfernung in einer Schlucht fand, die aus einem Spalt in einem ausgerenkten Felsvorsprung entstand. Es war wunderbar klar, kalt und prickelnd, mit einem leicht süßlichen Geschmack, aber anders als das brackige „Alkali" der Ebene. Es erfrischte und beruhigte sie sehr, so sehr, dass sie, an einen Baum gelehnt, wo sie vom Weg aus gut sichtbar war, ihre Augen träumerisch schloss und bald einschlief.

Als sie aufwachte, fielen ihr die Sonnenstrahlen fast direkt in die Augen. Sie muss zwei Stunden geschlafen haben. Ihr Vater war nicht zurückgekehrt; Sie wusste, dass die Vorbeifahrt des Wagens sie geweckt hätte. Sie fühlte sich seltsam, aber noch nicht beunruhigt; es war nur die Ungewissheit, die ihr Unbehagen bereitete. War ihr Vater wirklich auf einem anderen Weg weitergegangen? Oder hatte er sich wirklich beeilt und sie verlassen, wie er es versprochen hatte? Der Gedanke löste in ihr eher eine seltsame Erregung als Angst aus. Ein plötzliches Gefühl der Freiheit, als ob eine schmerzhafte Kette von ihr gefallen wäre, löste einen einzigartigen Schauer in ihrem Körper aus. Dennoch fühlte sie sich verwirrt über ihre Unabhängigkeit, wusste nicht, was sie damit anfangen sollte, und war für einen Moment von der möglichen Gabe geblendet.

In diesem Moment hörte sie Stimmen und auf dem Weg erschienen die Gestalten zweier Männer.

Sie unterhielten sich ernsthaft und gingen, als wären sie mit dem Ort vertraut, blickten sich jedoch um, als ob sie etwas Neues an diesem Anblick entdeckten.

„Und schauen Sie dort", sagte einer; „Es gab eine ernsthafte Störung dieses Felsvorsprungs", der in Richtung der Quelle zeigt; „Der untere Teil ist deutlich abgeklungen." Er sprach mit einer gewissen Autorität und Stellungsbeherrschung und war offensichtlich der Vorgesetzte, da er der Ältere der beiden war, obwohl beide grob gekleidet waren.

„Ja, es sieht tatsächlich so aus, als hätte es seinen Halt verloren, wie der Felsvorsprung dort drüben."

„Und Sie sehen, ich habe recht; Die Bewegung erfolgte von Ost nach West", fuhr der ältere Mann fort.

Das Mädchen konnte nicht verstehen, was sie sagten, und fand sie sogar ein wenig albern. Aber sie ging auf sie zu; Daraufhin blieben sie stehen und starrten sie an. Mit weiblichem Instinkt ging sie auf das Wichtigere ein :

„Du bist weder an einem Wagen noch an einem Gespann vorbeigekommen , nicht wahr ?"

„Was für ein Wagen?" sagte der Mann.

„ Em'grant Wagon, zwei schreiende Pferde. Alter Mann – mein Vater – fährt ." Letztere Verwandtschaft fügte sie trotz ihrer früheren Unabhängigkeit als schützenden Einfluss gegen Fremde hinzu.

Die Männer warfen einander einen Blick zu.

"Wie lange her?"

Das Mädchen erinnerte sich plötzlich daran, dass sie zwei Stunden geschlafen hatte.

„Sens Mittag", sagte sie zögernd.

„Seit dem Erdbeben?"

„Was ist das?"

Der Mann kam ungeduldig auf sie zu. "Wie bist du hier her gekommen?"

„Ich bin aus dem Wagen rausgekommen, um zu Fuß zu gehen. Ich schätze, Papa hat die Spur verpasst und ist irgendwo weggekommen, wo ich ihn nicht finden kann."

„ Auf welcher Spur war er, wohin wollte er?"

„Sank Hozay *, schätze ich. Er wollte die Steigung hinaufgehen – die Seite des Hügels; Er muss sich dort abgestellt haben, wo ein großer Stein über ihm hängt .“

* *San Jose.*

„Hast du gesehen, wie er sich abschaltete?“

"NEIN."

Der zweite Mann, der in Hörweite war, hatte sich abgewandt und untersuchte demonstrativ den Himmel und die Baumwipfel; Der Mann, der mit ihr gesprochen hatte, gesellte sich zu ihm, und sie sagten etwas mit leiser Stimme. Sie drehten sich wieder um und kamen langsam auf sie zu. Aus einem obskuren Sinn der Nachahmung heraus starrte sie in die Baumwipfel und in den Himmel, wie es der zweite Mann getan hatte. Doch der erste Mann legte ihr nun freundlich die Hand auf die Schulter und sagte: „Setz dich.“

Dann erzählten sie ihr, dass es ein so starkes Erdbeben gegeben habe, dass ein Teil des Hügels, einschließlich des Wagenwegs, heruntergestürzt sei. Dass ein Wagengespann und ein Fahrer, wie sie es beschrieben hatte, mit ihm hinuntergetragen, in Bruchstücke zerschmettert und unter dreißig Meter hohen Felsen in der Schlucht darunter begraben worden waren. Eine Gruppe war zur Untersuchung dorthin gegangen, aber es würde vielleicht Wochen dauern, bis sie es fanden, und sie musste auf das Schlimmste vorbereitet sein. Sie sah sie vage und mit tränenlosen Augen an.

„Dann denkst du, dass Papa tot ist?“

„Wir haben Angst davor.“

„Was soll dann aus mir werden? “ sagte sie einfach.

Sie warfen einander erneut einen Blick zu. „Hast du keine Freunde in Kalifornien?“ sagte der ältere Mann.

„Keiner.“

„Was hatte dein Vater vor?“

"Keine Ahnung. Ich schätze, ER hat es auch nicht getan.“

„Sie können vorerst hier bleiben“, sagte der ältere Mann nachdenklich. „Kannst du melken?“

Das Mädchen nickte. „Und ich nehme an, Sie wissen etwas über die Bestandspflege?“ er machte weiter.

Das Mädchen erinnerte sich, dass ihr Vater dachte, sie hätte es nicht getan, aber jetzt war keine Zeit für Kritik, und sie nickte erneut.

„Komm mit", sagte der ältere Mann und stand auf. „Ich nehme an", fügte er mit einem Blick auf ihr zerlumptes Kleid hinzu, „alles, was du hast, ist im Wagen."

Sie nickte und fügte mit der gleichen kalten Naivität hinzu: „Das ist nicht viel!"

Sie gingen weiter, das Mädchen folgte; Manchmal wanderte sie verstohlen auf beiden Seiten hin und her, als überlegte sie, in den Wald zu fliehen, woran sie tatsächlich schon ein- oder zweimal vage gedacht hatte, aber hauptsächlich, um weitere Fragen zu vermeiden und nicht zu hören, was die Männer zueinander sagten. Denn sie sprachen offensichtlich von ihr, und sie konnte nicht anders, als die Jüngere ihre Worte wiederholen zu hören: „Was hat es vor , einer von mir zu werden?" mit beträchtlicher Belustigung und dem Zusatz: „Sie wird auf sich selbst aufpassen, darauf können Sie wetten!" Ich bezeichne diese Bemerkung als das Reichhaltigste überhaupt."

„Und ich nenne den Zustand der Dinge, der dazu geführt hat – monströs!" sagte der ältere Mann grimmig. „Sie kennen das Leben dieser Menschen nicht."

Plötzlich gelangten sie zu einer offenen Lichtung im Wald, die jedoch noch so unvollständig war, dass viele der gefällten Bäume, teilweise von ihren Ästen abgeschnitten, immer noch dort lagen, wo sie gefallen waren. Es gab eine Hütte oder Behausung aus ungehobelten , unbemalten Brettern; Sehr einfach in der Struktur, aber dennoch fachmännisch gebaut, ganz anders als die übliche Blockhütte, die sie gesehen hatte. Dies ließ sie denken, dass der ältere Mann ein „Städter" sei und kein Grenzgänger wie der andere.

Als sie sich der Hütte näherten, blieb der ältere Mann stehen, drehte sich zu ihr um und sagte:

„Kennst du Indianer?"

Das Mädchen zuckte zusammen und lachte dann schnell: „ G'lang ! – hier sind keine Indianer ! "

„Nicht die Art, die DU meinst; diese sind sehr friedlich. Hier ist eine Squaw, die dir helfen wird" – er hielt inne, zögerte, während er das Mädchen kritisch ansah, und korrigierte sich dann – „ die dir helfen wird."

Er stieß die Kabinentür auf und zeigte einen Innenraum, der ebenso einfach, aber gut zusammengefügt und eingepasst war – ein Wunder an Ordentlichkeit und Vollendung für das Auge des Grenzmädchens. Es gab Regale, Schränke und andere Annehmlichkeiten, jedoch ohne den Anschein von Raffinesse, der ihr rustikales Empfinden abschrecken könnte.

Dann stieß er eine weitere Tür auf, die in einen Schuppen führte, und rief „Waya". Eine stämmige, untergroße Inderin, gekleidet in ein grobes Baumwollkleid, das aber sauberer und ansehnlicher als das einzige Kleid des Mädchens war, erschien im Türrahmen. „Das ist Waya, der sich um das Kochen und Putzen kümmert", sagte er; „Und übrigens, wie heißt du?"

„Libby Jones."

Er holte ein kleines Notizheft und einen „Bleistiftstummel" aus seiner Tasche. „Elizabeth Jones", sagte er und schrieb es auf. Das Mädchen legte eine lange rote Hand dazwischen.

„Nein", unterbrach sie scharf, „nicht Elizabeth, sondern Libby, kurz für Lib'rty ."

"Freiheit?"

"Ja."

„Dann Liberty Jones. Nun, Waya, das ist Miss Jones, die sich um die Kühe und Kälber – und die Molkerei – kümmern wird." Dann warf er einen Blick auf ihr zerrissenes Kleid und fügte hinzu: „Sie werden dort ein paar saubere Sachen finden, bis ich etwas aus San Jose heraufschicken kann. Waya wird es dir zeigen."

Ohne weitere Worte wandte er sich mit dem anderen Mann ab. Als sie sich in einiger Entfernung von der Hütte befanden, bemerkte der Jüngere:

„Eher ein Junge als ein Mädchen, nicht wahr?"

„Umso besser für ihre Arbeit", erwiderte der Ältere grimmig.

"Ich rechne damit! Ich habe nur gedacht , dass sie weder als Junge noch als Mädchen viel getan hat, nicht wahr, Doktor?" er verfolgte.

"Also! Da DAS für die Kühe, Kälber oder die Molkerei keinen großen Unterschied machen wird, braucht es uns nicht zu beunruhigen", erwiderte der Arzt trocken. Doch dann ließ ein plötzlicher Gelächter aus der Kabine beide sich in diese Richtung umdrehen. Sie kamen gerade rechtzeitig, um Liberty Jones in einer großen Baumwollschürze aus der Kabinentür tanzen zu sehen, die offenbar der Squaw gehörte, die ihr mit halb lachenden, halb ängstlichen Bemerkungen folgte. Die beiden Männer blieben stehen und betrachteten das Schauspiel.

„Ich scheine den Tod des alten Mannes nicht allzu ernst zu nehmen ", sagte der Jüngere lachend.

„Ganz so viel, wie er verdient hat, schätze ich", sagte der Arzt knapp. „Wenn IHR der Unfall passiert wäre, hätte er zu uns gejammert und geweint, um etwas zu bekommen, aber er wäre genauso erleichtert gewesen, da können

Sie sicher sein. Sie ist noch zu jung und zu natürlich, um eine Heuchlerin zu sein."

Plötzlich hörte das Lachen auf und Liberty Jones' Stimme erklang, schrill, aber meisterhaft: „Thar, das reicht! Jetzt aufhören! Du gehst scherzhaft zurück zu deinem Schrubber – hast du gehört? Ich bin der Boss dieses Shantys, darauf kannst du wetten!"

Der Arzt wandte sich mit einem grimmigen Lächeln an seinen Begleiter. „Das ist das Einzige, was mich gestört hat und worauf ich gewartet habe. Sie hat es geklärt. Sie wird es tun. Kommen."

Sie wandten sich zügig durch den Wald ab. Am Ende einer halben Stunde Fußmarsch fanden sie das Team, das sie dorthin gebracht hatte, wartend vor und fuhren in Richtung San Jose. Es dauerte fast zehn Meilen, bis sie an einer weiteren Behausung oder Lichtung vorbeikamen. Und zu diesem Zeitpunkt war die Nacht über die Hütte hereingebrochen, die sie verlassen hatten, und über das frischgebackene Waisenkind und ihren indischen Begleiter, allein und zufrieden in dieser weglosen Einsamkeit.

Liberty Jones war seit einem Jahr in der Hütte. In dieser Zeit hatte sie erfahren, dass der Name ihres Arbeitgebers Doktor Ruysdael war, dass er eine lukrative Praxis in San Jose hatte, aber auch ein oder zwei Meilen wildes Waldland in der Santa-Cruz-Bergkette „in Besitz genommen" hatte, das er bewahrte und behielt auf eine ganz eigene Art und Weise, die ihm den Ruf einbrachte, unter den sehr wenigen Nachbarn, die sein riesiger Besitz zuließ, und den ebenso wenigen Freunden, die ihm sein einzigartiger Geschmack erlaubte, ein „Verrückter" zu sein. Man glaubte, dass ein Mann, der so viel Holzland besaß, sich weigern sollte, ein Sägewerk zu errichten, und das Fällen von Bäumen strikt verbieten sollte; Wer es ablehnte, sie mit der Autobahn nach Santa Cruz zu verbinden und sie gegen Verbesserungen und Spekulationen zu sperren, hatte genügend Beweise für seinen Wahnsinn geliefert; Doch dann kam noch das Gerücht hinzu, dass er selbst nicht nur nicht über den menschlichen Instinkt verfügte, die wilden Tiere zu jagen, von denen sein Reich reich war, sondern dass er diesen auch für deren Verwendung so heilig hielt, dass er das Abfeuern einer Waffe in seinem eigenen Besitz verbot Grenzen, und dass diese Beschränkungen weiterhin von den verstreuten Überresten einer Gruppe von Ureinwohnern, bekannt als „Digger Injins ", aufrechterhalten und „überwacht" wurden –, wurde ernsthaft angedeutet, dass seine Exzentrizität eine politische und moralische Bedeutung erlangt hatte und gesetzgeberische Maßnahmen erforderte Interferenz. Aber der Arzt war ein reicher Mann, ein Muss für seine Patienten, ein guter Schütze, und Gerüchten zufolge zählte er seine Mitmenschen nicht zu den Tieren, die er nicht töten wollte.

Von alledem wusste Liberty jedoch wenig und kümmerte sich auch nicht darum. Die Einsamkeit appellierte an ihr Freiheitsgefühl; Sie „sehnte" sich nicht nach einer Gesellschaft, die sie nie gekannt hatte. Als der Arzt ihr am Ende der ersten Woche kurz per Brief die überzeugenden Beweise für den Tod ihres Vaters und seine Grablegung unter der versunkenen Klippe mitteilte, akzeptierte sie die Tatsache ohne Kommentar oder offensichtliche Emotionen. Zwei Monate später, als ihre einzige überlebende Verwandte, „Tante Marty" aus Missouri, die von Doktor Ruysdael übermittelte Nachricht mit biblischen Zitaten und der fröhlichen Hoffnung quittierte, dass es „ihr eine Lektion sein würde" und sie „davon profitieren würde". ihren neuen Platz", ließ sie den Brief ihrer Tante unbeantwortet.

Sie kümmerte sich mit fast besitzergreifendem Interesse um die Kühe und Kälber, gönnte sich die Squaw und spielte mit ihr, ließ sie aber gleichzeitig ihre Unterlegenheit spüren und bewegte sich unter den friedlichen Ureinwohnern mit der Dominanz einer weißen Frau und einer Vorgesetzten. Sie duldete die halbmonatlichen Besuche von „Jim Hoskins", dem jungen Begleiter des Arztes, von dem sie erfuhr, dass er dessen Faktor und Aufseher über das Anwesen war, der sieben Meilen entfernt auf einer landwirtschaftlichen Lichtung wohnte und der die Kontrolle über ihre Handlungen hatte offensichtlich durch den Arzt begrenzt, – allein um des Arztes willen. Herr Hoskins war auch nicht geneigt, diese Grenzen zu überschreiten. Er betrachtete sie als etwas Abnormales, als eine „Verrückte", die in ihrer Art ebenso bemerkenswert war wie ihr Gönner in seiner Art, neutral des Geschlechts und vage der Rasse, und er beschränkte seine Aufsicht einfach auf das Überbringen und Empfangen von Nachrichten. Sie blieb alleinige Königin der Domäne. Ein seltener Nachzügler von der Hauptstraße, der in diese Abgeschiedenheit eindringt, hätte sie in ihrem groben Baumwollkleid und dem Schlapphut kaum von Waya unterscheiden können, wäre da nicht der freie Schritt gewesen, der im Kontrast zum Watscheln ihrer Begleiterin stand. Als sie einmal einem verirrten Kalb folgte, überquerte sie die Autobahn und wurde von einem vorbeifahrenden Fuhrmann im Baggerdialekt begrüßt; Dennoch hinterließ der Fehler keinen bleibenden Eindruck in ihrer Erinnerung. Und wie der Gräber schreckte sie vor dieser Zivilisation zurück, die sich nur als harter Zuchtmeister erwiesen hatte.

Der einzige Anflug menschlichen Interesses, den sie an ihrer Umgebung zeigte, waren die seltenen Besuche des Arztes und seine kurze, aber aufrichtige Würdigung ihrer unhöflichen und rustikalen Arbeit. Es ist möglich, dass der seltsame, grauhaarige, intellektuelle Mann mittleren Alters, dessen Sprache für sie manchmal geheimnisvoll und unverständlich war und dessen Andeutung von Macht sie beeindruckte, eine unbekannte kindliche Saite in ihrem Wesen berührte. Obwohl sie das Gefühl hatte, dass sie ihm, abgesehen von der absoluten Freiheit, kaum mehr bedeutete als ihrem Vater, hatte er ihr nie gesagt, dass sie „keinen Verstand" habe, dass sie „ein Hindernis" sei, und er hatte sie sogar gelobt ihre Erfüllung ihrer Pflichten. So sehnsüchtig sie auf sein Kommen wartete, verspürte sie in seiner tatsächlichen Gegenwart ein seltsames Unbehagen, dessen sie sich nicht ganz schämte, und obwohl sie über seinen Abschied erleichtert war, hinterließ es ihr dennoch eine wunderbare Erinnerung an ihn, ein warmes Gefühl von seiner Anerkennung und dem wilden Ehrgeiz, dessen würdig zu sein, wofür sie sich selbst oder die anderen elenden Gefolgsleute in ihrer Nähe ganz selbstverständlich geopfert hätte. Sie hatte Waya und die anderen Squaws auf der Suche nach fehlendem Vieh weit über die karge Hochlandweide getrieben ; Sie selbst hatte die ganze Nacht neben einer kranken Färse auf den Felsen gelegen. Doch während sie zufrieden war, sein Lob für die Erfüllung ihrer Pflicht zu verdienen, dachte sie aus irgendeinem weiblichen Grund häufiger an eine beiläufige Bemerkung, die er bei seinem letzten Besuch gemacht hatte: „In dieser Luft bist du stärker und gesünder ", hatte er gesagt , blickte ihr kritisch ins Gesicht. „Wir haben dieses abscheuliche Alkali aus Ihrem Körper entfernt, und gesunde Nahrung wird den Rest erledigen." Sie war sich nicht sicher, ob sie ihn ganz verstanden hatte, aber sie erinnerte sich, dass sie gespürt hatte, wie ihr Gesicht heiß wurde , als er sprach – vielleicht, weil sie ihn nicht verstanden hatte.

Sein nächster Besuch verzögerte sich um ein oder zwei Tage, und in ihrer Sorge hatte sie sich bis zur Autobahn gewagt, um ernsthaft auf sein Kommen zu warten. Von ihrem Versteck im Unterholz aus konnte sie sehen, wie das Team und Jim Hoskins bereits auf ihn warteten. Plötzlich sah sie, wie er mit einer Gruppe Damen und Herren in einer Tragetasche zum Wanderweg fuhr. Er stieg aus, sagte der Gruppe „Auf Wiedersehen", und das Team drehte sich um, um seinen Kurs umzukehren. Aber in diesem einen Moment war sie beeindruckt und verblüfft gewesen von dem, was ihr vorkam, als die Frauen so umwerfend schön gekleidet waren und wie hübsch sie waren. Plötzlich wurde ihr ihr eigenes grobes , formloses Kattunkleid, ihr wirres Haar und ihr Filzhut bewusst, und ein Gefühlsekel erfasste sie. Sie kroch wie ein verwundetes Tier aus dem Unterholz und rannte dann schnell und fast wild zurück zur Hütte. Sie rannte so schnell, dass sie eine Zeit lang fast mit dem Arzt und Hoskins im Wagen auf dem fernen Weg mithalten konnte. Dann sprang sie wieder ins Unterholz, machte einen kurzen Schnitt durch den Wald und kam am Ende von zwei Stunden in Rufweite der Hütte – schmerzende Füße und erschöpft, trotz der seltsamen Aufregung, die sie zurückgetrieben hatte. Hier glaubte sie, Stimmen zu hören – unter anderem seine Stimme –, die sie riefen, aber derselbe seltsame Gefühlsekel trieb sie vage weiter, obwohl sie eine törichte, wilde Freude empfand, weil sie dem Ruf nicht gefolgt war. Auf dieser unregelmäßigen Wanderung stieß sie auf die Quelle, die sie vor einem Jahr bei ihrem ersten Eintritt in den Wald gefunden hatte, und trank ein zweites Mal fieberhaft an der sprudelnden Quelle. Sie konnte sehen, dass sich seit ihrem ersten Besuch eine große Mulde unter den Baumwurzeln gebildet hatte und nun ein leuchtender, ruhiger Teich entstand. Als sie sich bückte, um es zu betrachten, bemerkte sie plötzlich, dass es ihre ganze Figur wie in einem grausamen Spiegel widerspiegelte – ihren lässigen Hut und ihr offenes Haar, ihr grobes und formloses Kleid, ihre hohlen Wangen und ihre trockene gelbe Haut – in all ihrer Hoffnungslosigkeit , kompromisslose Details. Sie stieß einen schnellen, wütenden, halb vorwurfsvollen Schrei aus und drehte sich erneut um, um zu fliegen. Aber sie war noch nicht weit gegangen, als sie auf die eiligen Gestalten und besorgten Gesichter des Arztes und Hoskins stieß. Sie blieb stehen, zitternd und unentschlossen.

„Ah", sagte der Arzt in einem Ton offener Erleichterung. "Hier sind Sie ja! Ich machte mir Sorgen um dich. Waya sagte, du wärst seit dem Morgen weg!" Er blieb stehen und sah sie aufmerksam an. „Ist irgendetwas los?"

Seine offensichtliche Besorgnis ließ einen warmen Glanz über ihren kühlen Körper strahlen, und doch blieb das seltsame Gefühl bestehen. „Nein – nein!" sie stammelte.

Doktor Ruysdael wandte sich an Hoskins. „Geh zurück und sag Waya, dass ich sie gefunden habe."

Libby hatte das Gefühl, dass der Arzt seinen Begleiter nur loswerden wollte, und geriet erneut in Ehrfurcht.

„Hat dich jemand belästigt?"

"NEIN."

„Haben dir die Bagger Angst gemacht?"

„Nein" – mit einer Geste der Verachtung.

„Haben Sie und Waya sich gestritten?"

„Nary" – mit einem schwachen, zitternden Lächeln.

Er starrte sie immer noch an und senkte dann nachdenklich seine blauen Augen. „Bist du hier einsam? Würdest du lieber nach San Jose gehen?"

Wie ein Blitz tauchten die Gestalten der beiden elegant gekleideten Frauen wieder vor ihr auf, und jedes Detail ihrer frischen und gesunden Pracht war so grausam deutlich erkennbar, wie ihre eigene formlose Hässlichkeit im Spiegel des Frühlings gewesen war. "NEIN! NEIN!" sie brach heftig und leidenschaftlich aus. "Niemals!"

Er lächelte sanft. "Schau hier! Ich schicke dir ein paar Bücher. Du hast gelesen – nicht wahr?" Sie nickte schnell. „Einige Zeitschriften und

Zeitungen. Seltsam, dass ich noch nie darüber nachgedacht habe", fügte er halb nachdenklich hinzu. „Komm mit in die Hütte. Und", er hielt wieder inne und sagte entschieden, „wenn Sie das nächste Mal etwas wollen, warten Sie nicht, bis ich komme, sondern schreiben Sie."

Ein paar Tage nach seiner Abreise erhielt sie ein Paket Bücher – eine seltsame Sammlung von Romanen, Zeitschriften und illustrierten Zeitschriften aus dieser Zeit. Sie empfing sie begierig als Beweis seiner Sorge um sie, aber es ist zu befürchten, dass ihre jugendliche Natur wenig Befriedigung in der Befriedigung ihrer Fantasie fand. Viele der Menschen, von denen sie las, waren ihr fremd; Viele der Vorfälle schienen mit bloßen Lügen zu tun zu haben. Einige Geschichten, in denen es um Menschen in ihrem eigenen Umfeld ging, fanden sie zutiefst uninteressant. In einer der billigeren Zeitschriften stieß sie zufällig auf einen Modeteller; Sie durchsuchte eifrig alle anderen Bücher auf der Suche nach einer ähnlichen Entdeckung, bis sie ein Dutzend beisammen hatte, woraufhin sie die restliche Literatur sofort in die Ecke verbannte und in Vergessenheit geriet. Der den Tafeln beigefügte Text war in einem Fachjargon verfasst, der nicht immer klar war, aber ihr Instinkt sorgte für den Rest. Sie schickte über Hoskins eine Nachricht an Doktor Ruysdael: „Bitte schicken Sie mir etwas Brite Kaliker und Dinge zum Nähen. Du hast mir gesagt, ich solle fragen." Ein paar Tage später kam die Antwort in einem großen Paket.

Doch das hielt sie nicht davon ab, sich um das Vieh zu kümmern und auch nicht von ihren Streifzügen durch den Wald abzuhalten; Sie nutzte ihre Wiederentdeckung der Quelle schnell zum Tränken des Viehs; Es war nicht so weit entfernt wie der halb ausgetrocknete Bach in der Schlucht und ein ruhiger Waldfleck. Sie aß dort ihre bescheidene Mittagsmahlzeit und trank von seinem Wasser, und in ihrer Abgeschiedenheit geborgen, badete sie dort und machte ihre einfache Toilette, wenn die Kühe nach Hause getrieben wurden. Aber sie schaute nicht mehr in die verspiegelte Oberfläche, als es ruhig war!

Und so verging ein Monat. Doch als Doktor Ruysdael wieder in der Hütte erwartet wurde, brachte Hoskins einen Brief mit der Nachricht, dass er aus beruflichen Gründen an die Küste abberufen wurde und erst zwei Wochen später kommen konnte. In der Enttäuschung, die sie überkam, bemerkte sie zunächst nicht, dass Hoskins sie mit einem seltsamen Ausdruck ansah, der in Wirklichkeit unverhüllte Bewunderung ausdrückte. Da sie dies noch nie zuvor in den Augen eines Mannes gesehen hatte, der sie ansah, verwies sie darauf auf eine vage „Spötterei" oder Scherzhaftigkeit, für die sie keine Lust hatte.

„Sag mal, Libby! Du wirst ein wirklich klug aussehendes Mädchen. Scheint mit Ihnen hier oben einer Meinung zu sein", sagte Hoskins mit einem verlegenen Lachen. „Verdammt, wenn du das nicht tust Sieht furchtbar aus, Purty!“

„ Gut !“ sagte Liberty Jones, mehr denn je von seiner bösen Tat überzeugt.

„Tatsache“, sagte Hoskins energisch. „Na ja, Doc würde es dir auch sagen. Sehen Sie , ob er es nicht tut !“

Dabei spürte Liberty Jones, wie ihr Gesicht heiß wurde. „Du, Jess, verstehst du!“ sagte sie und wandte sich ebenso verlegen wie wütend ab. Dennoch schwebte er mit unbeholfenen Aufmerksamkeiten in ihrer Nähe, die sie erfreute, während es sie dennoch verärgerte. Er bot ihr an, mit ihr die Kühe aufzusuchen; Sie lehnte rundweg ab, doch mit einer seltsamen Befriedigung über seine offensichtliche Verlegenheit. Das mag ihrem Gesicht etwas Lebendigkeit verliehen haben, denn er holte tief Luft und sagte:

„Gehen Sie nicht so weit , Sie kennen sich nicht aus. Sagen Sie, lassen Sie mich und Sie ein wenig spazieren gehen und uns miteinander unterhalten.“ Doch Libby hatte eine andere Idee und entließ ihn barsch. Dann rannte sie schnell zur Quelle, denn die Worte „Der Doc wird es Ihnen auch sagen“ hallten in ihren Ohren. Der Arzt, der mit den beiden wunderschön gekleideten Frauen kam! ER – würde ihr sagen, dass sie hübsch war! Sie hatte es seit diesem schrecklichen Tag vor zwei Monaten nicht mehr gewagt, sich selbst in diesem Kristallspiegel zu betrachten. Sie würde es jetzt tun.

Es war ein hübscher Ort im kühlen Schatten der riesigen Bäume, und die Hufspuren der Rinder, die aus dem Lauf unter dem Teich tranken, hatten den Rand dieses ruhigen Waldbeckens nicht gestört. Einen Moment lang stand sie zitternd und unsicher da, dann ging sie auf den glänzenden Spiegel zu, kniete davor nieder und verschränkte ihre dünnen roten Hände im Schoß. Unbewusst hatte sie die Haltung des Gebets eingenommen; vielleicht hatte sie so etwas im Kopf.

Und dann blickte das Licht voll auf die Gestalt, die sie dort sah!

Es fiel auf ein volles ovales Gesicht und einen Hals, ohne jegliche Flecken oder Flecken, glatt wie ein Kind und strahlend vor Gesundheit; auf großen dunklen Augen, die nicht mehr in ihren Augenhöhlen versunken sind, sondern von einem eifrigen, fröhlichen Licht erfüllt sind; auf entblößten Armen, die jetzt eine wohlgeformte Kontur haben und mit festem Fleisch gepolstert sind; auf einem strahlenden Lächeln, wie es Liberty Jones noch nie zuvor gesehen hatte!

Sie erhob sich und blieb dennoch stehen, als wollte sie sich nicht von dieser entzückenden Vision trennen. Dann überkam sie die Angst, dass es sich um eine List des Wassers handeln könnte, und sie eilte schnell zum Haus zurück, um den kleinen Spiegel zu konsultieren, der in ihrem Schlafzimmer hing, in den sie aber seit dem bedeutungsvollen Frühlingstag keinen Blick mehr geworfen hatte. Sie trug es schüchtern in die Sonne und stellte fest, dass es das Spiegelbild der Quelle bestätigte. An diesem Abend arbeitete sie bis spät in die Nacht an dem Kattun, das Doktor Ruysdael ihr geschickt hatte, und ging glücklich zu Bett. Am nächsten Tag brachte sie Hoskins erneut mit der schwachen Entschuldigung, sich zu erkundigen, ob sie einen Brief für den Arzt hätte, und sie war überrascht, als sie feststellte, dass er durch einen Fremden von Hoskins' Farm verstärkt wurde, der ebenso unbeholfen und vage bewundernd wirkte. Aber das Erscheinen der BEIDEN Männer löste eine einzigartige Phase in ihren Eindrücken und Erfahrungen aus. Sie empörte sich nicht mehr über Hoskins, empfand aber Erleichterung darin, die Komplimente des Fremden lieber anzunehmen, und empfand Freude über Hoskins' Unbehagen. Waya, die zur burlesken Anstandsdame befördert wurde, grinste vor unendlicher Freude und Verständnis.

Als schließlich der Tag für die Ankunft des Arztes gekommen war, wurde er von Hoskins ordnungsgemäß empfangen und von diesem beeindruckenden Untergebenen ordnungsgemäß über die große Veränderung in Libertys Aussehen informiert. Aber der Arzt war von der Geschichte seines Mannes bei weitem nicht so beeindruckt und zeigte tatsächlich viel mehr Interesse am Aussehen des Viehs, dem sie unterwegs begegneten. Einmal stieg der Arzt aus dem Wagen, um eine Kuh zu untersuchen, insbesondere das Fell eines rauen Zugpferdes, das herausgebracht und in die Obhut von Liberty gegeben worden war. „Seine Haut ist wie Samt", sagte der Arzt. „Das Mädchen kennt sich offensichtlich mit Aktien aus und weiß, wie man sie in Form hält."

„Ich denke, sie beginnt auch, sich selbst zu verstehen", sagte Hoskins. „Mensch! warte, bis du SIE siehst."

Der Arzt sah sie zwar, aber mit welchen Gefühlen drückte er sie nicht so offen aus. Als sie ankamen, war sie noch nicht in der Hütte, erschien aber bald aus der Richtung der Quelle, wo sie offenbar aus eigenen Gründen ihre Toilette gemacht hatte. Doktor Ruysdael war erstaunt; Hoskins' Lob war nicht übertrieben; und es gab einen zusätzlichen Charme, auf den Hoskins nicht vorbereitet war. Sie hatte ein Kleid angezogen , das sie selbst angefertigt hatte – die heimliche Mühe vieler langer Nächte –, das aus einem billigen gelben Kattun, das ihr der Arzt geschickt hatte, auf Amateurniveau hergestellt worden war, ihr aber dennoch wunderbar passte und jede Kurve ihrer anmutigen Figur zeigte. Selbst die Linien des steifen, unnachgiebigen Kattuns, die nicht durch ein Korsett betont wurden – ein Artikel, den sie nie gekannt hatte –, wirkten nymphenartig und passten zu ihren freien Gliedmaßen. Doktor Ruysdael war zutiefst bewegt. Obwohl er Philosoph war, war er praktisch veranlagt. Er sah sich plötzlich nicht nur mit einem schönen Mädchen konfrontiert, sondern auch mit einem Problem! Es war unmöglich, die Existenz dieser Waldnymphe vor dem Wissen seiner entfernten Nachbarn zu verbergen; Ebenso unmöglich war es für ihn, die Verantwortung zu übernehmen, eine solche Göttin in ihrer gegenwärtigen Position zu halten. Er hatte ihre frühere Besserung bemerkt, aber nie gedacht, dass ein reines und gesundes Leben in zwei Monaten ein solches Wunder bewirken könnte. Und er war bis zu einem gewissen Grad verantwortlich, ER hatte sie erschaffen – einen wunderschönen Frankenstein, dessen strahlende, ansprechende Augen schon jetzt seine Sicherheit und Position bedrohten.

Vielleicht sah sie Ärger und Verwirrung in dem Gesicht, wo sie Bewunderung und Freude erwartet hatte, denn ein leichter Schauer überlief sie, als er schnell das Aussehen der Aktie lobte und von ihrer eigenen Verbesserung sprach. Doch als sie allein waren, drehte er sich abrupt zu ihr um.

„Sie sagten, Sie hätten keine Lust, nach San Jose zu gehen?“

"NEIN." Doch sie war sich bewusst, dass ihr größter Einwand beseitigt worden war, und sie errötete leicht.

„Hör mir zu“, sagte er trocken. „Sie verdienen eine bessere Position als diese – ein besseres Zuhause und eine bessere Umgebung als hier. Du bist auch älter – fast eine Frau – und musst nach vorne schauen.“

Auf ihrem beredten Gesicht zeichnete sich ein Ausdruck voller Angst, Vorwurf und Bitte ab. „ Willst du mich wegschicken?“ sie stammelte.

„Nein“, sagte er offen. „Du bist es, der wegwächst. Das ist nicht mehr der richtige Ort für dich.“

„Aber ich möchte bleiben. Ich will nicht gehen. Ich bin – ich war hier glücklich.“

„Aber ich denke darüber nach, diesen Ort aufzugeben. Es nimmt zu viel meiner Zeit in Anspruch. Sie müssen versorgt werden“—

„Du gehst weg?“ sagte sie leidenschaftlich.

"Ja."

"Nimm mich mit. Ich gehe überall hin! – nach San Jose – wohin auch immer Sie gehen. Wende mich nicht ab, wie Papa es getan hat, denn ich werde dir folgen , da ich Papa nie gefolgt bin. Ich gehe mit dir – oder ich sterbe!“

In ihren Worten lag weder Angst noch Scham; es war der ausgesprochene Instinkt des Tieres, das er aufgezogen hatte; er war davon überzeugt und entsetzt.

„Ich kehre sofort nach San Jose zurück", sagte er ernst. „Du sollst mit mir gehen – VORÜBERGEHEND! Mach dich bereit!"

Er brachte sie nach San Jose und vorübergehend in das Haus einer Patientin – einer Witwe –, während er allein versuchte, mit dem Problem klarzukommen, mit dem er nun konfrontiert war. Aber dieses Problem wurde am Ende des dritten Tages noch komplizierter, als Liberty Jones plötzlich und besorgniserregend krank wurde. Die Symptome waren so schwerwiegend, dass der Arzt in seiner Angst einen befreundeten Arzt zur Konsultation hinzuzog. Als die Untersuchung beendet war, zogen sich die beiden Männer zurück und starrten einander an.

„ Natürlich besteht kein Zweifel daran, dass die Symptome alle auf eine langsame Arsenvergiftung hinweisen", sagte der beratende Arzt.

„Ja", sagte Ruysdael schnell, „aber es ist völlig unerklärlich, sowohl was das Motiv als auch die Gelegenheit angeht."

„Hmpf!" sagte die andere grimmig: „Junge Damen nehmen Arsen in winzigen Dosen ein, um das Hautbild zu verbessern und das Gewebe zu fördern, und vergessen dabei, dass die Wirkung kumulativ ist, wenn sie plötzlich aufhört." Dein junger Freund hat zu schnell ‚abgeschworen'."

„Aber es ist unmöglich", sagte Doktor Ruysdael ungeduldig. „Sie ist nur ein Kind – ein Mädchen vom Land – und kennt solche Gewohnheiten nicht."

„Hmpf! Die Bauern in Tirol versuchen es selbst, nachdem sie die Wirkung auf die Mäntel des Viehs bemerkt haben."

Doktor Ruysdael begann. Eine Erinnerung an das schlanke Zugpferd blitzte in ihm auf. Er stand auf und betrat hastig das Zimmer des Patienten. Wenige Augenblicke später kehrte er zurück. „Glaubst du, ich könnte sie sofort in die Berge bringen?" sagte er ernst.

„Ja, mit Vorsicht und einer Rückkehr zu abgestuften Dosen desselben Giftes; Du weißt, dass es im Moment das einzige Heilmittel ist", antwortete der andere.

Am nächsten Tag gegen Mittag waren der Arzt und seine Patientin in die Hütte zurückgekehrt, aber Ruysdael selbst trug die hilflose Liberty Jones zur Quelle und setzte sie sanft daneben ab. „Du darfst jetzt trinken", sagte er ernst.

Das Mädchen tat dies eifrig und schöpfte offenbar neue Kraft aus dem sprudelnden Wasser. Der Arzt füllte unterdessen kühl ein Fläschchen aus derselben Quelle und prüfte hastig den Inhalt mithilfe einiger anderer Fläschchen aus seinem Koffer. Das Ergebnis schien ihn zu befriedigen. Dann sagte er ernst:

„Und DAS ist die Quelle, die du entdeckt hast?“

Das Mädchen nickte.

„Und Sie und das Vieh haben es täglich benutzt?“

Sie nickte erneut verwundert. Dann ergriff sie flehend seine Hand.

„Du schickst mich nicht weg?“

Er lächelte seltsam, als er vom Wasser des Hügels in die überfüllten Augen blickte. "NEIN."

„Nein-r“, zitternd, „geh weg – du selbst?“

Der Arzt sah ihr dieses Mal nur in die Augen. Er selbst hatte eine großartige Idee, die dieses schreckliche Problem irgendwie gelöst zu haben schien.

"NEIN! Wir werden GEMEINSAM hier bleiben.“

Sechs Monate später erschien in der Presse von San Francisco ein Absatz: „Die wunderbare Arsenquelle im Santa Cruz Mountain, bekannt als ‚Liberty Spring‘, die von Doktor Ruysdael entdeckt wurde, hat sich als so bemerkenswerter Erfolg erwiesen, dass wir die provisorischen Hütten für Patienten verstehen.“ sollen in Kürze durch ein prächtiges, diesem Platz würdiges Spa-Hotel und die dafür auf den Markt gebrachten geeigneten Villengrundstücke ersetzt werden. Es wird für alle eine Quelle der Freude sein zu wissen, dass die schöne Nymphe – eine würdige Nachfolgerin der weithin berühmten „Elise“ des deutschen „ Brunnen “ –, die so vielen dankbaren Patienten das Wasser verabreicht hat, immer noch anwesend sein wird. obwohl es Gerüchte gibt, dass sie bald die Frau des angesehenen Entdeckers werden wird.“